# ARGENTINA
## UNA LUZ DE ALMACÉN

*Reflexiones sobre un país en penumbras*

Diseño de tapa: María L. de Chimondeguy / Isabel Rodrigué

RAFAEL A. BIELSA

# ARGENTINA
## UNA LUZ DE ALMACÉN

*Reflexiones sobre un país en penumbras*

EDITORIAL SUDAMERICANA
BUENOS AIRES

IMPRESO EN LA ARGENTINA

*Queda hecho el depósito*
*que previene la ley 11.723*
© *2001, Editorial Sudamericana S.A.*®
*Humberto I 531, Buenos Aires.*

www.edsudamericana.com.ar

ISBN 950-07-2138-4

*Para María Eugenia, mi hermana maravillosa*

# Introducción

"¿Una luz de almacén?" La expresión, tomada del tango "Sur" (Sur, / paredón y después... / Sur, / *una luz de almacén*... / Ya nunca me verás como me vieras, / recostado en la vidriera, / y esperándote...") tiene para mí dos sentidos nítidos.

Por un lado, mirando el hoy, la Argentina alumbrada por una bombilla de 25 vatios proyecta una visión penumbrosa de un país que supo ser espléndido. Tanto dolor, tanta postergación, tanto desconcierto...

Pero por el otro, mirando hacia el ayer, "una luz de almacén" es un resplandor hogareño, el de la despensa de la niñez, cuando todo era más simple, cuando una sola palabra alcanzaba para decir muchas cosas y era suficiente para dar por concluidas muchas otras.

Este libro se refiere a nuestro país desde el doble punto de vista. Si el primero es descorazonador, el segundo ofrece elementos para reconstruir la esperanza.

Lo integran seis partes. La primera, "Me lo anota en la libreta", es un minúsculo manual de las asignaturas pendientes que el país debe aprobar para recobrar la senda de su vitalidad y, en consecuencia, de su viabilidad.

La segunda, "Harinas, conservas y condimentos", está reservada a los más comunes casos de convivencia cotidiana en versión vernácula, con sus desconsuelos y —a veces— con el triunfo del corazón y la razón por sobre la adversidad.

La tercera, "Papel de estraza", contiene algunas reflexiones vinculadas con los medios de opinión, tan importantes como son para asegurar una democracia pluralista.

La cuarta parte, "Productos cárneos", encierra uno de los capítulos más preocupantes de la Argentina de hoy: el recrudecer de la violencia en todas sus manifestaciones y las distintas maneras de hacerle frente.

La quinta parte, "Frutos secos", compendia una serie de reflexiones acerca de los '70, años esenciales en mi vida, y al mismo tiempo capa geológica de la Argentina actual que es menester desentrañar para comprender y comprendernos.

La sexta se denomina "Vino reserva", y arracima una serie de preocupaciones y de episodios, en clave anecdótica y personal.

El "Epílogo" revela lo que está en el comienzo: llegados a cierta edad, nada tiene sentido si no está articulado con la descendencia. Durante muchos años hicimos todo o casi todo para agradar, disgustar, escarmentar o embelesar a nuestros padres. En adelante, todo lo haremos para que los hijos no sufran lo que sufrimos o, más aún, para que sean lo felices que no fuimos o para que sean, sencillamente, lo que deban ser.

Cada artículo tiene un encabezamiento de contextualización; los temas son actuales y la mayoría no perecederos, pero algunos datos de situación los hacen más accesibles y ayudan a una más acabada comprensión.

*Una luz de almacén* pretende ser —ni más, ni menos— lo que somos, y aspira a sugerir lo que podríamos ser. Eso es todo.

# ME LO ANOTA EN LA LIBRETA

# Jueces y justicias*

*Cada vez que algún "intocable" es sometido a la acción de la Justicia, llueven inmediatamente acusaciones de todo calibre sobre jueces y fiscales. Se diría que para poder juzgar y condenar a un culpable hay que haber sido declarado inocente previamente del puñado de delitos cuya comisión se imputará al que va a intervenir en el juicio del primero.*

*Esto no puede ser así. Si alguien que debe intervenir en un proceso dentro de los roles que fijan las leyes a los agentes estatales, el mismo cuerpo normativo establece los mecanismos que deben dispararse para removerlos del cargo, en caso de que lo merecieran.*

*Apelar a la descalificación mediática de los encargados de impartir Justicia lleva a una suerte de amnistía funesta según la cual nadie puede ser juzgado porque la falta de autoridad moral de los encargados de juzgar hace que "en el mismo lodo / (estemos) todos manoseados".*

*"Esa" República no tiene destino.*

Se cuenta que cuando le preguntaron al juez de la Suprema Corte norteamericana Hugo Black cuál era su papel en el tribunal, "sus ojos brillaron, su mano derecha se proyectó hacia delante y sin dudarlo dijo con fervor: '¡Hacer justicia!'"

Se comparta o no que tal sea la misión que tiene un juez de Corte, demos por buena la respuesta de Black para poder plantearnos la pregunta siguiente: si el trabajo a cargo de los jueces es administrar justicia, ¿es *justo* que jueces merecedores de reproche sentencien a individuos a los que pueden reprocharse las mismas faltas que se reprocha-

* Escrito en colaboración con el doctor Carlos Garber, abogado constitucionalista.

ría a los primeros? O, dicho de otro modo, ¿debemos indignarnos porque algunos jueces que no fueron suficientemente virtuosos, pero que son *las únicas manos* que pueden empuñar *dentro del sistema* las armas de lo que *el sistema* llama "justicia", juzguen y condenen a quienes encuentren culpables de delitos contra la administración pública? El dilema no es nuevo ni local, y la sociedad no debería prestarle una atención flotante, porque no es inocente de las instituciones que se da.

A Markus Wolf, durante treinta y cuatro años jefe del servicio de inteligencia exterior de Alemania oriental, y de quien se decía que sabía más secretos de la Alemania occidental que el propio canciller, lo apodaban "el hombre sin rostro": debieron pasar veinte años para que los sistemas de inteligencia occidentales pudieran enterarse de su fisonomía. La historia lo condenó a entrar el 4 de mayo de 1993 al tribunal supremo de Düsseldorf para ser juzgado por cinco jueces de la Alemania unificada, por espionaje contra... Alemania. Hay una reflexión de Wolf que aflige por su perplejidad: "La palabra alemana que significa traición es *Landesverrat*, literalmente 'traición al país'. El sentido común indicaba que el cargo contra mí era absurdo: ¿a qué país supuestamente había yo traicionado?"

Aunque los ministros de Corte de países evolucionados se preocupan por el respeto público hacia el tribunal, porque éste protege a los jueces en conflictos con otros poderes y aumenta la predisposición de la gente a acatar sus decisiones, los topetazos entre lo judicial y lo justo no son raros. De un modo comparable, luego de la caída del nazismo quinientos jueces que consintieron el régimen aniquilado juzgaron y condenaron a compatriotas por delitos que probablemente ellos mismos habían cometido. Cuando Pétain instauró en Francia el régimen colaboracionista de Vichy, sólo *un* juez renunció a su silla. En nuestro país, jueces y fiscales que fueron tales durante el período de facto '76-'83 procesaron a los responsables de haber instaurado el mismo gobierno ilegítimo en cuyo marco ellos sirvieron al Estado. Nuestra Corte Suprema acordó recibir el juramento a la Constitución reformada en 1994 *con condicionamientos*. Curiosas incoherencias de un ámbito tan obsesionado por parecer coherente.

El Poder Judicial, que en nuestro país tiene por delante la ardua tarea de colaborar —dentro de sus atribuciones— a definir el sentido de lo justo en la comunidad, escora por falta de credibilidad. El juez en lo penal económico Julio Cruciani acusó a la Corte del desprestigio de la Justicia, en una "dura nota" enviada a su presidente, Julio Nazareno. El también miembro de la Corte Suprema Vázquez acusó ante el periodismo que "la Justicia está dejando mucho que desear", considerándose una víctima de la lentitud con que los tribunales de primera instancia se

14

ocupan de su reclamo contra la Fuerza Aérea. Otro juez de la Corte, Gustavo Bossert, afirmó que la caída de prestigio del Poder Judicial no es un invento de la prensa, sino que el problema hay que buscarlo en las entrañas del sistema, en la conducta y fallo de los mismos jueces.

Siendo la Justicia un valor, además de un servicio, toda actuación en la que se la pervierta provoca una indignación multiplicada. *Nadie tiene una obligación más sagrada de obedecer la ley que aquellos que la crean y la hacen cumplir.* Esta delicada relación está presente en la frase que se atribuye a Confucio: "Se equivoca gravemente el que vacila al perdonar, pero mucho más el que condena sin vacilar".

Así las cosas, cabe que formulemos nuevamente la pregunta del principio: ¿deberíamos rechazar que algunos jueces tachados de indignos condenen a quienes encuentren culpables de delitos contra la administración pública? No se trata (no debería tratarse) de una cuestión ideológica, ni de afinidades políticas, sino de respeto por las normas y de mirada a largo plazo.

El juez norteamericano que determinó que Bill Gates & Co. tenía un monopolio nocivo sobre los sistemas operativos de las computadoras personales se llama Thomas Penfield Jackson. Según los observadores, debería ser considerado un republicano "puro y duro", nombrado por Reagan, cuyos antecedentes dirían que siente simpatía por facilitar la "América corporativa y los negocios a gran escala"; lo que se llamaría un juez propenso a los monopolistas.

Sin embargo, les espetó a los representantes de Microsoft que su tribunal era "un santuario", y que "ustedes vinieron aquí y arrogantemente torcieron la verdad. Sus e-mails muestran que hostigaron a competidores y perjudicaron a consumidores. No me importa lo poderosos que son o cuántas firmas jurídicas rentaron. Van a pagar, porque ése no es el modo como los americanos deben hacer las cosas". Este fallo tendrá consecuencias que hoy son impensables en la sociedad norteamericana.

Más que un veredicto técnico acerca de la aplicación de normas anti trust, la sentencia de Jackson es un compendio de cómo concebir el Estado de Derecho y de cuáles son los límites ante los que deben detenerse quienes quieren hacer negocios. Por esas casualidades de la historia, el pronunciamiento de Jackson tuvo lugar al cumplirse el décimo aniversario de la caída del Muro de Berlín, que fue lo que permitió el juicio a Wolf por parte de quienes acaso terminaron por beneficiarse con sus actividades.

Comentando el fallo de Jackson, el periodista Thomas Friedman recordó haberse enterado en el Silicon Valley de que Microsoft declaraba orgullosamente que no tenía oficinas en Washington, porque no existía ninguna necesidad de aproximarse al gobierno. Los *techies*, subrayó Friedman, no eran conscientes de que *el sistema* estadounidense era lo que les permitía hacer lo que habían hecho; "no se trata sólo de electrones y de ancho de banda; también se trata de reglas y de instituciones".

Al mismo tiempo, sentencias como las que tendremos por delante en episodios de corrupción, de abuso de poder y de depravación de los deberes de funcionario público *serán las que nos dirán el modo como viviremos*. No se tratará de gloriosas aventuras del tipo de un juez David peleando contra un Goliath como Microsoft. Acaso sean cuestiones nimias, algo ramplonas, aparentemente no edificantes.

Sin embargo, tan importante es construir la virtud de lo más humilde como la de lo más poderoso. Pequeñas conflagraciones de la conciencia y la independencia contra la vocinglería del exceso y del desvío de poder. Como cuando la entonces jueza laboral Alicia Ruiz ordenó mantener encendido un horno en Somisa, mientras el presidente Menem —como un Vulcano caduco— daba clases de fragua sosteniendo que debía apagarse. O como cuando la jueza contencioso-administrativa María José Sarmiento se opuso a que las prestadoras del servicio básico telefónico se apartaran de la prohibición de brindar servicios de comunicaciones distintos al de telefonía básica. O como cuando la también jueza contencioso-administrativa Liliana Heiland contradijo la posición del Poder Ejecutivo en materia de privatización de aeropuertos, lo que le valió un fútil pedido de juicio político efectuado por un grupo de diputados del Partido Justicialista a comienzos de julio de 1998.

Si algún juez ha dado motivo suficiente como para ser removido según lo prescriben la Constitución y las normas, ése será el proceder indicado. Si no lo ha dado, sea cual fuere la atmósfera emocional pública, sus decisiones tendrán la firmeza que debe darse a la de cualquier colega, y su obediencia, la que se debe a las decisiones de los magistrados judiciales. Tan sencillo como eso, tan importante también. Markus Wolf, ante los jueces que lo condenaron, hubiese implorado que pensaran apoyados sobre la diafanidad de conceptos tan básicos.

# Re-públicos

*Así como uno de los principales argumentos que esgrime la ciudadanía para condenar a la política es que los políticos la usan en beneficio propio, abusar de la investidura para no pasar por algunos de los innúmeros inconvenientes con los que nos tropezamos todos los ciudadanos sería el botón cotidiano de muestra de la primera afirmación.*

*Sólo habrá armisticio entre dirigentes y dirigidos cuando éstos comprueben que aquéllos están dispuestos a compartir el destino colectivo.*

El 6 de diciembre de 1810, hace casi doscientos años, la Primera Junta dictó el Decreto de Supresión de Honores que había encomendado a Mariano Moreno. La norma enfatizaba que… *si deseamos que los pueblos sean libres, observemos religiosamente el sagrado dogma de la igualdad.*

Casi dos mil años atrás, nació en Roma Aulo Gelio, el autor de *Las noches áticas*, un libro útil para conocer las instituciones y la vida privada de los antiguos. A propósito de las atenciones entre padres e hijos, se lee que "en los parajes públicos, en todas las circunstancias en que el hijo ejerce sus funciones de magistrado, la paternidad debe prescindir por el momento de sus derechos y ceder el puesto", para que el hijo pueda sostener la dignidad de una magistratura que ha recibido del pueblo. En otras palabras, los *atributos* de la jerarquía formal se refieren al *cargo*, y no son *honores* debidos a la *persona* que los ejerce.

*Es otoño; un juez circula por los vericuetos de los tribunales de la calle Talcahuano, rumbo al ascensor de uso privilegiado. Su mentón es irlandés, ambicioso e intenso, y en sus ojos brilla el patriotismo de Arthur Griffith, fundador de la organización separatista Sinn Fein. A dos pasos lo sigue un efectivo de la Policía Federal, quien lleva doblado sobre su antebrazo izquierdo el abrigo del juez, una primorosa pieza color tabaco hecha de "pashmina", un paño tejido con barbas de la quijada de cabras nepalesas, 70% de material básico y 30% de seda.*

*El decreto 6580/68 establece los alcances de los servicios de seguridad, y especifica la custodia de los miembros del Poder Judicial en condiciones normales y en casos especiales; nada dice acerca de sobretodos.*

*El agente mira la honorable espalda, y alternativamente el sobretodo destinado a cubrirla. Como si dudara, según criterios propios de precio y valor, a quién sería menester dar prioridad si llegara el momento de tener que defenderlos.*

Escribe Aulo Gelio que Licinio Dentato se hizo famoso por las hazañas que le valieron el nombre de "Aquiles romano". Asistió a ciento veinte combates: herido cuarenta y cinco veces por delante, jamás lo fue por la espalda. Como recompensas militares recibió —entre otras— ocho coronas de oro, "añadiéndose a esto despojos militares de toda clase". Como recompensa cívica, fue tribuno del pueblo, esto es, ejerció el *ius honorum*, dado que —desde el punto de vista del derecho público romano— "honor" era *sinónimo* de "magistrado".

*En el aeropuerto de Santiago del Estero, un diputado nacional se acerca al mostrador y solicita un boleto hacia la Capital Federal.*

*"El vuelo está completo", responde el empleado. "Para los demás, puede ser, pero no para mí, que soy diputado", replica el legislador. El oficinista lo mira a los ojos: "Pensé que éramos todos iguales". Didáctico, el diputado se le acerca, se apoya sobre un codo, y replica con voz siseante: "Iguales, sí, como los naipes: de un solo lado. Del otro, yo soy el ancho de espadas y vos un cuatro de copas. Así que dame de una vez el pasaje, que me vas a hacer perder el avión".*

En los antiguos tiempos de los romanos, relata Aulo Gelio, se tributaban extraordinarios honores a la ancianidad, "no consiguiéndolos mayores la nobleza y la opulencia". Sólo cuando fue necesario aumentar la población de la República, se alentó la paternidad con honores y recompensas. Por ello la ley ordenaba que el cónsul que había de gozar primero del honor de los fasces (insignia del cónsul o el lictor romano, que consistía en un haz de varas sosteniendo en el centro un hacha) no era el que tenía más años sino el que había dado más hijos al Estado. Sin embargo, el cónsul a quien la ley autorizaba a tomar los fasces en el primer mes renunciaba frecuentemente a su derecho y lo cedía a su colega, cuando éste era cónsul por segunda vez, o tenía más edad.

*Si bien el magistrado nació cerca de la Capital, pasa por cordillerano y responde al apodo de "el Gordo". Tiene tres autos oficiales a su disposición, y uno que otro pedido de juicio político.*

*Cuando se acerca a su opulenta oficina céntrica, comunica su proximidad por el teléfono celular. En ese preciso instante, cuatro ordenanzas corren presurosos y, munidos de vaporizadores, recorren entradas, pasillos, ascensores y rincones. Nubes de humedad tornasolada flotan hasta el piso, llenando las estancias de un olor a flores y a miel silvestre. El magistrado cree religiosamente que una eterna primavera olfativa alarga la vida y aguza la inteligencia.*

Aulo Gelio, en el capítulo XXII de *Las noches áticas*, recuerda que los censores romanos acostumbraban a condenar a la pérdida del caballo a los caballeros que se ponían muy gruesos y repletos, considerando que el peso de su corpulencia los hacía muy poco aptos para desempeñar su servicio.

Mucho se discutió sobre si la medida implicaba un castigo o bien una forma de despedirlos sin degradarlos. Catón, en su discurso "Sobre la celebración de los sacrificios", sostuvo que la medida suponía una indignidad. Si el servicio constituía un honor, entonces la indolencia de los caballeros cuyos cuerpos adquirían un volumen floreciente que les imposibilitaba seguir siéndolo, debía ser sancionada con la pérdida de dicho honor.

Así lo manda la República.

# Celebridades y polémicas en la Justicia

*Mucho se ha hablado de la judicialización de la política, y de la politización de la Justicia. Es grave que en la información colectivamente aceptada se dé por supuesto que una sentencia del más alto tribunal tiene por objeto beneficiar a una persona, porque ello supone quitarles a los jueces que lo integran los atributos indefectibles de la independencia y la ecuanimidad. Más allá de lo que en definitiva termine ocurriendo.*

*Un ejemplo de ello lo da* El Cronista Comercial, *en su edición del 11 de mayo de 2001. Entonces tituló: "La Corte le da una mano a Menem — Fijará la diferencia entre una asociación ilícita y los miembros de un gobierno".*

*El texto, firmado por Dolores Oliveira, asumía que la Corte Suprema de Justicia le dejaría servido en bandeja al ex presidente Carlos Menem el argumento para pedir su desprocesamiento en la causa por supuesto contrabando de armas, donde estaba imputado como jefe de una asociación ilícita, en el momento en el que la nota fue escrita.*

*La columnista anticipaba que la jurisprudencia que la Corte dejaría implícita en el caso del ex juez Bernasconi apuntaba a impedir el uso de la figura de asociación ilícita sobre personajes que ocuparon cargos públicos, cercanos o superiores a otros desde los que se cometieron presuntos crímenes, como el contrabando de armas.*

*Es muy difícil que un fallo de la Corte Suprema no tenga consecuencias políticas. Es indispensable que la Corte argentina gane un predicamento tal que a sus fallos no se les asignen propósitos políticos; ésa es la dirección hacia donde deberá orientar sus esfuerzos.*

Dice Woody Allen que es interesante observar a quiénes elegimos como celebridades, y por qué; se puede aprender mucho de una sociedad viendo a quién prefiere admirar. Parafraseándolo, nada como interesarse por las reyertas que entretienen a un país para saber cómo es. En materia de Justicia, en los últimos tiempos la Argentina vivió varias.

De las edificantes, puede señalarse el debate alrededor de la modalidad de juicio a los responsables del motín de Sierra Chica (circuito cerrado de televisión), las críticas que motivó el fallo de la Justicia en contra de Neustadt y Telefé, a partir del cual los periodistas que entrevisten a invitados en sus programas se verían obligados a verificar *previamente* la veracidad de sus declaraciones u opiniones (una jueza se sintió agraviada porque una invitada la acusó *en vivo* de haber cometido irregularidades), el rechazo desde Mar del Plata de cien magistrados bonaerenses a volver a las ordenanzas de Francisco I o de Luis XIV (mediante las que los jueces quedaban sujetos a ser empleados del Poder Ejecutivo), y la auspiciosa consulta que el ministro de Justicia Gil Lavedra dirigió a ochocientos jueces y fiscales nacionales solicitándoles opinión sobre las modalidades de prevención y represión de los delitos contra la propiedad cometidos con violencia (que no cesan de crecer).

De las disolventes, de las que hacen pensar que las torres de marfil tienen más de torre que de marfil, que provocan que sea escuchado un (otro) desplante enconado como el de Aldo Rico ("Los jueces no quieren dictar órdenes de allanamiento los viernes para poder irse a pasar los fines de semana a los *countries*"), cuando el repudio debiera ser instantáneo y unánime, pueden señalarse —a mi juicio— la negativa judicial a pagar el impuesto directo sobre las compensaciones que reciben (privilegio que, según algunos, vulnera el principio constitucional de igualdad), la negativa a declarar sus bienes ante la Oficina Anticorrupción (dictando la Corte su propio reglamento ante los requerimientos de la ley de Ética Pública), y la escalada acerca de las funciones de superintendencia del Consejo y de la Corte (que abismó a sus miembros ante el pedido, por parte de aquel órgano, de juicio político a los de éste).

Hay contiendas de poder que sirven para dejar al país en mejor situación de aquella en la que estaba. Dado que sólo el poder controla al poder, en algún sentido son inevitables. Es el caso de la famosa pugna entre el Poder Ejecutivo y el Congreso de los Estados Unidos durante el New Deal, que fue zanjada por la Corte a favor del primero, lo que permitió la recuperación de Norteamérica. El protagonismo del Poder Judicial respecto de la corrupción política en Italia durante la década pasada, con sus matices y su final abierto, es —así y todo— otro.

21

En cambio, la redundante pugna entre el Consejo de la Magistratura y la Corte Suprema argentinos es un dínamo de vientos que sólo pronostica tempestades. Las instituciones en general y las judiciales en particular no están para ser estiradas como una opinión; su precariedad las pone más cerca de cortarse que de acomodarse.

La Corte Suprema de Justicia (por Acordada 4/2000) declaró nula una resolución del Consejo de la Magistratura que se atribuía facultades disciplinarias originarias sobre sus funcionarios y empleados, le recordó que ella era la "cabeza del Poder Judicial", reivindicó "su" competencia originaria respecto de las facultades disciplinarias de los empleados judiciales, declaró que las facultades de superintendencia que el Consejo puede tener sobre sus propios funcionarios y empleados en todo caso lo son por delegación, las reasumió, y aclaró que todos los reglamentos que dicte el Consejo podrán ser revisados por el alto tribunal.

Algunos consejeros acusaron a la Corte de estar "enferma de poder", de creer que el Consejo "es un tribunal inferior", de "despreciar" a la Constitución nacional, de no tener "el grado de legitimidad social" necesario como para influir sobre el Consejo de la Magistratura, le recordaron que era el tribunal que más pedidos de juicio político había registrado en la historia de la Argentina democrática, y el órgano (por catorce votos contra uno) rechazó la acordada 4/2000 reafirmando sus facultades y sosteniendo que la Corte se había excedido en sus competencias, para anticipar que analizarían la posibilidad de iniciar juicio político a sus integrantes.

El conflicto *real* no daba para tanto. Es cierto que la Corte tiene sobre los empleados y funcionarios judiciales facultades de superintendencia, y también que por la vía del control de constitucionalidad puede revisar cualquier norma. La situación no puede analizarse si no es vista dentro de un marco mayor.

La Corte Suprema debe tener presente que un juez no es más juez ni lo es mejor porque disponga de mayores facultades sobre sus subordinados sino por su aptitud para resolver acerca de los derechos en litigio traídos a conocimiento del tribunal por las partes en conflicto con la mayor dosis de efectividad posible. La jerarquía de los tribunales deriva de la nobleza de su jurisprudencia, que no consiste sólo en dictar derecho sino —en la medida de lo humanamente posible— en alcanzar justicia.

Durante el año 2000, un juez declaró que la escasa cantidad de inscriptos en los concursos para ingresar a la magistratura se debía a que "al estar la Justicia tan desprestigiada, el cargo de juez no parece apetecible". Salir destempladamente al cruce de pedidos de recursos efectuados por distintos tribunales al Poder Ejecutivo, destinados a superar las necesidades funcionales de los fueros del Trabajo, Comercial y de Seguridad Social, al borde del colapso, señalando que todo pedido de los tribunales inferiores debe ser cursado a través de la Corte mediante las comunicaciones pertinentes, más allá de óbices jurídicos que exigen un esfuerzo de armonización, recuerda el cuento de aquel aristócrata que prefirió morir de hambre ante el plato lleno por no tener a mano sus cubiertos de plata de Habsburgo.

El Consejo de la Magistratura, por su parte, como órgano constitucional del Poder Judicial de la Nación, tiene por delante el análisis de múltiples aspectos de la organización, la determinación de un plan maestro para la informatización del Poder Judicial nacional, la reformulación de un mecanismo de reclutamiento que —en la ley— se ha mostrado demasiado exhaustivo como para ser expeditivo.

Los argentinos nos caracterizamos por la impaciencia, lo que es síntoma tanto de superficialidad como de necesidades atrasadas. Como en el poema de Elio Pagliarani, esto es malo: *Ya es otoño, otros meses soporté / sin aprender más que esto: te he perdido / por demasiado amor, como el hambriento que por hambre / vuelca en su temblequeo la escudilla.* Es necesario tener presente que el Consejo de la Magistratura italiano tardó casi cincuenta años en tener estatura constitucional, y casi veinte a partir de entonces para comenzar a funcionar en régimen. El nuestro fue creado en 1994, y sus consejeros juraron el 17 de noviembre de 1998.

Al igual que Woody Allen, Borges también había hecho referencia a la posibilidad de diagnosticar la miseria o grandeza de una sociedad sobre la base de los notables que indican como tales. ¿Un homenaje del cineasta neoyorquino, un plagio, la sintonía de dos mentes —por diferentes razones— notables? En cualquier caso, la grandeza o miseria de una sociedad se relaciona directamente con los estándares morales, éticos y jurídicos que imparta su Poder Judicial. Borges también supo decir: "Quizá la ética sea una ciencia que ha desaparecido del mundo entero. No importa, tendremos que inventarla otra vez".

# Decem primi

*Alguien dijo que todo se "ajustó" a lo largo de la última década, excepto la política. Gobierno y oposición coinciden en la necesidad de recortar el gasto político, a tono con la profunda recesión que afecta al país. El gobernador de Córdoba, José de la Sota, propone un plebiscito en su provincia para achicar la legislatura local de 133 a 70 integrantes. Inmediatamente, el Presidente de la Nación —Fernando de la Rúa—, Aníbal Ibarra, Ramón Mestre, Carlos Ruckauf y Rafael Pascual se hacen eco de la iniciativa.*

*Además de la repercusión económica, la iniciativa contiene un profundo valor de legitimación democrática para instituciones visceralmente cuestionadas por la sociedad.*

*Eso sí, si habrá de hacerse un "ajuste", es de desear que las enseñanzas recibidas de los que se hicieron sirvan para tener presente qué errores son los que no se habrán de repetir.*

Decem primi: "los diez primeros". Nombre de otros tantos senadores romanos que ocupaban puestos preferentes, a la cabeza de sus decurias senatoriales. En el Lacio y en las colonias, los diez miembros principales del Senado local.

Una encuesta realizada por el Centro de Estudios Nueva Mayoría asevera que para el 70% de los argentinos la imagen del Senado es negativa. Otra, concluida por la consultora Equis, revela que el 38,2% considera a los senadores del PJ responsables del escándalo por el supuesto pago de sobornos, el 27,8% a sus pares de la Alianza, y el 22,4% al gobierno nacional.

El politólogo Ralf Dahrendorf ha sostenido que lo que "la gente" dice en los sondeos de opinión se basa a menudo en pareceres superficiales que pueden cambiar al momento. Si las encuestas del Centro de Estudios y de Equis ponen de manifiesto el disgusto que sienten los ciudadanos frente a los políticos, la reflexión de Dahrendorf subraya algo todavía peor: los humores circunstanciales indican un hastío y una distancia crecientes, porque los avatares de la política se han desentendido de las angustias de la población.

Por ello, es imperioso restaurar el anillo de comunicación entre gobernantes y gobernados, y una de las recetas consiste en no trasladar el juego político afuera de los canales institucionales, sino en rediseñar las instituciones cuestionadas.

No sólo en la Argentina, sino en el mundo, los poderes legislativos vienen siendo cuestionados, aunque —hay que decirlo— no exactamente por las mismas razones. Los temas principales que han sido identificados como objeto de estudio crítico comienzan en el origen y la formación de los cuerpos deliberativos, y llegan hasta el propio funcionamiento habitual, pasando por su estructura y sus relaciones con los otros poderes del Estado.

Lo atinente al origen y la formación de los cuerpos deliberativos concierne a la cuestión de las leyes electorales, o a lo que en nuestro país se ha dado en llamar "la reforma política". Si el reproche al Congreso es que se ha desinteresado de la suerte colectiva para centrarse en sus propias prebendas y gangas, entonces hay que renovar la forma en que son elegidos sus integrantes. Con la actual legislación, ha dicho el politólogo Guillermo O'Donnell, son sólo representantes débiles de caudillos locales. Yendo un paso más en la misma dirección, las elecciones internas abiertas no sólo deberían ser para presidente y vice, sino también para todas las demás candidaturas.

En Estados Unidos, preocupados por el hecho de que la desigualdad de oportunidades sesgue la representatividad deseada, se han hecho perseverantes propuestas para que se limite el término durante el cual un individuo puede ser senador (es necesario tener presente que en Norteamérica la tasa de reelección para senadores es de aproximadamente el 80%). En la búsqueda de que los candidatos sean responsables frente a los votantes —y no frente a una oficina gubernamental—, se ha propuesto terminar con el financiamiento público de las campañas. Como actualización tecnológica de lo que entre nosotros se llama "veda electoral" se ha prohibido que a partir de los sesenta días anteriores a las elecciones los senadores envíen a los particulares *mailings* mediante los que hagan proselitismo de su reelección.

En cuanto a la estructura y el modo de organización, cuando en Estados Unidos comenzó a materializarse la reforma lanzada durante la 104ª legislatura (1995), la Cámara de Diputados votó reducir un tercio del personal contratado en las distintas comisiones, y eliminó tres de éstas y veinticinco subcomisiones. Dado que el *staff* se había incrementado en un 1.200% en relación con la cantidad de empleados con los que se contaba al terminar la Segunda Guerra, lo actuado obtuvo más que eliminar una que otra comisión inoperante: concretamente ahorró dinero. El Comité de Supervisión del Congreso pudo recortar su presupuesto en un 30%, ahorrándoles a los contribuyentes U$S 67 millones anuales.

*En ese mismo enero, el Congreso sancionó y el Presidente promulgó una ley que aplicaba a aquél once leyes federales de cuyo cumplimiento había estado privilegiadamente exento, como el Acta de Seguridad y Salud Ocupacional y el Acta de Americanos con Discapacidad. Por primera vez en la historia, los empleados agraviados podrían llevar sus casos a la justicia federal.*

*En marzo, el Comité de Supervisión aprobó la reducción en un tercio de los permisos de franqueo autorizados en 1994. Esto implica un ahorro de más de U$S 20 millones en gastos postales anuales, bajando el techo promedio de gasto por oficina de U$S 163,000 a U$S 108,000.*

Por lo que respecta al funcionamiento habitual, debería reforzarse el acatamiento a la ley federal que impone a los legisladores una quita en la remuneración percibida cuando se ausentaren de su lugar de trabajo por razones ajenas a enfermedad personal o familiar. El expuesto ha sido un problema, especialmente entre aquellos legisladores que se trasladan a otras agencias federales o pierden sus posibilidades de reelección. Ejemplo de ello, en la 103ª legislatura, el legislador Craig Washington —que fue vencido en su postulación para la reelección— faltó a su trabajo durante los siguientes dos meses; Jim Slattery se ausentó cuarenta días durante su campaña para gobernador. Pagarle el salario a un senador que no asiste a su trabajo constituye un subsidio para su campaña electoral en pos de otro cargo, o para mantener el que ya tiene.

El ex candidato a legislador Michael Maibach experimentó cómo las leyes electorales disminuyen las posibilidades de los individuos que pertenecen al sector privado. "Mientras la ley me exigía que no utilizara el tiempo de mi empleador, los demás candidatos (catorce en total y todos pertenecientes al sector público) no padecían ese contratiempo. Los contribuyentes... ¡les pagaban para que accedieran a su próximo cargo! Maibach concluye que el sistema actual deja de lado a muchos individuos valiosos que al no ser trabajadores independientes, ricos o empleados del sector público, no pueden acceder a un cargo electivo.

El otro aspecto a ser pensado es la relación con la rama ejecutiva. El constitucionalista García Lema propuso la pronta creación de la Comisión Bicameral Permanente prevista en el artículo 99, inciso 3º de la Constitución. Los propósitos que inspiraron a los constituyentes fueron diseñarla como una especie de "miniparlamento", y como un ámbito de diálogo entre el Ejecutivo y los líderes parlamentarios, para que aquél pudiese exponer el grado de prioridad que acordaba a la aprobación de ciertos proyectos de ley. La recuperación para ciertos órganos —como las comisiones— de "su noble funcionalidad" ha sido también propuesta en España como un modo de mejorar la relación democrática entre el Poder Ejecutivo y el Legislativo.

Si bien es difícil ver esta crisis como una oportunidad, es pavoroso imaginar nuestro destino como Nación si se profundiza el abismo entre "la gente", los políticos y las instituciones. Tal vez sea el espanto, como en el verso de Borges, capaz de unirnos más que el amor, para que este país pueda ser tal.

# Control y nueva gestión pública

*Un amplio margen de discrecionalidad tiene sus ventajas: celeridad, aptitud para tomar decisiones sin obstáculos inmediatos, albedrío. También desventajas: la falta de contraste de las ideas propias con las ajenas puede ser fatal. El programa de privatizaciones desarrollado en el país durante la década pasada sólo fue posible porque los órganos de control que existían fueron anestesiados, y los que debían crearse considerados con desatención y dotados con debilidad.*

*Allí donde hay discrecionalidad debe haber una dosis exactamente igual, aunque de signo inverso, de control. Cuando no es así, las demasías son inevitables, y los costos irremediables.*

*Bernardo Kliksberg, especialista en pensamiento organizacional, ha demostrado con todo rigor "diez falacias sobre los problemas sociales de América Latina", ostentadas por las teorías que inspiraron a los economistas e influyentes sobre "los mercados" durante la última década de la Argentina:*

*1. Negar la gravedad de la pobreza.*

*2. No considerar la irreversibilidad de los daños que causa.*

*3. Argumentar que sólo el crecimiento económico solucionará los problemas.*

*4. Desconocer la trascendencia del peso regresivo de la desigualdad.*

*5. Desvalorizar la función de las políticas sociales.*

*6. Descalificar totalmente la acción del Estado.*

*7. Desestimar el rol de la sociedad civil y del capital social.*

*8. Bloquear la utilización de la participación comunitaria.*

*9. Presentar el modelo reduccionista que se propone —con sus falacias implícitas— como la única alternativa posible.*

*10. Eludir las discusiones éticas.*

*Reflexionar sobre la importancia del control a la luz de estas diez falacias predica sobre el control mucho más de lo que pudieran decir cien páginas de texto.*

Las grandes transformaciones que sufrió la República Argentina durante la década de los '90 tuvieron lugar dentro de un contexto en el cual el control era sinónimo de estorbo, y en el que se careció de un modelo de Estado de referencia destinado necesariamente a reemplazar al que se estaba deshaciendo.

Como consecuencia del criterio de tomar el control de la actividad pública como un engorro, se neutralizó a los órganos que estaban a cargo de aquél por la vía de hacerlos desaparecer, de poner a su cargo a quien supiera y estuviera dispuesto a sedarlos, o simplemente de hacer oídos sordos a sus observaciones y recomendaciones. De este modo, el Tribunal de Cuentas de la Nación, la Fiscalía Nacional de Investigaciones Administrativas, la Sindicatura General de Empresas Públicas, la Sindicatura General de la Nación y la Auditoría General de la Nación no supieron, no quisieron o no pudieron poner coto a la innumerable cantidad de agresiones a la ley que están siendo investigadas masivamente por los juzgados. El concepto mismo de legalidad fue enfrentado a los de eficacia y eficiencia, como si respetar la ley fuese cosa de minimalistas ociosos que no buscaran otra cosa que alejar a la Argentina de su prometido lugar entre los diez países más poderosos del mundo. El jefe de los fiscales, Nicolás Becerra, recordó oportunamente lo expuesto de un modo sintético y tajante: *hay que volver a la cultura de la legalidad*, dijo.

El propio Poder Judicial, que tiene sus incumbencias específicas de control y que debe velar por la defensa de los derechos de los habitantes frente a la administración o sus concesionarios, prefirió poner a resguardo las armas y bagajes que en otros países le han permitido un protagonismo histórico en la lucha por la vigencia del derecho, y en una innumerable cantidad de casos no hizo y dejó hacer. Alejandro Carrió, refiriéndose a un sector de la Corte Suprema de Justicia, sostuvo que el tribunal renunció al comportamiento esperable, bien porque dio pasos al costado cuando no debió darlos, o bien porque recurrió a construcciones forzadas a fin de legitimar lo ilegítimo.

Fueron años escabrosos para los preocupados por el cumplimiento de la ley, años que recordaban la ocurrencia de Groucho Marx: *¿No le gustan mis principios? No importa, tengo otros.* El repertorio de citas que ponen este estado de cosas en boca de los protagonistas de entonces es infinito, pero acaso una de las más gráficas sea la de un funcionario, quien enfatizó que el capital más notable de los abogados consistía en poner palos en las ruedas, para defensa del entonces delegado presidencial en YPF, José Estenssoro, quien rehusaba entregar documentación sobre la venta de acciones de la petrolera en el mercado al órgano de control que las requería.

Mientras que una forma de Estado obsoleta e inviable era derribada con mucha más preocupación por la subasta de las raciones que por lo que debería hacerse con lo que subsistiera, tropeles de empleados públicos en condiciones de determinar qué estaba permitido y qué no enhebraban las endebles costumbres públicas de una década maquillada patéticamente: la ostentación, el pavoneo, la descripción de paraísos artificiales, la obsecuencia obscena. No había barreras, porque intentar el ejercicio del control institucional era calificado como cerrarle el paso a una Argentina a la que el 8 de julio de 1989 Menem le había ordenado *levántate y anda*. Para el ex presidente, los que denunciaban la corrupción eran —en jerga penitenciaria— *buchones* y *ortivas*, como si hablara desde Devoto o Caseros y no desde la Casa Rosada.

Entramos al siglo XXI, y es tiempo de poner en orden un desecho de eslóganes oportunistas, bravatas y frases altisonantes e insensibles, como "economía social de mercado", "ramal que para, ramal que cierra", "tormenta ética", y —como se le hizo decir a Jesús— "siempre habrá pobres... *entre ustedes*". Dentro de un *sistema de libertad ordenada*, en expresión de la Corte Suprema norteamericana, es necesario rediseñar las instituciones, restablecer el vigor de viejas leyes que, como la de la gravedad, no pueden ser derogadas por voluntad del príncipe, y convencer de que la obediencia al derecho puede ser la conducta más redituable.

Por imperio de la elección del 24 de octubre de 1999, el poder ha quedado distribuido como nunca antes desde el restablecimiento de la democracia, lo que de por sí —en un sistema presidencialista como el nuestro— es un control y un límite para cualquier tentación de absolutismo o excesos. Resta casi todo, entre otras cosas restaurar el papel de los órganos de control y hasta el sentido mismo de tal actividad.

Existen diversos modos de control, y de entre ellos cabe destacar el *externo* que deben ejercer sobre el sector público nacional los representantes de la ciudadanía, esto es, el Congreso Nacional; y el *interno* que debe revisar al que administra. El primero ha sido confiado a la Auditoría General de la Nación, y sigue la figura de la empresa privada en la que la ciudadanía vendría a ser el total de los "accionistas". El segundo, a la Sindicatura General de la Nación, que hace la auditoría de las jurisdicciones que componen el Poder Ejecutivo nacional, los organismos descentralizados y las empresas y sociedades del Estado que dependan de aquél. A esto hay que añadir la Fiscalía Nacional de Investigaciones Administrativas, el Poder Judicial y, último pero vital, la sociedad civil.

Controlar la marcha de la Administración Nacional no sólo supone uno de los intentos posibles de conciliar la autoridad y la libertad en el marco del Estado, sino que obliga a incorporar conceptos tales como el principio de responsabilidad del funcionario público, y el que le fija la obligación de rendir cuentas de la gestión. El principio de responsabilidad hace que toda persona física que se desempeñe en el Estado deba responder por los daños económicos que sufran los entes bajo su responsabilidad, como consecuencia del ejercicio de sus funciones. Aunque parezca mentira, ésta es una obligación fijada por una ley *vigente*. La rendición de cuentas como práctica en la Administración Pública está lejos de ser habitual. Otra vez, *existe* una norma que obliga a que ciertos titulares de organismos convoquen a audiencia pública al menos una vez al año a fin de *dar a conocer los resultados de su gestión*. Éstos son ejemplos prácticos del apartamiento señalado de la cultura de la legalidad.

El Estado argentino enfrenta un mundo donde aumenta la concentración de capitales con atomización de la propiedad (fondos de inversión), crece el volumen de flujos financieros internacionales, y las inversiones se planifican buscando la mayor rentabilidad del planeta considerado como espacio global. Y debe hacerlo en medio del cuestionamiento social a la ineficiencia del gasto público, la exigencia de protección de los derechos de los usuarios y una crisis de identidad del Estado. No lo conseguirá si no se moderniza y acompaña con su esfuerzo al que soporta la población.

Éste es el espacio de la sociedad civil. Diversas organizaciones no gubernamentales, grupos de consenso y agrupaciones por intereses deberán colaborar con la tarea de reforma y control, de modo tal de reinventar el gobierno aportando ideas propias, en un extendido intercambio permanente. Sólo así las reformas serán sentidas como propias y aceptadas.

A comienzos de siglo, decía Leopoldo Cano que hay dos clases de americanos: *americanos que se caen a pedazos de puro remolones, y americanos que se disparan solos*. Lejos de la molicie del Estado empresario y del providencialismo de aquellos que no nos iban a defraudar, un país donde resulte probable creer en el gobierno es posible.

# http:\\niñosenpeligro.com.net

*Antes de la aparición de Internet, los paidófilos encontraban muchas dificultades para dar rienda suelta a su desvío, dado que las autoridades tenían circunscripta y controlada la pornografía infantil.*
*Internet se ha constituido en el vehículo a través del cual redes de abuso contra menores aparecen como hongos.*

Un hombre la conoció como Noël, una niña de catorce años que cantaba en el coro de su escuela. Otros, como Angie, una porrista con flamante licencia para conducir y una hermana menor bastonera. Para un tercer hombre fue Sabrina, de quince años, quien en su portal de Internet se apodaba *Hechicera de Satén*. En realidad, su nombre es Nancy Casey, un ama de casa de cuarenta y cinco años, que mediante el método de encarnar anzuelos por Internet con identidades supuestas, ayudó a arrestar a tres devotos de la pornografía infantil.

En 1996, enseñándoles a los niños de Avola —una pequeña localidad de Sicilia— el uso de Internet, el sacerdote Fortunato Di Noto fue a parar a un *site* llamado "Frente de Liberación de la Paidofilia". Al igual que otras, como la "Asociación Norteamericana de Hombres que Aman a los Niños" (NAMBLA), el Frente era una organización que defendía el estilo de vida de los paidófilos. "Es una suerte que tenga fe", dijo el eclesiástico a *Newsweek*. "De lo contrario estoy seguro de que habría salido con una ametralladora y habría tomado la justicia en mis propias manos". A partir de entonces, Di Noto se convirtió en un implacable y triunfante perseguidor de usuarios y distribuidores de pornografía infantil.

Los paidófilos son personas sexualmente atraídas por los niños. La psiquiatría suele distinguir tres conductas dentro de dicho cuadro genérico. En primer lugar se sitúa *el perpetrador de abuso infantil*, que

32

casi siempre ha sido abusado a su vez durante su niñez, y necesita intensamente su propia experiencia para poder dominar el episodio primario. En quienes se manifiestan de este modo, suelen distinguirse ansiedad, depresión y bajo nivel de serotonina química en el cerebro.

Sin embargo, no todo paidófilo abusa sexualmente de niños, y no todo abusador sexual infantil es paidófilo. Por ello, aparece *el paidófilo coleccionista,* que recopila pornografía infantil no necesariamente con sexualidad explícita. Es frecuente que tengan la fantasía de que los niños disfrutan de los tocamientos. Finalmente, está *el paidófilo "perfecto",* para quien los niños son verdaderos objetos de amor. Desea su compañía, más allá de cualquier contacto físico, y pretende reciprocidad.

La clínica enseña que los tres tipos suelen compartir ciertas características: son casi siempre hombres, tienden a vivir solos o con alguno de sus padres, con frecuencia están desempleados o tienen un trabajo con un bajo salario, son retraídos en su relación con los adultos, se sienten proclives a los niños porque temen la sexualidad desarrollada, y pueden tener cualquier edad y orientación sexual.

Nancy Casey comenzó su cruzada cuando descubrió, con indignación, que un hombre desconocido para la familia le había enviado a su hija adolescente la foto de un desnudo vía correo electrónico. Ahora, sus hijas no tienen permiso para navegar solas por la red, y ella está en la Web todo el tiempo que le permite su cuenta telefónica. "Puedo no ser una chiquilla, pero sé que todos esos tipos se lo hacen a niñas verdaderas", declaró. Con su poco convencional método de intercambio *on line* con identidad encubierta, Casey ha inventariado una larga lista de interlocutores, con su nombre de pantalla, su edad y sus preferencias.

El padre Fortunato, siguiendo pistas concienzudamente, y con el combustible de la indignación que le produce que un individuo consuma fotos de niños desnudos manteniendo relaciones sexuales o siendo torturados, ayudó a desbaratar una gran red con sede en Moscú, y con ramificaciones en Estados Unidos, cuyo sitio en Internet se llamaba Blue Orchid.

Veinte años atrás, las autoridades norteamericanas pensaban que la pornografía infantil estaba bajo control; la aparición explosiva de Internet cambió la situación de raíz (en 1995, en Estados Unidos había 12,7 millones de usuarios; hoy, hay aproximadamente 44 millones). Una serie de factores se combina para que esto sea así: en primer lugar, no es necesario merodear por lugares expuestos, sino que es posible seducir preadolescentes por correo electrónico o chateando. Luego, las fotografías digitales evitan el riesgo de tener que llevar el material a un lugar público para su revelado. Además la red está plagada de fotos familiares, como por ejemplo de campamentos de verano, que muestran a niños desnudos, y que pueden "levantarse" y usarse para otros fines.

La cantidad de fotografías almacenadas para utilización pornográfica es sorprendente. Cuando las autoridades demolieron la red Wonderland, sólo en Inglaterra había 750.000 imágenes de pornografía infantil. Los doscientos miembros del grupo de charla del sitio de Internet de Wonderland, para poder suscribirse a aquél tenían que suministrar 10.000 imágenes cada uno.

La transnacionalización de la actividad colabora con ello. El norteamericano Wayne Camoli, quien cumple dieciséis meses de prisión por divulgar pornografía infantil, fue apresado por una pista de la policía belga, que seguía los pasos del conocido paidófilo Marc Dutroux, detenido más tarde. El problema de la distribución de pornografía infantil en Internet se ha convertido, como Internet misma, en algo global. Lawrence Sherman, presidente de la Sociedad Internacional de Criminología, sostuvo que en lugar de temer qué puede haber de malo en el barrio cuando su hijo salga de casa, ahora la gente deberá temer qué puede haber de malo en el mundo entero, aun cuando el chico no ponga un pie fuera de su habitación.

La propia extensión hace redituable la actividad. El sitio denominado Tajik Express (la dirección de Internet estaba en Tajikistán, pero la computadora... en Massachusetts) en tres meses recibió la visita de 150.000 personas, y transfirió más de tres millones de imágenes. Los norteamericanos Thomas y Janice Reedy, quienes en su propio sitio de Internet establecieron hiperenlaces con otros sitios de pornografía infantil, recibieron ingresos por más de un millón de dólares anuales.

Esta irrupción plantea rigurosos interrogantes en el plano legal y tecnológico. Nancy Casey sabe que su trabajo navega por delicadas aguas legales. Jamás envía el primer mensaje; nunca es ella la que aborda la cuestión sexual y recopila cuidadosamente la información hasta que la policía puede salir a hacer un buen arresto. El padre Fortunato consiguió que las autoridades italianas presentaran cargos contra el traficante de pornografía infantil Dmitry Kuznetsov, pero el delito no es considerado lo suficientemente grave en Rusia como para conceder una extradición. Kuznetsov llamó por teléfono a unos periodistas para anunciar que había cambiado el nombre de su empresa; ahora se llamaría Lucky (afortunados) Videos, en homenaje al padre Fortunato. En nuestro país, el artículo 128 del Código Penal —desde 1999— pena a quien produjere, publicare o distribuyere imágenes pornográficas en las que se exhibieran menores de dieciocho años, y el 129 castiga al que ejecutare o hiciere ejecutar por otros actos de exhibiciones obscenas expuestas a ser vistas involuntariamente por menores. Sin embargo, la aplicación de estos tipos penales es más bien escasa.

Sin embargo, lo peor que podríamos hacer es dar la espalda a estas cuestiones. Según los especialistas, el silencio permite a los paidófilos reivindicar en círculos cerrados su modo de existencia. También en alguna época nos desentendíamos de la droga diciendo que nuestro país era "de tránsito" y no "de consumo". Hoy, basta ir a la popular de una cancha de fútbol para entender la magnitud del error.

El 8 de diciembre de 2000, la División de Inteligencia Informática de la Policía Federal detuvo a Federico Erwin Vescovo, argentino, ante una denuncia de la Policía Nacional de España que había detectado la existencia de imágenes de pornografía infantil en la red, con origen en Buenos Aires. Bajo la imputación de corrupción de menores, también fueron detenidos Marcelo Rocca Clement y Leonardo Russo. Unos de los primeros, pero seguramente no los últimos.

# El país más seguro

*Sesenta indagatorias y 19.600 fojas después del accidente de LAPA en el que, en 1999, murieron sesenta y siete personas, el ex juez federal Gustavo Literas procesó a cuatro altos directivos de la compañía por "haber atentado contra la seguridad" de los pasajeros, y a tres jefes de la Aeronáutica, por "incumplimiento de sus deberes". A través de sus compañías de seguros, la empresa había acordado a diciembre de 2000 con el 47% de los parientes de las víctimas las indemnizaciones correspondientes.*

*En marzo de 2001, los familiares de quienes murieron en el accidente que sufrió el Concorde en las inmediaciones de París llegaron a un acuerdo extrajudicial con Air France que les permitirá cobrar una indemnización total de casi 50 millones de dólares.*

Hasta el martes 25 de julio de 2000, el Concorde era el avión más seguro del mundo. Ese día, el vuelo charter F-4590 terminó con la caída del aparato sobre el restaurante del *Hotelissimo* en Gonesse, Francia, y ciento catorce víctimas. En treinta y un años de existencia, era el primer accidente de este sueño supersónico de *grandeur*.

La determinación de las responsabilidades por el siniestro de un avión involucra multitud de aspectos diversos, tales como el estado de los motores o de las alas, el adiestramiento de la tripulación y su salud, los sistemas de límites máximos de actividad y mínimos de descanso para los pilotos, la atención prestada a los familiares de las víctimas y el mecanismo de autoridades de fiscalización sobre la calidad integral de las aerolíneas. De tal manera, la *seguridad de un avión* y la determinación de las responsabilidades luego de una catástrofe están directamente relacionadas con un *país seguro*.

En el preciso instante en que se conoció la noticia, la empresa

British Airways (la única junto con Air France en operar el avión) resolvió cancelar los vuelos que el Concorde tenía previstos ese día, y el ministro de Transporte francés Gayssot suspendió los del día siguiente. Con posterioridad, el gobierno francés anunció que las cinco unidades de Air France permanecerían en tierra hasta que se realizaran mayores análisis.

A horas de la tragedia, se sabe que el diseño de alas en delta del *top gun* acarrea menos fuerza ascencional, por lo que el avión tiene que acelerar mucho en los despegues, y la alta velocidad recalienta los neumáticos. La explosión de uno o más de éstos y el desprendimiento de parte de un deflector pudieron haber provocado *la cadena de incidentes* (la vinculación de cuyos eslabones y su orden pretende determinarse) que terminó en un incendio y en fallas en las turbinas.

El 31 de agosto de 1999, el vuelo 3142 de LAPA intentó despegar rumbo a Córdoba. Fuera de control, la nave salió de la pista, cruzó la avenida Costanera y se detuvo contra un talud de arena. Murieron sesenta y siete personas, entre ellas los pilotos. El informe final de la investigación realizada por la Fuerza Aérea hizo recaer la responsabilidad exclusiva por el accidente en éstos. Sin embargo, el hoy ex juez Gustavo Literas, que investigaba las obligaciones de la empresa en la capacitación de los aviadores y en el mantenimiento técnico de las aeronaves, relativizó este trabajo. "Tenemos siete u ocho informes, y el de la Junta de Accidentes es uno más". Añadió que se estaba tratando de establecer una *cadena de responsabilidades*.

En Francia, el piloto que conducía el "Águila de plata" es considerado un héroe, debido a que en sus últimos segundos pensó en la vida de los demás y evitó que el avión cayera sobre la autopista A1, de intenso tránsito. Es posible que Gustavo Weigel, el piloto de LAPA, con su vida en peligro, eludiera tres estaciones de servicio que obstaculizan el corredor aéreo, evitando de este modo que la catástrofe adquiriera dimensiones aun mayores.

De Christian Marty, el francés, se supo que cruzó el Atlántico sobre una tabla de *wind surf*, y la foto que recorrió el mundo lo muestra veinte años más joven. Del argentino, queda la lucha de un hijo, Guillermo Weigel, que discute contra el imparable aparato comercial "que envuelve a empresas de aerotransporte y organismos de control y supervisión de la seguridad aérea". La Fuerza Aérea argentina, de quien depende la Junta de Investigaciones que investigó e hizo el informe final, tiene a su vez a la Dirección Nacional de Aeronavegación como encargada de controlar la calidad técnica de aeronaves y la aptitud de los pilotos; lo que en la jerga forense se denomina ser "juez y parte". La diputada Alicia Castro ha propuesto desde hace tiempo regular todas estas cuestiones con una nueva ley.

Producido el accidente en suelo francés, la Oficina de Seguridad de Transporte Nacional (NTBS) de los EE.UU. aportó un observador calificado, que se añadió a los varios equipos que investigan el percance. La misma noche del accidente de LAPA, la NTBS cursó un mail proponiendo a la Argentina el envío de expertos. Según fuentes de la APTA (los mecánicos de aviación), aquéllos fueron "devueltos" a su país.

En el Ministerio de Exteriores de Alemania (la mayoría de los viajeros era de esa nacionalidad) se conformó un "equipo de crisis"; Klimt —el titular de Transportes germano— se comprometió a llevar a París a los familiares, con la asistencia de psicólogos, y en la Embajada alemana en Francia y la Cancillería en Berlín se instaló un número telefónico gratuito a disposición de los parientes de las víctimas. La señora Blanco, viuda del comandante Cécere del Austral que se desplomó en Fray Bentos, depende de la ayuda sindical para costear el tratamiento psicológico de sus hijos.

En medio de la suspensión por desplome de las acciones de Air France en París, un premier, Schroeder, suspendió sus vacaciones; otro, Jospin, se trasladó personalmente al lugar del desastre. La empresa LAPA comunicó "su solidaridad con las familias de sus pasajeros, personal y terceros afectados por el accidente, a quienes acompaña en su dolor". Frente al doctor Literas, se negó a declarar en la causa. Fabián Chionetti, el jefe operativo de LAPA, hizo lo propio. Gustavo Deutsch, empresario, dijo que no renovaban los aviones "por el famoso impuesto de los maestros"; como explicación, cabe señalar que para ese entonces no tenían suficiente conocimiento del expediente. El por entonces juez ratificó un embargo de 60 millones de pesos; la empresa denunció lo que consideraba una característica "persecución judicial".

Técnicamente, los aviones caen cuando pierden sustentación en el espacio. Los países poco seguros caen hasta tocar fondo. Cuenta Roberto Alifano que un conocido político, quien deseaba que Borges lo acompañara en la firma de una solicitada, lo invitó a almorzar. "Si ganamos las elecciones", le dijo, "saldremos a la superficie, porque este país está tocando fondo". Borges cabeceó, y le contestó como al pasar: "Bueno, yo no soy tan optimista. Como el espacio es infinito, podemos seguir cayendo indefinidamente".

# El plato de loza

*A mediados de mayo de 2001, el diario* Clarín *informó a sus lectores que al deterioro del vínculo entre la Central de Inteligencia Americana (CIA) y la Secretaría de Inteligencia del Estado argentino (SIDE), debía sumarse el hecho de que los agentes del FBI (Oficina Federal de Investigaciones) que se encontraban en Buenos Aires para trabajar en el atentado contra la AMIA preferían evitar todo contacto con agentes de la SIDE por la falta de confiabilidad de éstos.*

*La historia que se relata (real) da una clave para entender los usos y costumbres criollos en una actividad que en otras partes del mundo es tomada con un rigor y un profesionalismo diferentes.*

Sucedió a mediados del '93. Por disposición de Menem, el jefe de los espías autóctonos —el "Señor 5"— recibió al negro Jorge, llamado "Javier" durante la resistencia peronista y compadre del presidente. "Tirále algo", había sido la orden fundamentada del Jefe del Estado. Luego de que arreglaron función y estipendios, Jorge le pidió autorización a Anzorreguy para hacerse tarjetas. "¿Tarjetas que digan qué? ¿'Fulano de tal', *espía*? Dejate de hinchar, Negro", lo desalentó.

Jorge abarcó toda la estancia de un vistazo, con ese golpe de ojo vestibular que tenía, y que tantas veces le había salvado la vida. "Bueno, entonces permitime que me lleve algún recuerdo de mi paso por la institución", imploró, mirando un plato de loza que tenía el logo de la SIDE. "Tomá, llevátelo", concedió el jefe, con una sonrisa incauta.

A los tres días, un domingo de mañana gélido, mientras el Negro me contaba los detalles de su rito iniciático, nos retuvo en una 9 de Julio desierta e intemperante un policía achuchado, porque teníamos la proa del auto sobre la senda peatonal. "Carnet de conductor", le dijo al Negro, mirándole sin melindres el bolsillo donde hubiera debido de estar la billetera.

"Buenos días, primero", le espetó el Negro, que se creía que ya era funcionario. "Para comenzar, me identifico". Y de un solo y limpio movimiento, sacó el plato de loza de algún compartimiento invisible disimulado en la puerta del Fiat 125 del '77, y se lo puso al agente delante de las narices. "¿Usted puede leer, caballero? ¿Dice SIDE, no? ¿SIDE? Muy bien, no hay más nada que hablar, buenos días". Y sin apurarse, subió el vidrio de la portezuela, ante el uniformado que se había cuadrado, y lo despedía con una venia entre castrense y centroamericana.

El hecho de que algunos operativos, nombres y detalles de un servicio de inteligencia deban ser secretos no le quita a la anécdota su carácter de verídica, y la reserva que debe revestir el funcionamiento de una institución de esta naturaleza no evita que sus objetivos y funciones deban ser debatidos ante la opinión pública, porque nos conciernen a todos. En un gobierno representativo y republicano, confidencialidad no es sinónimo de clandestinidad.

Una de las primeras cuestiones que merece ser puesta sobre el tapete se centra en el papel que debería jugar un servicio de inteligencia. En este ámbito aparecen —expresados rudimentariamente— dos roles posibles: uno, vinculado con una mirada hacia el país en su relación con el exterior y con la economía global (el seguimiento de las rutas de la droga, las operaciones de lavado de dinero, la lucha contra el fraude y el crimen organizado). El Servicio de Seguridad e Inteligencia canadiense (CSIS), por ejemplo, tiene como su principal desafío prevenir cuestiones con raíz foránea que puedan devenir en problemas de seguridad doméstica. El otro rol se centra en la seguridad interior y su correlativa vigilancia fronteras adentro; es el modelo tradicional de los servicios sudamericanos.

Un concepto moderno puede resumirse en que inteligencia es una noción no necesariamente vinculada con ideología y represión. Una frase que se atribuye a Cyrus Eaton es ilustrativa a este respecto: "Siempre me preocupo cuando veo que una nación tiene la sensación de que está alcanzando la grandeza por medio de las actividades de sus policías".

Un paso más allá de esta antinomia se sitúan los procedimientos. Incluso dentro de un servicio orientado hacia un horizonte con el que no comulgo, como es el control social e institucional, las cosas pueden hacerse bien o mal. Se discutirá sobre si eran útiles para el bien común los míticos expedientes que Edgar Hoover tenía almacenados con estudios de personalidad sobre los hombres públicos norteamericanos; nunca se sabrá el número de intervenciones telefónicas que ordenó, ni cuántos de aquellos expedientes destruyó. Pero sin dudas es dañina la actitud de Vladimiro Montesinos, el asesor de Fujimori que controla el Servicio de Inteligencia Nacional, quien fue filmado *in fraganti* sobornando al congresista opositor Alberto Kouri para que se transformase en *tránsfuga* y se pasase al oficialismo.

El de los procedimientos es básicamente una cuestión de profesionalismo, y en nuestro país, lamentablemente, se suele contraponer profesional a político, a punto tal que la expresión "político profesional" suele ser usada como desconcepto.

Markus Wolf, durante treinta y cuatro años jefe del servicio de inteligencia exterior del Ministerio de Seguridad del Estado de la República Democrática Alemana, atribuye los defectos que pudiera haber tenido la organización al *exceso* de profesionalismo, no moderado por el filo áspero y hogareño de la vida corriente. "Nuestros métodos fueron tan eficaces", dice, "que involuntariamente ayudamos a destruir la carrera de Willy Brandt, el más visionario de los modernos estadistas alemanes". Pero, ciertamente, para que el profesionalismo llegue a ser defecto, primero hay que tener la virtud de ser profesional.

Un organismo moderno de inteligencia debería tener capacidad para anticipar conflictos, no debería ser confesional sino abierto a agentes de todas las religiones, no tendría que mantener relaciones espurias con instituciones civiles o militares sino ejercer independencia de abastecimiento de información y de análisis, coordinar a sus agentes en el extranjero con la Cancillería, y estimular con algunos servicios foráneos la realización de actividades conjuntas, en lugar de permitir quioscos transnacionales dentro de una estructura nacional.

Como no hay peor combinación que la afición al secreto y la simplificación al pensar, un servicio de inteligencia debe estar controlado. Los de aquellos países que funcionan tienen un control complejo, que combina diversas instancias, pero donde no predomina necesariamente el control parlamentario. En Inglaterra, por caso, existe un comité a cargo de las cuestiones de inteligencia y seguridad con sede en el Parlamento (Intelligence and Security Committee), pero en el sistema global de control de los servicios intervienen los tribunales, la Oficina Nacional de Auditoría y la Comisión de Seguridad.

Un plato de loza con una inscripción heráldica pintada con esmalte azul, en una novela del género, podría perfectamente ser un signo para que el protagonista advirtiera que su anfitrión pertenece a la misma logia. Un plato de loza con el logo del servicio secreto, usado por un agente para identificarse, es una anécdota que sirve para caracterizar a este país de ficción. Eso sí, no hace de nuestro país de ficción un país en serio.

41

# Escrúpulo y delicadezas

*En un país anegado por la sospecha de que la clase dirigente global utiliza los cargos —para los cuales han sido elegidos de diversos modos— para beneficio propio, el desempeño de la función pública con honestidad e idoneidad, en cumplimiento de principios tales como la legalidad, la probidad, la subordinación del interés particular en beneficio del público, etcétera, reviste una importancia trascendente.*

*Como en otros casos, no es por carencia de normas de todo tipo que en la Argentina la realidad es diferente de las expectativas ciudadanas. No se trata de nuevas leyes o de nuevos cánones jurisprudenciales; de lo que se trata es de cumplir y hacer cumplir a rajatabla los que ya existen.*

En una sentencia de 1955 (Murchison), el juez de la Suprema Corte norteamericana Black sostuvo que para que la Justicia pudiese desempeñar su alta función del mejor modo, debía satisfacer *la apariencia de justicia*. Con ello, fijó un estándar según el cual los jueces deben apartarse de su función, consistente en buscar una solución justa a un pleito, cuando —por alguna razón— su imparcialidad pueda ser puesta en duda.

En esto consisten las llamadas causales *de recusación* y *de excusación*: las primeras son las que oponen *las partes* para apartar a un juez; las segundas, las esgrimidas *por éste* para apartarse.

En materia tribunalicia, lo dicho se relaciona con la garantía de *defensa en juicio* y con el concepto intrínseco de *debido proceso*, pero —en términos más generales— puede decirse que cada vez que *un agente público*, sea juez o sea de otra índole, se encuentra en aptitud de tener que examinar la conducta de ciertos ciudadanos, de opinar sobre si se han apartado o no de la ley, y de recomendar la aplicación o de aplicar

42

sanciones, debe tener presente el interés en subrayar su imparcialidad, y la necesidad de dejar sentado su desinterés en todo lo que no sea la observancia de las leyes.

Lo que está en juego es la confianza comunitaria en las instituciones, y hay instituciones que necesitan mayor confianza comunitaria que otras. Las encargadas de recaudar impuestos y las de controlar la gestión de los funcionarios públicos son ejemplos de estas últimas, hoy más que nunca.

Por ello, un buen termómetro para medir el desempeño de sus responsables es escrutar la medida en que cumplen con los valores mencionados. La invocación de motivos de delicadeza para descartar su intervención en tal o cual asunto es la medida de la delicadeza con que conciben el rol del órgano y el suyo propio como autoridad; el desdén para excusarse, la medida del desdén con que desempeñan sus funciones.

Cuando el acto de decidir acarrea violencia moral, experimentarla es juicio preciso sobre la moral del funcionario, y no experimentarla sobre su inmoralidad.

Los últimos diez años han sido hostiles respecto de estas elementales normas de convivencia republicana. La superposición de intereses privados con responsabilidades públicas fue tan grande que, en infinidad de casos, se olvidó que la recusación y la excusación son el homenaje que el beneficio personal rinde a la imparcialidad.

Por esta línea argumental circula la *ley de ética de la función pública* vigente y reciente cuando, en el capítulo destinado a incompatibilidades y conflictos de intereses, establece que aquellos funcionarios que hayan tenido intervención decisoria en la planificación, desarrollo y concreción de privatizaciones o concesiones de empresas o servicios públicos tendrán vedada su actuación en los entes o comisiones reguladoras de esas empresas o servicios.

Tal importancia reviste esta cuestión, tanto va más allá del mero interés de las partes involucradas en determinada cuestión administrativa o judicial, internándose abiertamente en el terreno de la *gravedad institucional*, que vehementes voces del derecho así lo hicieron notar.

En efecto, ocho años atrás, el entonces juez de la Corte Suprema de Justicia y hoy titular de la Auditoría General de la Nación, Dr. Rodolfo Barra, en el recordado caso *Nair Mustafá* opinó que el alto tribunal debería intervenir en materia de recusaciones y excusaciones, porque *la recusación se vincula con la mejor administración de justicia, cuyo ejercicio imparcial es elemento de la defensa en juicio.*

Conviene y convendrá en el futuro tener presentes estas palabras.

# La eficiencia del Estado a la hora de gastar

*Frente a las iniciativas de privatizar la recaudación de impuestos y de garantizar la deuda externa con el producto de la recaudación, se alzaron voces señalando que dichas medidas diseñarían un modelo más cercano al orden medieval que a un moderno Estado republicano. "Privilegiar" la deuda externa con relación a los sueldos, las jubilaciones, la retribución de los proveedores del Estado, etcétera, trae a la memoria que fue contra los "privilegios" contra lo que se levantaron las rebeliones burguesas, populares y socialistas del siglo XVIII.*

*Así como no puede llamarse Estado a un conglomerado institucional que licua sus obligaciones primarias, para encontrar parte de su andamiaje conceptual es necesario no mezclar categorías diferentes tales como la de "corrupción", asimilándola a "ineficiencia en la distribución y ejecución del gasto".*

Construir una organización tiene como meta principal *lograr un nivel aceptable de eficiencia* en la administración de los recursos. Incrementarlo, en el ámbito de la administración pública, es un dilema cardinal que no debe ser trivializado, ni abordado con frivolidad. La explosión demográfica de los empleados de la Biblioteca del Congreso, las irregularidades en el otorgamiento de jubilaciones y pensiones, y otros casos extraídos de la inagotable cantera de la insensatez nacional en el manejo de la cosa pública, deben adscribirse más bien en los anales del favoritismo y la corrupción administrativa, antes que ser tomados como testimonio de que el Estado es ineficiente a la hora de gastar.

La variedad de las demandas, y la complejidad de los mecanismos destinados a satisfacerlas, exige la formulación de políticas que deben saldar *la puja por los recursos* que libran diferentes sectores a la hora de consolidar el presupuesto. De la correcta solución de este sistema con más incógnitas que ecuaciones resultará la escasez o la suficiencia de los recursos.

En primer lugar, deben identificarse explícitamente las *necesidades* que se aspira a satisfacer, luego formularse la *política* específica para atenderlas, a ésta asignarle *recursos*, todo lo que se materializa en un *presupuesto*, cuya apertura programática resultará suficiente y representará *el proceso productivo* de los bienes y servicios.

Por añadidura, el presupuesto incluirá la cuantificación de la producción del programa, a través de *indicadores* de *metas* físicas, de ser posible. El ejecutor del programa establecerá un sistema que le permita evaluar el resultado de su gestión y la rendición de cuentas ante sus superiores y la comunidad.

La definición de demanda *en condiciones de mercado* reúne dos elementos: que exista un estado de necesidad revelado, y un poder adquisitivo que lo acompañe. Es la misma *persona* la que, al realizar el gasto, satisface su necesidad.

No ocurre lo mismo con *la cosa pública*. Todos contribuimos a financiar actividades públicas, para satisfacer necesidades comunes y programas focalizados destinados a resolver necesidades específicas. La determinación del monto, y en qué se gasta y la forma como se financia, son facultades del Congreso de la Nación.

No siempre se dispone de información relevante actualizada sobre las necesidades insatisfechas, en cuanto al grado de insatisfacción ni en cuanto a la cantidad de personas afectadas, lo que dificulta la selección de la política más adecuada.

Esta selección suele estar precedida por problemas de diagnóstico, como el que pone en evidencia el relato del político que recorría comarcas pobrísimas, sobre un camión cargado de juguetes. Se detiene en una de ellas, donde un poblador se le acerca para saber qué se le ofrece. "¡Soy candidato a diputado nacional y traigo juguetes para los chicos!", contesta —impaciente— el político. "¿Juguetes?", pregunta el lugareño. "Gracias, pero aquí los chicos no comen". "Ah, así que no comen, ¿eh? Muy bien, ¡entonces no hay juguetes!". El político no sólo ignoraba que allí los chicos no comían, sino que al enterarse interpretó que no lo hacían de caprichosos.

Tanto el plan de gobierno cuanto el conjunto de políticas que lo conforman se expresan en el presupuesto nacional. Los actores involucrados en su formulación y aprobación son múltiples, y la divergencia entre sus intereses suele introducir nuevas variables en el proceso.

La necesidad de contar con un presupuesto aprobado antes del inicio del ejercicio anual lleva a generar arduas negociaciones para lograr su cierre, y en esas negociaciones muchas veces un gobierno se puede ver forzado a sacrificar objetivos y hasta la coherencia misma de su plan.

La experiencia de los últimos años indica que contar con un presupuesto aprobado no es el último filtro por el que debe pasar la formulación de una política. Al no cumplirse las metas de recaudación, el gobierno se ve obligado a efectuar recortes en los recursos de los programas. El resultado final es que algunos organismos terminan cubriendo exclusivamente sus costos fijos pero no así los operativos, afectando seriamente la eficacia y eficiencia de sus políticas.

Por todas estas causas lograr la eficiencia en la gestión, es decir la mejor utilización y combinación posible de recursos reales y financieros necesarios para producir bienes y servicios, es una tarea compleja.

Teniendo los problemas identificados, y habiendo excluido la corrupción y las corruptelas del ámbito técnico de la eficiencia del gasto, estamos en condiciones de formular algunas propuestas vinculadas con las herramientas a utilizar para lograr la economía, eficacia y eficiencia del gasto público.

Desde la sanción de la Ley 24.156 de Administración Financiera, la Contaduría General de la Nación elabora la Cuenta de Inversión, que es el instrumento por el cual el Estado presenta su rendición de cuentas, y la presenta ante el Congreso. A pesar de su importancia, la última Cuenta de Inversión aprobada por el Congreso es la de 1993.

La misma ley establece que las autoridades máximas de cada organismo son las *responsables* de conducir en forma económica y eficiente las actividades institucionales. Por otra parte, la Oficina Nacional de Presupuesto realiza un *análisis crítico* de los resultados físicos y financieros obtenidos.

Si bien es mucho lo que se ha hecho, mucho es lo que queda por hacer en cuanto a la formulación presupuestaria, su ejecución y su evaluación.

No caben dudas acerca de que la posibilidad de hacer control de gestión en el Estado está íntimamente ligada a la existencia de *un modelo de gestión por resultados*. No se pueden monitorear correctamente eficacia y eficiencia si no están definidas las relaciones producto/necesidad social, insumo/producto y financiamiento/insumo.

Es imperativo, por lo tanto, establecer *un modelo de gestión por resultados* que, utilizando herramientas de planificación estratégica y modernas técnicas de gestión, ponga énfasis en la obtención de los resultados de manera eficiente y eficaz.

Es imprescindible desarrollar un *sistema de información para la toma de decisiones* que se alimente de un sistema de costos capaz de asociar cada gasto con el resultado obtenido, y también de datos externos y de indicadores relevantes, de modo tal de monitorear en tiempo real los efectos de las políticas públicas y sustentar la toma de medidas correctivas.

Estas medidas se complementan con la elaboración de *un nuevo esquema periódico de rendición de cuentas* por áreas de gestión incluyendo la participación comunitaria en la evaluación de los programas sociales.

Ésas son las asignaturas pendientes, tareas de envergadura que requieren un gran compromiso, calidad técnica y programación seria. No sólo la medición de la eficacia y eficiencia del gasto serán entonces posibles, sino que por sí mismas tenderán a introducir mejoras en los resultados de los procesos públicos.

Muchos males de nuestro país comienzan con políticas desordenadas, y no podemos —como dijera Einstein— resolver problemas recurriendo al mismo tipo de pensamiento que usamos cuando los creamos.

# La Esperanza, de Estocolmo a Barracas

*Alain Touraine, Director de la Escuela de Altos Estudios Sociales en París, ha sostenido que los partidos políticos perdieron en general su representatividad, pero al mismo tiempo han mantenido el monopolio del acceso al poder. "Antes transportaban el pensamiento de abajo hacia arriba, tomando en cuenta las demandas sociales. Ahora, se quedan arriba, sobre todo los que monopolizan el acceso al poder, agregando que en muchos casos estos partidos no tienen la capacidad de realmente participar en el poder. A su vez, existen partidos separados de sus bases y también de las grandes decisiones. Estos partidos no tienen capacidad para gobernar. No se puede comparar el Partido Revolucionario Institucional (PRI) de México con los socialistas ingleses, por ejemplo. El jefe de los socialistas británicos es el jefe del gobierno, pero hoy en el PRI no se sabe cuál es su función representativa y quiénes lo dirigen. Los partidos en general están en crisis: han perdido contacto con las bases".*
*Sin embargo, en este Sur profundo, a veces suele brillar una estrella...*

Cuenta Malraux que las estaciones que iban siendo tomadas por los fascistas españoles estaban cada vez más cerca de Madrid, pero que aquella noche de guerra en que se decidió distribuir armas al pueblo, dio la impresión de ser una inmensa liberación: desde hacía semanas la multitud estaba inquieta por un ataque que —quizá— debiera sufrir desarmada. Mientras hombres y mujeres recibían fusiles, "el auto volvió a arrancar entre las palmadas en el hombro, los paños en alto y los '¡salud!': la noche no era más que fraternidad".

Jorge Ocampo, el Negro Ocampo,[1] "Javier" durante la resistencia peronista, dejó la Argentina cuando todavía resonaban estruendos, camaraderías y traiciones de semejante naturaleza a las que describe Malraux hablando de la Guerra Civil española. "Debajo del cuero", sabe decir el Negro, "tengo ocho tiros, y dentro del alma veintiún años de cárcel, entre los ocho de calabozo y los trece que pasé de preso 'vip' en el invierno caribeño de Suecia".

Tiene unos cuantos hijos del primer matrimonio que eligieron un destino sueco, Jorgelina —hija de su segundo matrimonio—, también en Europa, y de su casamiento "irreversible" (como le gusta agasajar a Sara, su mujer) tres niños más: dos varones, Javier y Juan Domingo, y una nena. Javier nació hipoacúsico, y Juan Domingo sufre de hipoventilación alveolar, lo que lo obliga a vivir traqueotomizado, y a dormir con respiración asistida.

Desde que volvió de Suecia, el Negro se preguntó veinte veces por qué lo habría hecho, y en cada ocasión le faltó una respuesta concluyente, pero al mismo tiempo tuvo la intuición de que, aunque no lo supiera, ya lo sabría.

Ahora vive en Irala 140, Planta Baja "B", entre la Boca y Barracas, un complejo habitacional de la Ciudad Autónoma de Buenos Aires. Antes, secó varias pilas de tanto apretar timbres.

"Éste es otro país, compañero", solía repetir moviendo la cabeza y mirando al piso, más como quien desespera de encontrar alguna huella que como quien busca las pistas del porqué. "En el '76 me cesantearon en el Municipio, y en el '84 me reincorporaron por ordenanza del viejo Concejo Deliberante. Hasta hoy espero que hagan efectivo el reintegro".

El Negro sentía que se le estaba opacando aquel viejo brillo que supo tener en el fondo de los ojos, más profundo que el de la misma madrugada. "Cuando volví, le pedí a la Ciudad una vivienda, y me la negaron porque mi esposa era extranjera, y Jorgelina, mi hija, también. ¿Dónde se imaginaban que nacían los hijos de los exiliados? ¿En San Juan y Boedo?"

"Cuando fui asesor de la Comisión de Transporte del Concejo", rezongaba, "propuse hacer un censo de todos los colectivos escolares, y que en ellos se hiciese obligatorio el uso de cinturones de seguridad. A la semana, me rescindieron el contrato. En Suecia, todas las manijas y los bordes metálicos de esa clase de vehículos están recubiertos obligatoriamente por material amortiguante. La verdad, no los entiendo".

[1] Jorge Ocampo es la misma persona que fuera mencionada en la nota "El plato de loza", y que lo será en otra más adelante.

Desde hace unos meses, el tráfico pesado proveniente de la zona norte y del puerto fue desviado precisamente hacia la calle donde está su casa. Según el periódico vecinal, *Riachuelo*, por su puerta pasan 1.400 camiones por día. La altura de los edificios actúa como caja de resonancia. El estado ondulatorio de las calles hace que los camiones "salten". El temblor que contagia a las viviendas les agrieta los frentes, las paredes internas, y ocasiona el desmoronamiento parcial de los cielos rasos. El establecimiento para contenedores "Depósito Fiscal Buenos Aires", en la intersección de Irala y Pilcomayo, se apropió de un tramo de calle que une dicha zona con la Avenida Almirante Brown, impidiendo un acceso rápido al Hospital Argerich, y almacena sustancias inflamables y venenosas.

"No me importa demasiado que se viole la Ley de Tránsito Pesado, o que en Martín García e Irala hayan instalado un semáforo ilegal que desvía el tráfico hacia mi zona", sostenía el Negro, como si su interlocutor le hubiese asignado un repentino ardor legalista; "ni siquiera me importa que por los camiones no podamos estacionar, o debamos caminar por la calzada, o que los camioneros hagan de las veredas sus dormitorios, mingitorios y depósitos de desperdicios. Pero hay que hacer una cuenta: 1.420 camiones diarios por cinco días hábiles hacen 7.100 camiones, los que mensualmente se elevan a 28.400. A un promedio de cuatro golpes por bache y por camión, da un saldo mensual de 113.600 sacudones por bache frente a una vivienda tipo. El problema es mi hijo Juan Domingo. Viene de varios meses de terapia intensiva, y el estruendo lo aterroriza, razón por la cual no sale de su pieza. Además, ¿para qué va a salir? Está traqueotomizado, y expuesto a toda enfermedad de las vías respiratorias que circule. Subiendo a la terraza, la polución que hay se percibe a simple vista; más que sacarle el miedo dan ganas de sellar la habitación, para que el pibe no se mueva".

Después de preguntarse una vez más por qué volvió de Suecia, el Negro Ocampo decidió desempolvar los nudillos, y pidió una reunión con el Secretario de Obras y Servicios Públicos de la Ciudad, Abel Fatala. Por esas cosas de la vida, el Ingeniero Fatala tenía en el '73 una Unidad Básica sobre la calle Pavón; al Negro lo habían secuestrado en el '71 en Pavón y Boedo, y cuando lo liberaron en el '73 era el héroe del barrio.

La primera sorpresa fue que lo recibió inmediatamente. La segunda, que lo hizo acompañado por el subsecretario de Tránsito, el director general de Tránsito, y el delegado comunal de Centro de Gestión y Participación. La siguiente que, sentados alrededor de una mesa, funcionarios y vecinos encontraron una solución que beneficia a éstos, sin perjudicar a otras zonas de la ciudad: en pocos días más, el tránsito será dirigido a Pedro de Mendoza, para no agraviar a los vecinos de Patricios, y del Sur en general.

El Negro salió de la reunión restregándose los ojos, acicalando el mitigado brillo de otros años, momentos en los que la solidaridad frente al dolor del semejante se encontraban en el brazo extendido de un vecino, en una política que se preguntaba acerca de su potencial de cambiar la sociedad, y hasta en los estribillos de las canciones que se cantaban en las plazas.

Esa respuesta a la pregunta acerca de por qué había vuelto de Suecia, que el Negro intuyó que alguna vez sabría, había hecho su aparición. "Al sesgo y a lo matrero", como dice la bella canción de Tejada Gómez, con los modales que elige este país nuestro, pero de cuerpo entero.

"El auto arrancó", escribe Malraux. "Manuel adelante, Ramos atrás, apretando contra su vientre un paquete de granadas. Y de pronto Manuel se dio cuenta de que ese automóvil le era indiferente. No había ya automóvil; había esa noche cargada de una esperanza turbia y sin límites, esa noche en que cada hombre tenía algo que hacer en la tierra". Dice Malraux, en *La esperanza*, su libro sobre la Guerra Civil española.

También el Negro se dio cuenta de que había valido la pena volver de Suecia, para encontrarse con los afectos y con los compañeros, con un país que en sus términos es capaz de parecerse —al menos en algo, por ahora— a Suecia.

51

# La jeremiada nostalgiosa

*La Oficina Anticorrupción (OA) ha recibido —desde su puesta en funcionamiento— diversos tipos de ataques. Algunos, dirigidos a acotar sus funciones; otros, a descalificarla lisa y llanamente. En realidad, la institución no es otra cosa que un intento del Poder Ejecutivo de autocontrolarse, y al mismo tiempo generar una serie de recursos técnicos orientados a llevar las causas hasta el sistema judicial de la manera más eficiente posible.*

*Muchas de sus intervenciones hablan de sus bondades por sí mismas, pero más allá de este hecho innegable, su conformación no transgrede ningún dispositivo legal en vigor.*

A lo largo de varias semanas, el otrora presidente Menem la ha emprendido contra la Oficina Anticorrupción. La acusa de atentar contra el espíritu de la Constitución, de "imponer su criterio sobre el bien y el mal", de sustraer a los fiscales funciones propias, de vulnerar la voluntad parlamentaria, de atacar a la Justicia en su base misma, de no haber sido creada transparente y prolijamente, de asemejarse a las comisiones especiales como las que —en 1955 y en 1976— perseguían a militantes justicialistas, de hacer ademanes de opereta para impresionar incautos, de ser un órgano "dirigido", de violar indisimuladamente el principio de igualdad y la presunción de inocencia, de estar desordenada funcionalmente, y de estar financiada con fondos ajenos al Tesoro.

Estos juicios fueron rematados con el calificativo de "oficina antiperonista", que descerrajó en el seminario "La identidad del peronismo hoy" (dando por bueno que Alderete y la ingeniera Alsogaray lo son), y con los refunfuños con los que intentó lisiar a aquélla en una de sus visitas al presidente Fernando de la Rúa.

Todas estas afirmaciones podrían ser contestadas por plumas interesadas por la filosofía, que desarrollaran la interesante cuestión del *doble estándar*, o sea, juzgar severamente a un determinado grupo y haber juzgado indulgentemente a otro, cuando se da la misma X (acción, forma de conducta, o padecimiento). O por plumas inclinadas a la historia que reflexionaran sobre el atributo que los romanos llamaban *auctoritas*, esto es, crédito que merece quien emite una excomunión. También, por plumas propensas al estudio de las estrategias extraprocesales orientadas a influir indirectamente sobre los tribunales.

Por una limitación intelectual que deploro, mi especialidad me hace centrarme únicamente en el aspecto jurídico de la cuestión. ¿Son inconstitucionales *la ley* que crea la Oficina Anticorrupción (y no el *decreto simple* como equivocadamente se suele repetir), y su decreto —ahora sí— reglamentario?

La respuesta comienza con un señalamiento para quien profiere las filípicas: el calificativo de *inconstitucional* en el mundo de lo jurídico no surge de la creencia personal sobre el defecto o virtud del objeto calificado sino de una relación normativa que no es opinable.

Conozco perfectamente el estilo que subyace en las críticas; es el mismo que el de *Universos de mi tiempo. Un testimonio personal*, el libro autobiográfico que firma el ex presidente. Ese estilo consiste en poner objetos heterogéneos que producen ruido dentro de una caja de tapa rutilante, y en llamar a eso un piano. Procede, por lo tanto, para aclarar el panorama, despejar qué es caja y qué es tapa, qué es un objeto y qué otro, y qué no es un piano.

En primer lugar, para descalificar por inconstitucional a la Oficina Anticorrupción (creada para cumplir con el Convenio Interamericano contra la Corrupción) se porfía en que sus atribuciones sustraen al Ministerio Público incumbencias que le son propias. Sin embargo, *una cosa* es participar del proceso como *titular de la acción pública*, en defensa de la *legalidad* y de los *intereses generales de la sociedad* (lo que según el artículo 120 de la Constitución nacional es prerrogativa *exclusiva* de los fiscales), y *otra muy distinta* la intervención de la Oficina (así como la de otros órganos del Estado) en defensa del *patrimonio público*.

Con (equivocado) criterio parecido, se podría pensar que la víctima devenida en querellante también objeta las facultades del fiscal.

Los fiscales *no representan* los intereses del Estado nacional, sino que son titulares de la acción pública —la actividad persecutoria dentro del proceso penal— por mandato de la Constitución, lo que no está puesto en tela de juicio por la existencia de la Oficina Anticorrupción, que denuncia y querella por mandato de normas vigentes.

No es ninguna novedad la posibilidad que tienen distintos órganos de la Administración Pública de participar en una causa criminal en defensa del interés fiscal, tomando en cuenta su especialización técnica en ciertas materias o sus funciones dentro del ámbito de su competencia, y *ya está consagrada* por múltiples leyes, que involucran a la Dirección General Impositiva, al Banco Central de la República Argentina y a la Administración Nacional de Aduanas, entre otros. Si el Estado es una persona jurídica, no caben dudas de que tiene capacidad para estar en juicio y para querellar.

*Una cosa* es la titularidad de la acción pública en régimen de monopolio y *otra* la intervención de una repartición en defensa del fisco, y tanto es así que, aun cuando la actividad investigativa de la institución reñida con Menem se superponga con la de la Fiscalía Nacional de Investigaciones Administrativas, las facultades de una y otra tienen *naturaleza diferente*. Esto queda demostrado cuando se repara en que el Ministerio Público Fiscal actúa ante los jueces principalmente mediante requerimientos, mientras que la Oficina Anticorrupción lo hace mediante denuncia o querella.

Por otro lado, es sano político-criminalmente hablando, que el Poder Ejecutivo genere un puente entre sus facultades de autocontrol y el traslado del caso de modo eficiente al sistema judicial; frente a ello, no hay objeción constitucional ninguna.

La misma Corte Suprema ha reconocido la posibilidad que tienen distintos organismos que forman parte de la Administración de actuar como querellantes o acusadores particulares, siempre que la ley los autorice para ello. En su oportunidad, distinguió que la intervención promiscua de determinados órganos y del Ministerio Fiscal no tenía por qué limitarse a los casos en que aquéllos sufrieran directamente la ofensa.

Cuando el ex presidente rezonga porque la Oficina "avanza" con sus facultades instructorias sobre las del Ministerio Público, no repara en lo que antecede.

Por lo demás, si la instrucción de una causa criminal puede iniciarse a través de una prevención policial, sin que deban ser puestas en entredicho las competencias propias del Ministerio Público, ¿por qué razón otro órgano que integra el Poder Ejecutivo no podría hacerlo? La Oficina, en última instancia, organiza de modo institucional algo que es deber de todo funcionario público (incluido Menem cuando fue presidente): controlar la legalidad de la gestión, y denunciar el hecho que surge como ilícito.

Creo que con los argumentos aportados pueden darse por despejados algunos de los desasosiegos del ex primer magistrado. Todavía, en los oídos de muchos, debe resonar la voz de Menem, cuando declaró que *"mientras otros predican la transparencia, mi Gobierno la practica. Estamos desatando una verdadera tormenta ética"*. Siendo presidente, prescribió a la Oficina de Ética Pública como módica gragea para los males de la moral funcionarial.

Se dice que Felipe González, alguna vez, le comentó que era muy importante que los ex presidentes dejaran gobernar a sus sucesores, para no correr la suerte de los jarrones chinos en las casas hacinadas: se los venera porque pertenecieron a la abuela, pero todos esperan que el azar de un codo desgarbado les permita deshacerse de ellos. La enseñanza de la alegoría, y aceptar que no todo lo incómodo es inconstitucional, tal vez ayuden a poner cada cosa en su sitio, sin presumir de que juntas hacen un piano.

# La política de la verdad

*El licenciado Carlos "Chacho" Álvarez llamó la atención sobre el hecho de que la dirigencia "se da el lujo" de hacer discursos contra el modelo, cuando en realidad está distraída, sin buscar de manera alguna reformular la acción para que la política vuelva a ser productiva. "Hay que salir del teorema de la doble imposibilidad. ¿Cuál es ese teorema? Los mercados o sus usinas intelectuales (...) viven la política como ruido. Creen que si pudiera terminarse la política sería más beneficioso, toman la política en clave demagógica, populismo o distribucionismo anacrónico. La consideran inviable. Del otro lado está la sociedad, para la cual la política es sinónimo de delito. La crisis política no sólo perjudica a la política, puede lesionar a la democracia. Hay que empezar a preguntarse cuánto puede convivir la democracia con tanta desigualdad y tanta pobreza y con tanto feroz cuestionamiento a la política que se palpa en la vida cotidiana".*

*Acaso una reconciliación del discurso político con la verdad restauraría parte de los lazos cortados entre la política y su destino genético: procurar el bien general.*

Recuerdo dos comentarios, uno de Foucault y otro de Mailer, que de alguna manera relaciono con la verdad. Repaso el vínculo entre la política y la verdad.

"Comuníquenme sus críticas", pide Foucault a sus alumnos, "y ateniéndome a que mi espíritu no es todavía demasiado rígido podré adaptarme poco a poco a ellas". Se sintió hasta el último día de su vida cerca de una verdad de otro tipo, y no tenía empacho en valerse de todo y de todos para alcanzarla.

Mailer dice de sí mismo que nunca experimentó una edad definida. "Llevo, a modo de experiencias diferentes, diversas edades: algunas partes tienen 81 años, y otras 57, 48, 36, 19, etcétera". Hablaba con un amigo, y recordaba ciertos días parisinos en común algo más idealistas, cuando la verdad estaba todavía por delante, cuando no debía buscarla detrás de todas las cosas que había escrito, cuando todavía era capaz de aplaudir con generosidad cualquier acto de los otros más sacrificado o valeroso que los propios.

Pienso ahora en los políticos y en su relación con la verdad, en el uso de su discurso como manipulación estratégica. En *nuestros* políticos, pero también en los políticos de muchas partes del mundo. Aunque, como se sabe, en materia de sobreactuación, los argentinos somos capaces de convertir *Robó, huyó y lo pescaron,* la farsa de Woody Allen, en un remedo de tragedia. Basta con leer en los periódicos que Alderete cree que lo persiguen por haber acabado con la corrupción en PAMI.

La última década fue la edad de oro del apartamiento del discurso respecto de la verdad, hasta llegar a un punto extremo en el que lo que se decía no era puesto en relación con lo dicho, y en consecuencia la palabra oficial perdía totalmente su capacidad de motivar acción y reacción, dominación y lucha. Era un discurso vacío, un diálogo entre sordos, un ejemplo de que el mejor de ellos es —precisamente— el que ya no siente el deseo de oír.

En el comienzo del verbo, la voracidad de esperanza prestó oídos al ex presidente, cuando pidió a los argentinos que lo siguieran, que —revolución productiva y salariazo mediante— no los iba a defraudar. Los niños pobres con hambre y los ricos con tristeza fueron exhibidos a una sociedad hasta allí ajena al descubrimiento ex presidencial. Abrazando a hermanos y hermanas en su corazón, mandó a Cavallo a cansarse por los pasillos de Tribunales, mientras aceptaba la paternidad del modelo sin necesidad de prueba de histocompatibilidad genética. Ramal que para, ramal que cierra, bramó en algún momento, mientras estábamos mal pero íbamos bien. Luego de prometer aniquilar la desocupación, y desatar la tormenta ética, sableó a Duhalde por mediocre, a sus adversarios por tenerle miedo a un pobre hombre del interior, el único capaz de hacer que atravesáramos la estratosfera y estuviésemos en dos horas en Japón, ubicados ya entre los diez países más poderosos de la Tierra.

Sólo dos gritos rechinantes, sobre el final del mandato, recordaron que de algún modo lo dicho, dicho está. Uno fue la advertencia de que si Moneta fuera el banquero del poder, lo habría salvado. El otro fue la amenaza de que si seguía la *caza de brujas* (diminutas) contra Víctor Alderete, "vamos a tener que hablar". El estilo recuerda al que se atribuye a Ramón Díaz, el segundo riojano más famoso.

En política, a la mentira —tarde o temprano— le llega la hora, porque su descendencia es la historia, que siempre la escriben otros. Narcotizados por los alambiques del poder, pocos de sus actores *recuerdan* esto aunque lo *saben*, porque una segunda naturaleza no deja de empujarlos hacia adelante en procura de no perder lo que los asegura, y que tanto les costó conseguir. Nadie lo aceptó mejor que Giulio Andreotti: ¿si el poder desgasta?, le dijo a una periodista. Lo que desgasta, hija, es no tenerlo. Pero si, como decía Popper, la justicia está enlazada con la verdad, la política no puede ser indefinidamente injusta. La verdad también tiene su política.

Pero aun antes de esta década que pasó la casa no estuvo en orden, los que apostaron al dólar ganaron, los desaparecidos no fueron encontrados ni en España ni en México, y cada uno de estos desgajamientos del discurso público respecto de la verdad cortaron de un tajo el compromiso recíproco entre gobernantes y gobernados que pudiera existir hasta entonces, fuese éste fuerte o débil. Cerrar esa herida llevó mucho tiempo para algunos, y otros nunca lo consiguieron; deambulan como espectros enmudecidos, como sombras de lo que fueron durante la vida efímera del poder.

En la historia del pensamiento que desvelaba a Foucault hay lugar para más de una verdad; en la de la literatura, tanto lugar cuantas buenas literaturas existan. En la historia a secas no hay sitio para muchas, porque el poder es uno solo, y las revisiones siempre son póstumas, si es que vienen.

Se puede mentir a una persona mucho tiempo, citaba Perón, que sabía de conejos y de galeras, o a muchas poco tiempo, pero no a todas todo el tiempo. Foucault profesaba que la verdad lo acercaba a sus alumnos, Mailer que sus novelas podían hacerle recuperar momentáneamente los días idealistas de París. La política argentina debería tener presente que no es cierto que todo pasa. Por el contrario, cuando se reniega de la verdad, siempre retorna.

# Voto por Internet:
## ¿las urnas están bien guardadas?*

*Internet no sólo es un vehículo para que la paidofilia reaparezca con bríos renovados. También abre infinitas posibilidades de otra naturaleza, tales como repensar la relación entre dirigentes y dirigidos, y hasta uno de los modos de emisión de voluntad ciudadana por excelencia: el voto periódico.*

El martes 7 de noviembre de 2000, cuando millones de estadounidenses fueron a votar, seguramente no imaginaban que conocer el nombre del ganador llevaría tanto tiempo y semejante forcejeo institucional. Según se sucedían los días, los (controvertidos) recuentos manuales, y las sulfuradas audiencias en diferentes tribunales, crecían la expectativa y las dudas acerca de quién sería el nuevo presidente. Esta situación de incertidumbre hizo que se reavivara la polémica sobre la posibilidad de adoptar como instrumento electoral el *e-voting*, o voto a través de Internet.

En los Estados Unidos, los estados federales son los que determinan el modo de organizar y administrar los procesos electorales, la forma en que se realizará la recepción y el conteo de los votos, las tecnologías admitidas en los comicios y los controles que se ejercerán sobre el proceso.

Durante las últimas elecciones presidenciales, en todos los condados de Florida se empleó el sistema de tarjetas perforadas; esta modalidad, desde su misma incorporación a las prácticas electorales, ha sido objeto de duras críticas. Entre otras cosas, se ha cuestionado el *diseño* de las tarjetas de votación, que en ocasiones no indican inequí-

* Escrito en colaboración con la doctora Andrea de Arza, abogada laboralista.

59

vocamente el lugar en el que debe perforarse la cartulina, o cuyos caracteres impresos suelen ser demasiado pequeños, o la cubierta plástica no permite realizar correctamente las perforaciones, motivos por los cuales la máquina de recuento termina desechando el voto, u otorgándoselo a otro candidato.

En Palm Beach, numerosos electores hicieron presentaciones judiciales solicitando que se repitieran los comicios, fundamentando su pretensión en que, como el diseño utilizado para la confección de la boleta era engañoso, habían sido inducidos a votar al ultraderechista Pat Buchanan, cuando en realidad hubieran querido hacerlo por Gore.

Elegir al cuadragésimo tercer presidente de Estados Unidos se convirtió en una engorrosa tarea, que dejó al descubierto los problemas que presenta el actual sistema electoral. Surgen —entonces— los interrogantes: el mecanismo de votación *on line*, ¿eliminaría —o al menos reduciría— los inconvenientes suscitados? ¿Se hubiera podido evitar a través del *e-voting* la situación de confusión electoral que se vivió en el estado de Florida y —por extensión— en la Nación toda? Las opiniones divergen.

Quienes apoyan la votación electrónica encuentran en ésta un sinfín de ventajas. Sostienen que el mecanismo cuenta con un nivel de precisión del 100%, lo que haría innecesaria la tediosa tarea de recuento de votos; se reduciría dramáticamente el tiempo de cómputo y se aseguraría un resultado inicial más confiable; permitiría a los ancianos, enfermos y discapacitados tomar parte en los comicios. Muchos de sus fervientes defensores ven en el voto electrónico la herramienta para reparar los quiebres del actual sistema político, un medio para volver a comprometer a los ciudadanos —crecientemente desinteresados en los asuntos públicos— y fortalecer el sistema de gobierno que han adoptado hace más de doscientos años.

No faltan quienes lo ven como una oportunidad para transformarlo, y reconducirlo a una forma de democracia más directa. La paulatina merma sufrida en el número de ciudadanos que toman parte en la elección de autoridades es un factor de gran preocupación. El índice, que históricamente rondaba las 2/3 partes de la población, actualmente se redujo a menos del 50%. Lo más grave de esto es que *menos* del 22% de los estadounidenses de dieciocho a veinticuatro años de edad participó de la última elección. En una encuesta recientemente realizada, el 71% de los jóvenes de entre dieciocho y veintisiete años consultados afirmó que, de haber podido votar vía Internet, lo habrían hecho.

Los más joviales afirman que para las elecciones del 2004 estarán dadas las condiciones para que el sistema de votación adoptado sea por Internet. Sin embargo, no todos creen en este presagio.

Según Alex Folkes, miembro de la Comisión de Reforma Electoral de Gran Bretaña, la posibilidad de votar a través de Internet es aún remota, ya que cuestiones básicas como las inherentes a la seguridad y a la piratería informática ("hacking") no han hallado respuesta todavía. Se sostiene que con firma digital o documentación encriptada sería posible eliminar un alto porcentaje de riesgo. En oposición parcial, John Dodge —en su columna para *Excite.com*— sostiene que el sistema no tiene mayores riesgos que el actual en cuanto a la *seguridad*, ya que en las oficinas donde se llevan a cabo los comicios, la seguridad es escasa o prácticamente no existe. Cuando él mismo fue a votar en las últimas elecciones, no se le pidió ningún documento que acreditara su identidad, y bastó con que recitara la dirección que figuraba como propia en el padrón. Cuando se retiraba, el presidente de mesa hizo una marca en el listado de votantes para indicar que él ya había emitido su voto, pero la hizo sobre un homónimo y si Dodge no hubiera dicho nada, habría podido votar nuevamente.

En cualquier caso, afirma que el *e-voting* todavía no se encuentra en condiciones de ser instrumentado, ya que presenta severas deficiencias. A su juicio, uno de los problemas más complejos de resolver es el de *preservar el anonimato* de quien emite su sufragio, ya que a través de un programa medianamente sofisticado alguien podría enterarse de cómo votaron los demás. Además, ¿cómo asegurar la independencia de quien emite su voto? Mientras que en el cuarto oscuro se brinda al votante la más absoluta soledad y, por ello, libertad de elección, el voto electrónico no la garantiza. Otro elemento a tomar en cuenta es que, de ser necesario el recuento de sufragios emitidos, esto no resultaría posible al carecer este tipo de sistema de soporte papel.

La materialización de la herramienta es todavía altamente riesgosa, debido a la cantidad de otros obstáculos a ser sorteados, como la saturación del servicio en determinados horarios, cuando es alta la cantidad de usuarios; la manipulación de las identidades y votos de los electores registrados; los ataques de los virus; y el espionaje virtual.

¿Qué sucedería, por ejemplo, si los votos computados hasta un momento dado fueran borrados, robados o perdidos? Convencer a una población cada vez más a gusto con las compras *on line* de que votar electrónicamente poco tiene que ver con una transacción comercial a través de Internet, y que las medidas de todo tipo adoptadas en esta clase de intercambios resultan actualmente insuficientes, no es tarea sencilla.

Lo cierto es que Internet ha revolucionado el mundo de los negocios y de las comunicaciones en magnitudes que nadie hubiera podido imaginar hace cinco años, y llegó para quedarse. En la era en que el genoma humano ha sido descifrado, la posibilidad de clonación se volvió una realidad, los libros virtuales tomaron vida, y se accede a la más diversa información a través de una simple PC, desde el punto de vista tecnológico votar por Internet es posible, pero la posibilidad no garantiza hasta ahora la infalibilidad, y por tanto la no impugnabilidad de los resultados.

No es reprochable creer en las bondades de la ciencia, pero sí enceguecerse con ellas. Como dijera Albert Einstein, la diferencia entre la genialidad y la estupidez radica en que por lo menos aquélla tiene sus límites.

# Lo que queda del día

*La regla de oro de la ciencia es la originalidad. La violación de esta prescripción no sólo invalida los trabajos, sino que somete al plagiario a una condena definitiva. El infractor enfrentará rigurosísimos tribunales académicos y de ética de modo que, de demostrarse su defección, perderá sus cátedras y nadie publicará sus trabajos; puede decirse que su carrera de investigador científico ha terminado.*

*En los terrenos de la producción de tecnología la originalidad no sólo no es una condición, sino que uno de sus métodos más frecuentes y exitosos es el espionaje industrial y la copia. En tecnología, la originalidad es un valor marginal.*

*Por sus características de pieza indispensable en el proceso de producción, la tecnología es, a su vez, producida y comercializada de diferentes maneras, adquiere un valor económico concreto, valor de cambio y valor de uso, y por lo tanto tiene un precio.*

*Estos conceptos, alguna vez tan claros en un país que se pensaba a sí mismo como generador científico y productor de tecnología, han quedado debajo de los escombros de una idea colectiva que se desplomó.*

*Recordarlos es recordarnos, saber que fuimos capaces y que por lo tanto la capacidad está en nosotros. Aunque no para siempre.*

Tenía siete años al entrar en los '60. Pasaba mis vacaciones en Morteros, el pueblo de mi madre, y el curso lectivo en Rosario, a pocas cuadras del Abasto. El pueblo era modesto, al estilo de aquellos años. Casas de ladrillo sin revocar, canaletas para encaminar la lluvia, zanjas laterales donde croaban las ranas, y calles de tierra que al atardecer regaba un camión cisterna.

En los fondos de cada vivienda había un corral donde se desplazaban las batarazas, cañas para tutorear tomates, labrantíos de lechuga y acelga. A su modo, era un lugar feliz. No es que no se sufriera, allí y en otras partes, pero casi todos *venían de un paraje peor*, porque muchos eran inmigrantes italianos que habían escapado de la guerra; *estaban en un lugar mejor*, ya que la cáscara de papa y *la leche negra del alba* habían sido reemplazadas por verdura fresca y amaneceres de labranza; e *iban hacia la promesa* de un hijo doctor y de los panes y peces de un país que era granero del mundo. En este sentido, Morteros era un lugar feliz, situado en el mediodía de una jornada que todos confiaban en que sería apacible, porque sentían que el horror había quedado atrás.

En el cobertizo donde se guardaban los vehículos y se hacían los trabajos de mecánica y de energía, había un *vernier* o micrómetro que mis parientes habían traído de Italia, y pequeños y brillantes objetos de precisión que aquellos idóneos en ingeniería frotaban y consentían como si tuviesen vida orgánica. Puedo verlos hacer las valijas, en los pueblos de origen, con sus escasas pertenencias cuidadosamente dobladas y un instrumento metalúrgico envuelto primorosamente dentro de un trapo.

En Morteros, con el correr de los años, se llegaron a fabricar bicicletas, bombas para extracción de agua, y hasta avionetas; el establecimiento era de la familia *Boero*.

En el país, promediando los '60, se meditaba en la industria de la aeronavegación, en agroquímicos, en energía atómica. En la Facultad de Ingeniería de Buenos Aires, y en algunas empresas privadas, se daban los primeros pasos en microelectrónica. Aquel esfuerzo sistemático se materializó en la construcción de la central de Atucha que, por iniciativa de la CNEA, contó con una participación de la industria nacional de alrededor del 40%.

Las faenas técnicas y comerciales se sucedieron con la construcción de la planta de enriquecimiento de uranio de Pilcaniyeu, la planta de agua pesada de Arroyito, la exportación del centro de Huarangal en Perú, la construcción del RA6 de Bariloche, la exportación llave en mano de un centro atómico experimental a Argelia y Egipto e instalaciones de radioisótopos en Cuba, entre otros. En la raíz de todo eso, aún se reconoce el diseño y la fabricación de elementos combustibles para los numerosos reactores experimentales de nuestro país. Todavía no habían llegado los años respecto de los que Jorge Sabato diría: "Después de tanta *mishiadura*, cuesta mucho pensar en cosas grandes".

En aquel pequeño pueblo del norte de Córdoba, y en todas y cada una de las localidades de nuestro territorio, parecía haber por entonces un convencimiento difuso, pero profuso, de que el conocimiento, en sus formas más variadas, era el eje sobre el que pivoteaba el cambio desde la pobreza a un estado de distribución más justo. Esta conciencia coincidía con la simple revisión de las prioridades sociales que les imponían a sus políticas generales las naciones que crecían y se enriquecían. Todos, pequeños campesinos —a su manera— y burgueses vernáculos, sabían que el único procedimiento posible para transformar bienes y servicios escasos en bienestar general es la tecnología, producto que es —a su vez— la expresión máxima de la cultura de un país, puesto que por su intermedio se satisfacen las demandas de los ciudadanos. También desde este punto de vista brillaba en el país el sol de un mediodía optimista.

Después vino lo que sabemos. Desde el desmantelamiento del emprendimiento de los vectores de lanzamiento, al mismo tiempo que se prometía (en la apertura de un ciclo lectivo desde una escuela sin luz de Salta) que "atravesaríamos la estratosfera y en dos horas estaríamos en Japón", hasta el obsceno botón de muestra de la transformación de un establecimiento educativo público en Sarmiento y Pueyrredón en una extravagante jarana de locales comerciales denominado *escuela shopping*. El diccionario define la palabra *oxymoron* así: Dícese de la unión sintáctica íntima de conceptos contradictorios en una unidad, la cual queda con ello cargada de una fuerte tensión contradictoria.

Una encuesta de Gallup Argentina de fines de junio último afirma que un tercio de los entrevistados considera que la economía nacional va a empeorar en los próximos doce meses. El 55% percibe que su poder adquisitivo está decayendo, y el optimismo aflora cuando el largo plazo lo transforma en una somnolencia: el 43% de los encuestados considera que habrá una mejora en los próximos cinco años.

Hay una explicación para el estado de ánimo general: los que se afligen *vienen de un lugar mejor*, porque un obrero industrial a fines de los '60 estaba pagando su vivienda propia y tenía al alcance de la mano el Fiat 600. *Están en un lugar peor*, porque día tras día ven retroceder todo aquello en lo que habían depositado sus esperanzas, incluso el hijo doctor, hoy devenido padre que por falta de trabajo hace corretaje de medicamentos. Y *no saben hacia dónde van*, porque el fin de la historia y una globalización en la que no intervienen les ciega el futuro. A comienzos de los '60 se podía empezar desde cero y llegar a algo; hoy por hoy —como en clave humorística dijera Groucho Marx—, partiendo de la nada es posible alcanzar las cimas más altas de la miseria.

Últimamente, las tecnologías de la informática y la comunicación aparecen como un conocimiento con capacidad de aumentar la productividad, de ampliar los mercados, de multiplicar el comercio electrónico entre empresas, de transformar la actividad social. La Argentina puede competir en materias tales como software en español o en contenidos para Internet. Como en Morteros, pequeñas oficinas alejadas de los grandes centros urbanos pueden ser lugares óptimos de trabajo, y son indispensables la imaginación, el talento y la perseverancia.

A poco de entrar en el nuevo milenio, la Argentina es un país con los moderados proyectos que consiente el cinturón apretado. Veremos si aprovechamos lo que queda del día, o continuamos con nuestro largo viaje de un día hacia la noche.

# Nueve nuevos jueces

*Entre las múltiples causas que han motivado lo que se suele llamar "la expansión global del Poder Judicial", pueden mencionarse las siguientes: la consolidación de la democracia, la afirmación de la separación de los poderes, las políticas de derechos individuales, el empleo por parte de los grupos de interés de los tribunales, el recurso a la Justicia por parte de sectores de oposición política, la falta de efectividad de las instituciones representativas, el cuestionamiento al modo como se adoptan decisiones en el marco gubernamental, la delegación por parte de las instituciones representativas en manos de la Justicia de la resolución de conflictos que les son propios, etcétera.*
*Esta expansión coloca a las democracias en evolución frente a la alternativa de pensar qué Poder Judicial se desea, y a la obligación de transformar este tema en parte de la agenda de discusión comunitaria.*

Cuando la economía deje de deslizarse entre nosotros como un ominoso manto de neblina, los argentinos hablaremos de la justicia. Tal vez abordaremos el tema como solemos hacerlo, echándonos a dentelladas los unos contra los otros. Tal vez pensaremos en el futuro a partir del país que tenemos, y no a partir del país que querríamos tener, como debiera ser. Tal vez repitamos: "¿Y dónde te creés que estás viviendo? ¿En Suiza?"

Sin embargo, existe otro camino para tratar de cambiar un sistema cuestionado por uno legitimado: comenzar desde la ejemplaridad.

El número 9 exhibe curiosos parentescos con esta cuestión. Son nueve los miembros de la Suprema Corte de los EE.UU., y los de la nuestra. También son nueve los temas principales que se discuten en la campaña presidencial norteamericana: aborto, política tributaria, salud, homosexualidad, educación, gastos en defensa, libertad religiosa, corrupción y pobreza. Según la numerología, el 9 expresa el deber de servicio y el de ecuanimidad, la compasión, la tolerancia, la prudencia, la discreción y la manifestación de Dios por medio de las falibles obras humanas. Palabra más, palabra menos, casi una minuciosa definición de lo que se espera que sea un juez.

Y si se trata de partir de la ejemplaridad, nada mejor que recordar nueve casos que nos permitan pensar en la Justicia que querríamos tener.

Recientemente, fueron removidos el presidente y cinco ministros de la Corte Suprema de Pakistán, debido a que se negaron a prestar un juramento de lealtad al general Perves Musharraf, el nuevo hombre fuerte del país. Su actitud y la de otros siete jueces de distintas instancias contrasta vivamente con la de la mayoría del Poder Judicial paquistaní, que fue intimidada y bovinamente confirmada en sus puestos.

Cuando en 1972 Marcos declaró la ley marcial en Filipinas, excepto los jueces supremos Roberto Concepción y Calixto Zaldívar, que dimitieron luego de denunciar el nuevo orden, el resto retuvo sus asientos. El tenaz opinador Isagani Cruz remarcó que a dicha permanencia se la había denominado "la función legitimadora de la Corte Suprema". Es difícil evitar el paralelo con las Cortes argentinas de 1930, 1943 y 1962, que convalidaron las avalanchas castrenses.

En una lejana mañana de domingo de 1612, el rey Jacobo I intentó convencer al juez Coke de que aquél podía hacer, como delegante, lo que había delegado en el juez. Coke repuso que sin dudas Dios había dotado a Jacobo de grandes cualidades, pero no de instrucción respecto de las leyes de su reino de Inglaterra, y que las causas que se refieren a la vida o al patrimonio de sus súbditos debían resolverse según el Derecho, arte que requiere mucho estudio antes de que un hombre pueda alcanzar a conocerlo. Como Coke no estaba dispuesto a hacer otra cosa que administrar el Derecho de la manera que corresponde a un juez, fue depuesto de su cargo, aunque no de la historia del Estado de Derecho.

Cuando el 15 de septiembre de 1989 el ex presidente Menem envió al Congreso el proyecto de ley que ampliaba el número de miembros de la Corte, fueron menos de nueve los días que tardó el tribunal en responder con una furibunda acordada, en la que se condolía de que la reforma reduciría su autonomía. Cuando el proyecto se convirtió en ley, el por entonces juez Jorge Bacqué, que tampoco estaba dispuesto a hacer otra cosa que lo que corresponde a un juez, renunció y se fue de la Corte a ocupar un sitio en el Activo Cívico de la Nación, algo marchito pero honorable.

Según *Página/12* del 5 de octubre de 1997, el actual juez de la Corte Gustavo Bossert se abrió paso entre los trescientos asistentes al Segundo Congreso de Ética de la Universidad de Belgrano, llamó cerdos cobardes a aquellos jueces que no se atrevían a asumir su libertad, y admitió como un "drama personal" pertenecer a un Poder Judicial desprestigiado como nunca antes.

En los Estados Unidos se recuerda al juez Gerry Gesell, quien en 1971 se negó a emitir una orden para evitar la publicación por el *Washington Post* de los llamados "Papeles del Pentágono". Luego de jubilarse, Gesell confesó que le gustaría que su lápida dijera que fue el único, de los veintinueve jueces que tuvieron algo que ver con los Papeles del Pentágono, que nunca ordenó detener una rotativa.

Renaud Van Ruymbeke es un juez francés de cuarenta y siete años que forma parte de la *élite* judicial europea que encabeza la lucha contra la corrupción. A los veintisiete años, procesó al ministro de Trabajo Robert Boulin, quien se suicidó dejando una carta en la que lo calificaba de "juez que odia a la sociedad". El Consejo de la Magistratura francés llevó adelante una investigación mediante la que comprobó que la instrucción había sido impecable.

Thomas Penfield Jackson es el nombre del juez que sentenció —no hace mucho— que Bill Gates & Co. tenía un monopolio nocivo sobre los sistemas operativos de las computadoras personales. Y endosó a los abogados de Microsoft: *Mi tribunal es un santuario al que ustedes vinieron arrogantemente a torcer la verdad, y no me importa lo poderosos que sean: van a pagar, porque ése no es el modo como los americanos deben hacer las cosas.*

Ningún cambio de los que pueden deducirse de los ejemplos será posible sin el concurso de la sociedad civil. Un informe especial de 1998 llamado "La silla vacía. ¿Dónde han ido todos los jueces?", firmado por Jon Schmitz, relata diversos métodos utilizados por los periodistas para controlar la jornada laboral de los magistrados. No sólo puntualiza a qué hora exacta —y con cuánto retraso— cada juez ocupa su lugar en la playa de estacionamiento, sino que denuncia injustificados privilegios de *parking* que tienen algunos. Contabilizaron e informaron cuántos días de feriados pagos beneficiaban al sistema de justicia, cuánto tiempo destinaban al *coffee break*, quiénes abandonaban su lugar de trabajo para asistir a eventos deportivos seductores, y las demoras con las que atendían a los justiciables que tenían una audiencia agendada.

Cuando escampe la economía, discutiremos sobre la justicia. Llegado el momento, acaso podamos ser ejemplares y justos.

# Todo x 2 horas

*El episodio que se relata trae a la memoria la célebre elegía de Jorge Manrique, escrita por el poeta nacido en 1440 y fallecido en 1479 en evocación a la muerte de su padre: "Recuerde el alma dormida, / avive el seso y despierte / contemplando / cómo se pasa la vida, / cómo se viene la muerte / tan callando: / Cuán presto se va el placer, / cómo después de acordado / da dolor, / cómo, a nuestro parecer, / cualquiera tiempo pasado / fue mejor (...)".*

Durante la última década se cuadruplicó el número de desocupados en territorio bonaerense, que pasó de 268.400 a 1.031.300. Según un informe del Instituto de Estudios Fiscales y Económicos (IEFE), sobre la base de datos oficiales del INDER, también se multiplicó el número de subempleados, que creció de 344.000 a 975.000. Uno de cada tres bonaerenses en condiciones de trabajar tiene problemas laborales.

En casos de extrema violencia, como lo es el conflicto entre empleadores y empleados (del que resulta como *material descartable* el desempleado), un sujeto o conjunto puede quedar reducido a un estado de *pura presencia*, en el que es mirado sin ser visto. Esta categoría, que Janine Puget llama *el des-existente*, el expulsado, el elemento de extramuros, del cual consta su cuerpo pero no su humanidad, *necesita* de un testigo para restituirlo como ser humano.

A continuación de la marginación, espera —espeluznante— la cadena fatal: la *expulsión*, que produce excluidos; la *reclusión*, que engendra sistemas carcelarios y discriminatorios; y la *muerte*, consecuencia de los "excesos" y otras variantes genocidas. En mitad del atropello, las diferencias entre conflictos tales como los religiosos, los étnicos y los socioeconómicos se eclipsan ante la identidad de los métodos: la manipulación de las personas, su mutación en instrumentos o en desechos, y finalmente su desaparición del *mundo que cuenta*.

Isabel Pazos tiene cincuenta y nueve años, y cuida a los dos hijos de su sobrino en el centro de la Capital. Vive sola en Adrogué, es viuda, madre a su vez de dos hijos que se fueron al extranjero, y su perra Camila es una compañía exageradamente concisa como para pasar el invierno. Todos los días toma el 102 para volver a casa; desde el pasaje Rivarola hasta Constitución, y de allí el tren hacia el sur. Cuando llega, llama a su sobrino para hacerle saber que todo está bien.

El martes 17 de abril, a eso de las 20.10, en Perón y Uruguay subió al colectivo un chico de diecisiete o dieciocho años. Isabel lo recuerda, porque sacó un pasaje de 75 centavos a pesar de que la sección terminaba a las dos cuadras, y entonces debería sacar un suplemento de 5 centavos. Correctamente vestido, con un jean, una campera y cuadernos en la mano derecha. El colectivero algo le dijo, pero el chico enfiló hacia uno de los asientos del fondo. Isabel también se fijó en el colectivero, que respondía intachablemente al biotipo: treinta y cinco años, barrigón, de mediana estatura, camisa celeste y ese malhumor atávico que debe de ser un requisito de aprobación del examen de ingreso.

Tras cruzar Avenida de Mayo, al llegar al primer semáforo en rojo, el chofer fue hasta donde se había sentado el chico y le hizo algún comentario. Al toparse con el segundo semáforo, repitió la maniobra. Esta vez, Isabel pudo escuchar perfectamente lo que le decía, por lo exasperado de la voz: "Bueno, si no me hacés caso y pagás los 5 centavos, cierro la puerta y vamos todos a la 16". *Todos* eran unas doce personas, cinco mujeres y siete hombres, que volvían a sus casas, la mayoría con escala en Constitución. *La 16* es la comisaría de San Juan y San José, debajo de la autopista.

Procedió a cerrar las puertas, y a una velocidad más propia de la pista de Indianápolis que de la calle San José se dirigió hacia la comisaría, sin dejar bajar a nadie y sin permitir que nadie subiera. Ante las crecientes protestas de la gente, el chico fue hacia el lugar del conductor y, luego de musitarle algo, enfrentó al pasaje, se dio vuelta los bolsillos del *jean* y los de la campera, y balbuceó desfalleciente: "Revísenme, no tengo un solo centavo encima". En eso estaban cuando llegaron a la seccional. El colectivero frenó bruscamente, y sin abrir la puerta llamó al agente que estaba de guardia. En pocos instantes, eran cinco los policías que se habían trepado al ómnibus.

Sus voces se mezclaban con las de un señor mayor, vestido con algo que se parecía a un atavío gastronómico, un pantalón verde con chaqueta al tono, que le gritaba al colectivero que se iba a arrepentir, porque le haría perder el trabajo. Una señora que instantes antes había avisado algo por un teléfono celular ofreció pagarle al muchacho; el colectivero se negó, argumentando que no se podía porque ya estaba registrado y que no iba a permitir ni que le faltaran ni que le sobraran 5 centavos. Hasta que un individuo menudo, vestido de traje, corbata y pilotín, dijo que era abogado, mostró una credencial y pidió hacer la denuncia contra el chofer por privación ilegítima de la libertad. Se hizo un silencio.

Isabel reparó que la mole del 102 interrumpía el tránsito en San José, y que otro policía había cortado la calle. Mientras dos de los que estaban arriba se acercaban al abogado, un séptimo le pidió al chofer que abriera paso. Enfrente de la comisaría, el colectivero subió dos ruedas laterales a la vereda, con lo que el ómnibus quedó como un curioso molusco metálico y escorado. Isabel recordó no haber visto jamás a un policía hacerle una multa a un colectivo.

Cuatro policías bajaron con el abogado, y fueron a conversar detrás del vehículo. A los pocos instantes, el letrado regresó. "Está todo arreglado", dijo, mientras extendía una tarjeta al señor que tenía el vestido infrecuente. "La va a necesitar si se queda sin trabajo", añadió. "Yo no formulo la denuncia, y nos dejan ir a todos". A los pocos minutos, reiniciaron la marcha hacia Constitución; el chico miraba al piso, como abrazado a un rencor inconfesable. Al llegar a Adrogué, dos horas más tarde de lo habitual, Isabel llamó a su sobrino. Éste estaba a punto de hacer la denuncia... a la policía.

En el *mundo que cuenta* los minutos y las horas, los placeres y los días tienen un valor diferente que entre los *des-existentes*. La madrugada del 5 de abril de 1990, el proyecto de ampliación de la Corte Suprema de Justicia se convirtió en ley en cuarenta y un segundos. El 19 de abril, en una sesión secreta de siete minutos, el Senado dio por buenos los pliegos de los cinco flamantes miembros de la Corte, quienes asumirían sus cargos siete días más tarde. El 4 de abril de 1992, el traficante sirio Monzer Al Kassar y su esposa Raghda Habal obtuvieron la ciudadanía argentina en un juzgado federal de Mendoza, luego de un trámite *express* que no excedió los tres meses. Sólo cinco meses necesitó el ex general golpista paraguayo Lino Oviedo para que el gobierno argentino rechazara en 1999 el pedido de extradición a su país de origen. El 9 de diciembre de 1999, el ex presidente Carlos Menem firmó 104 decretos, a razón de uno cada catorce minutos.

Pocas cuadras antes de llegar a Constitución, mientras la gente hacía comentarios en los que la indignación se repetía como entre espejos enfrentados, el agente que la 16 había enviado como consigna para mantener la paz social le preguntó la hora al colectivero. "Son las diez y media", contestó éste, con tono de cenáculo. Arrellanado en el tambucho y apoyado contra la puerta de entrada, el policía miró en dirección al pasaje, luego hacia fuera, y reflexionó pausadamente: "Al fin y al cabo, tanto escándalo por haber perdido dos horas".

Francamente; ¡todo por dos horas!

# Todos locos por lo poco

*¿Ha pensado usted, alguna vez, que el hecho de reunirse con un conocido en medio de la noche en el barrio de Versalles puede incidir en el aumento de nuestro riesgo país? ¿O que una palabra de significado ambiguo, en el contexto de una frase pronunciada por usted al azar, puede constituir una mala señal para los mercados? ¿Se ha dado usted cuenta de que estamos en una situación tan sensible que todo, absolutamente todo, es capaz de aumentar el riesgo país, razón por la cual antes de salir de su casa, cada mañana, tiene la obligación cívica de revisar concienzudamente —bajo esta óptica— su plan de actividades?*

*"Hacer zapping frenéticamente", ha afirmado el periodista Rolando Hanglin, "aumenta el riesgo país, porque contagia la sensación de volatilidad en los mercados". "Revisar quisquillosamente la cartera de la dama en el supermercado", sostuvo el periodista Mario Mactas, "y a continuación pedir sólo un yogur, aumenta indiscutiblemente el riesgo país". Sólo un yogur hace disminuir el consumo, por tanto la recaudación, y eso pone en peligro la tranquilidad de los mercados.*

Mi amigo el "Mono" Soaya me contó que se encontró con Andrés Oppenheimer en Miami, y que le hizo la primera pregunta de toda liturgia cipaya: "¿Cómo nos ven desde aquí?".

Andrés Oppenheimer es un renombrado periodista del *Miami Herald*, galardonado con el Premio Pulitzer por un libro sobre el *affaire* Irán-Contra. Nació en Buenos Aires, pero se fue a Norteamérica hace más de veinte años.

"¿Que cómo los vemos nosotros?", dijo Oppenheimer. "Los *fundamentals* están bien", titubeó. (Los *fundamentals* son cuatro o cinco principios básicos que la teoría económica clásica y neoclásica prescriben para el buen funcionamiento del capitalismo, tales como apertura y libre transacción en los mercados, o disciplina fiscal y monetaria). "Hay ahorro argentino en el país y en el exterior... pero, ¿sabés qué pasa?" Oppenheimer pareció haber encontrado una parte de sí mismo, perdida hacía tiempo y desde entonces reclamada. "Lo que pasa, 'Mono', es que cuando están todos juntos los argentinos son locos."

Es cierto que el cadavérico índice de crecimiento, la briosa baja en la perspectiva de nuestra nota soberana a juicio de las calificadoras de riesgo, las escarpadas tasas que pagamos para financiarnos, son capaces de *enloquecer* a cualquiera, pero también cabe que nos preguntemos si no habremos llegado a estos extremos de puro *enloquecidos*. ¿Se puede gobernar pensando exclusivamente en los brokers y en *el mercado*, este nuevo clisé para contestar a todas las preguntas, lo cual es el mejor modo de no obtener ninguna respuesta?

El economista norteamericano Rudiger Dornbusch, quien calificó a Fernando de la Rúa como "un presidente para los domingos a la tarde", afirmó que un ministro de Economía debería tener la *cualidad psíquica* de la audacia mostrada por el entonces ministro de Defensa López Murphy, quien durante un ejercicio de salto nocturno se lanzó al espacio sabiendo que el paracaídas había sido armado por un oficial que, poco tiempo antes, había sufrido una reducción de salario dispuesta por él mismo.

A su turno, el ministro Machinea dijo de Dornbusch que era tan inteligente como frívolo. Alfonsín fue más modoso: "cachafaz, atorrante", contemporizó. "Parecen charlas de 'escapados'", rezongó un porteño de postal, desde la atalaya de su mesa de café.

El psicologismo arrasa en los titulares de los medios de comunicación. "Claustrofóbica clase media", sintetiza James Neilson el planteo según el cual muchos argentinos se sienten prisioneros de un orden que sienten que les es ajeno. El Presidente de la Nación afirma que la crisis de confianza es producto de una "histeria adolescente". "De eso no se habla", prohíbe Enrique Zuleta Puceiro, en relación con una deuda externa que se corresponde con el 62% del PBI, y que impone al país el aporte de seis años de exportaciones para cancelarla. "Psicólogo ahí" pide Horacio Verbitsky, al revelar que un número llamativo de encuestadores del INDEC se había "quebrado", superado por la situación social con la que se topaba.

Los economistas, politólogos y cientistas sociales bajan a Freud, Jung y Lacan de los anaqueles, para luego no saber qué hacer con ellos. Quienes comunican, integrantes de la clase media afligida por la vecindad con el abismo de la nueva pobreza, hablan con el lenguaje entrecortado y alarmista de la angustia. ¿Cómo podrían no hacerlo?

El propio *mercado* adquiere la identidad de *inconsciente*, esto es, algo que no podemos ver ni tocar, pero que sin embargo "está allí"; sólo podemos reconstruirlo a partir de nuestras pesadillas, y nos tiraniza sin voz que se pueda reconocer.

Los casos de locura, a lo largo de la historia, rara vez coinciden con la abundancia. Por el contrario, ya en la antigüedad se asociaba la hipocondría a la alimentación. "El estómago es el promotor de la alegría y la tristeza; es de él de donde proceden el valor y el abatimiento".

En la segunda mitad del siglo XVIII se construyó en Inglaterra un hospital "modelo" para alienados: el San Lucas. Para ser admitido era preciso ser pobre, totalmente maníaco, y que la enfermedad no tuviese más de un año de antigüedad. No se admitían sarnosos, mujeres encintas, variólicos, enfermos venéreos ni imbéciles. Al cabo de doce semanas de tratamiento se abandonaba toda esperanza. Según estadísticas de la época, de cada cien locos se curaban setenta, tanto hombres como mujeres.

A comienzos del siglo XIX, el alienado también era penosamente relacionado con la cuantificación; para internar un enfermo mental en Francia, había que discutir con la dirección del hospital el precio: veinticuatro *boisseaux* (unidad de medida) de trigo candeal, dos barricas de vino, una de blanco y otra de tinto *Saintonge*.

Para salir de los procesos de "locura colectiva", a comienzos del siglo XXI, existen dos recetas. Una es la del *mercado*: si la Argentina crece, todo el mundo querrá invertir aquí y a nadie le importará el déficit del presupuesto; si no lo hace, dirán que la deuda es alta. La otra proviene de las ciencias morales y consiste en superar el modelo graficado por expresiones tales como "mientras los argentinos duermen, la Argentina crece", "Argentina, granero del mundo", "somos los campeones morales", "Argentina potencia", y otras alucinaciones por el estilo, en enterrar lo que quisimos ser y no pudimos, en asumir qué queremos y qué estamos en condiciones de ser, y en ponernos en marcha.

Estas vías no se excluyen, pero el futuro está cifrado en cuál de ellas coloquemos el acento. El escritor inglés Lawrence Durrell hace decir a un personaje: *Hay un destino ahora posible para nosotros. Somos todavía de una raza no degenerada. No somos de ánimo disoluto, pero aún tenemos la firmeza para gobernar y la gracia para obedecer. Somos ricos en herencia de honor, cuyo aumento deberíamos ansiar con una espléndida avaricia, de modo que los hombres, si fuera un pecado ambicionar honores, serían las almas más culpables.*

Ambicionar una Argentina austera, responsable, solidaria, épica, igualitaria. Si lo logramos, habremos enterrado otro eslogan: "La única salida que tiene este país es Ezeiza". Y podremos vivir juntos, sin que por ello tengamos que volvernos locos.

# El silencio de la transparencia

*Cuando, en octubre de 1999, el pueblo argentino eligió la fórmula De la Rúa-Álvarez para gobernar el país por cuatro años, la casi veinteañera democracia enfrentaba por primera vez un test vital para su suerte: ser capaz de convivir con un liderazgo que no fuese de tinte providencialista.*

*Las expectativas con las que el pueblo argentino recibió el nombramiento de Domingo Cavallo como ministro de Economía, según lo exhibieron las encuestas, y la rápida desazón, abren un peligroso interrogante: ¿tienen la población y las instituciones en nuestro país la madurez suficiente para tomar el destino en propias manos, en lugar de necesitar depositarlo en las de algún "salvador"?*

*Los providencialismos, la aparición de "los hombres del destino", tienen riesgos demasiado cercanos en el tiempo como para darlos por desaparecidos.*

Juristas, politólogos y periodistas han vertido cantidades navegables de tinta para caracterizar lo que se llamó *menemismo*, como estilo de gobierno y, por tanto, de relación con la cosa pública.

No es ninguna novedad afirmar que detrás de lo que científicamente se ha denominado *cesarismo democrático* se asienta la idea de que por razones confesionales, dinásticas, étnicas o providenciales, debería ser aceptado por todos que es una bendición ser gobernados por "el hombre del destino". *No es soberbia*, iluminó Menem, *pero estoy a años luz del resto*. Más allá del pudor que provocó su búsqueda de restar protagonismo a los candidatos presidenciales De la Rúa y Duhalde, la frase ofrece un ejemplo de primera agua de esta idea que relaciona una función pública con el argumento de la predestinación.

Quien piensa que está a cargo del Estado no porque gobierna

circunstancialmente sino porque ha nacido para encarnarlo, sólo debe dar un paso para adivinar lo cerca que tiene él, un privado, los bienes públicos. Esta confusión entre lo público y lo privado abarca desde desmesuras materiales hasta convicciones culturales, sin ahorrarse hábitos y confidencias, y éste es *el primer eje* de una discusión sobre la materia.

La insólita partida incluida en el presupuesto presidencial para tintura de cabello es una desmesura material, no tanto por su cuantía como por lo que encierra en tanto concepto. En ese registro se incluyen los cinco mil pesos diarios en alimentación que se había previsto para el área del primer mandatario.

Llamar *buchones* a los opositores que denuncian actos de corrupción exterioriza una profunda convicción cultural, según la cual cuando el Código Penal describe la malversación de caudales públicos, comete el exceso de entrometerse en los fines que los gobernantes dan a los efectos que administran. Deberíamos saber de sobra que las acciones privadas de los hombres que de ningún modo ofendan al orden y a la moral pública, ni perjudiquen a un tercero, sólo están reservadas a Dios. Siendo tan clara la Constitución nacional, ¿cómo no llamar *ortivas* a los curiosos que meten sus narices en lo que no les concierne?

Dentro de los hábitos está la defensa de quienes también han incurrido en presuntas prácticas reñidas con la ley, de la cual no hay mejor axioma que el ya célebre *Si Moneta fuera banquero del poder, lo habría salvado.*

Y dentro de las confidencias figuran las distintas integraciones de los granados grupos de allegados con los que Menem hizo ciento noventa y cinco viajes alrededor del mundo, recorriendo más de tres millones de kilómetros y colocando a la Argentina por encima de los Estados Unidos, ya que los pobres cincuenta y nueve países que visitó Bill Clinton palidecen frente a los sesenta y dos del gallardo argentino.

Este cuadro no quedaría completo sin añadir dos rasgos psicológicos: la insensibilidad frente a la suerte colectiva y la hipersensibilidad frente a la propia. ¿De qué modo llamar, sino insensibilidad, la afirmación de que atravesaremos la estratosfera y en dos horas estaremos en Japón, en la apertura del ciclo lectivo '96 de la provincia de Salta, cuando según el Banco Mundial en el país hay casi 14 millones de pobres, y cuando —según se publicó— en la escuela donde se hizo la apertura no había corriente eléctrica? ¿Y cómo no denominar hipersensibilidad frente a la suerte propia a la iniciativa que lleva a colocar un cartel que reza *Menem 2003* en un estadio de fútbol en octubre de 1999, a expensas incluso del candidato de su propio partido? Si se tuviese el ingenio de Borges, se acuñaría frente a tanta muestra de tacto una sutileza como la que el escritor propinó a un conocido que lo visitó el día del velorio de la madre. Doña Leonor Acevedo había muerto a los noventa y nueve años, tras pasar los últimos de su vida tullida y en la cama, y el allegado le dio el pésame diciendo que era una pena que por tan poco no hubiera podido alcanzar los cien. Entonces, Borges le contestó: *Me parece, mi amigo, que usted exagera los encantos del sistema decimal.*

El *segundo eje* de análisis podría partir de una vieja definición del principio de utilidad, según la cual la mejor acción es aquella que procura la mayor felicidad al mayor número de personas, y la peor acción la que, del mismo modo, otorga miseria. De allí, el moderno capitalismo industrial racional necesita de medios técnicos de cálculo de trabajo, pero también de un derecho previsible y de una administración sometida a reglas formales, sin todo lo cual es capitalismo aventurero.

En nuestro país ambos conceptos se han desbaratado. Respecto del primero, nada mejor que la vieja frase de Gore Vidal: *Una buena acción siempre recibe su castigo.* Y respecto del segundo, todo lo que algunos han ganado mediante actos que ocasionaron inseguridad jurídica, otros sujetos lo han perdido afectados por dicha inseguridad y por las medidas adoptadas en sí mismas, como consecuencia de lo cual el país no es eficiente en términos económicos. No hay mejor testimonio del criterio de seguridad jurídica que resultó de la "reforma del Estado" menemista, que el libro escrito por el amigo gubernamental William D. Rogers, titulado *La Corte Suprema de Justicia y la seguridad jurídica*, prologado por... Wenceslao Bunge, ex vocero de Yabrán.

Así las cosas, se hace necesario pensar en una sociedad en la cual comportarse de conformidad con los valores de nuestros abuelos no requiera de un estándar heroico, y en la que más que aumentar las dosis de castigos se incremente el monto de los premios.

La Argentina premia al que transgrede, castiga al que cumple con las normas, y deja sin premio al que da el ejemplo.

Como casos de la primera afirmación tenemos los ejércitos de funcionarios cuestionados por el grueso de la sociedad, pero que gozan de un insólito nivel de vida y del aplauso de las revistas del corazón.

Del segundo, el malhadado impuesto para mejorar la retribución de los docentes, cuyo pago expuso al ridículo contribuyente aplicado.

Y del tercero, a la infinidad de hogares para niños de la calle, que a fuerza de amor y de piedad impiden que la vida de muchos semejantes sea peor, pero que están dejados de la mano del Estado y el nombre de cuyos impulsores la sociedad ignora.

En el mundo griego, la esfera pública estaba reservada a la individualidad; era el único lugar donde los hombres podían mostrar invariablemente quiénes eran en realidad. En la esfera pública argentina, lo que sucede es que inevitablemente se termina por descubrir quién es quién.

Si estos rasgos, que han pasado a ser centrales en la relación dirigencia-ciudadanía, Estado-sociedad civil, y poderosos-desposeídos, no se corrigen en un futuro cercano, cosa que no se ha hecho nunca, las posibilidades y viabilidad de la Argentina de poder crecer con equidad son mínimas. Sin embargo, cabría repetir, con Antonio Machado: *nunca es siempre todavía*.

El *tercer eje* es la ejemplaridad. No hay modo de vincular la función pública con la periodicidad en su ejercicio, el sistema de controles y equilibrios, y la consideración de gobernantes por gobernados, si no se predica con el ejemplo. Se debe estar dispuesto a correr la suerte de los demás si se pretende gobernarlos con suerte.

Es muy difícil hacer aceptable una apelación a la privación si no se comienza por privarse. Nadie creerá que van a mejorar las prestaciones de PAMI si su máxima autoridad gasta casi un millón de dólares en saber qué opinan los medios de la gestión, en momentos en que las farmacias discontinúan el servicio por falta de pago. El estilo con el que Alderete se ha ocupado de los afiliados del PAMI trae a la memoria el recuerdo infantil que relata Woody Allen: *cuando me secuestraron mis padres entraron en acción de inmediato. Alquilaron mi cuarto.*

A un Estado opaco hay que oponer paredes transparentes. A funcionarios que son sospechosos por el solo hecho de ser funcionarios, quienes los reemplacen habrán de oponer conducta. No prometer conducta, ni proponerla, sino oponerla: someterla al escrutinio ciudadano. En este sentido, la agenda pública debe tener en su orden del día un set de criterios que guíen su actividad cotidiana; el establecimiento de nuevas instancias de control social será la piedra fundamental de las medidas a adoptar.

# Un sayo impropio de los jueces

*La corrupción es una hidra con muchas cabezas: según desde qué ángulo se la mire, habrá causas y consecuencias que observar. Tiene un componente moral, otro cultural, otro estructural, otro legal, y muchos otros. Como toda endemia, su extensión impide asegurar que haya sólo un remedio para combatirla.*

*Pero hay algo que puede decirse sin dudar: no es el Poder Judicial el encargado con exclusividad de exterminarla. Más aún: si ese cometido se hiciese cargar sobre las espaldas de los jueces, se correría el peligro de desnaturalizar su función, sin por ello liquidar los orígenes y las derivaciones del mal.*

*Como muchas de las asignaturas pendientes en nuestro país, erradicarla es tarea de todos. Acaso por no haber entendido que muchas tareas son responsabilidad de todos es que tenemos tantas asignaturas pendientes como sociedad.*

"Cuando los tribunales vienen marchando" es el título de un trabajo que estuvo de moda a mediados de los '90. Su autor (Torbjörn Vallinder) aludía a la expansión de los jueces a expensas de los políticos.

Por entonces, la actividad jurisdiccional despertaba expectativas en distintas partes del mundo. La condena a la inconducta de los políticos en Italia y en Francia, la revisión judicial de la modalidad de prestación de servicios públicos básicos en los Estados Unidos, la admisión de un rol fundamental en el proceso de construcción de la democracia en América Latina y en África, son mojones de un camino casi nunca recto y siempre extenso.

También es extenso el camino que lleva hasta los orígenes de la corrupción; ya Filipo de Macedonia sostenía que era capaz de conquistar cualquier ciudad en la que consiguiera hacer entrar un asno cargado con oro.

La antigüedad del tema no le ha quitado ni una partícula de actualidad. A lo largo de la última década, la reiteración de actos de corrupción gubernamental hizo que el tema ocupase el tercer lugar en la agenda de demandas sociales, luego de la desocupación y del auge de la delincuencia.

Es posible que la exposición de la justicia *como promesa de virtud*, y de la corrupción como *vicio confeso*, haya generado la impresión de que el mejor modo de combatir a ésta sea con aquélla. "Hay que dejar de robar dos años", fue el aporte que hizo a la cuestión una luminaria del menemismo, como si aludiese a los faltantes del *freezer* de su heladera doméstica. "Los corruptos tienen que ir todos presos" es la versión de la justicia silvestre.

En el acuerdo que suscribieron el gobierno de Guatemala con la Unidad Revolucionaria Nacional Guatemalteca en 1996, por ejemplo, la asociación entre justicia y lucha contra la corrupción es diáfana. Allí puede leerse que la modernización de la administración de justicia es considerada una prioridad para garantizar la independencia judicial, asegurar la probidad del sistema en su conjunto, así como para "erradicar la corrupción".

Sin embargo, la idea de una legión de *jueces cruzados* a cargo de la persecución de la corrupción debe ser decapitada previa diligencia sumaria. Los cargos son la *ineficacia de los tribunales* como remedio único y definitivo contra la corrupción, y la ulterior *pérdida de rumbo de los jueces* respecto de su rol en un estado constitucional de derecho.

La corrupción consiste en un conjunto de prácticas ilegales, que provocan la inadecuada distribución de los recursos y la ineficiencia estructural.

Desde la ciencia política se la ha etiquetado como *liberalismo imperfecto*, porque narcotiza la empresa paralizando la iniciativa privada, y deroga la política rubricando los apetitos personales. Desde la sociología se la ha llamado *el ocaso de la virtud*; José María Simonetti explica que la corrupción es una forma especial de *cuasi renta monopólica*, que se asienta sobre el acceso exclusivo al control de las instituciones por unos pocos actores económicos.

La *viabilidad* de un país está sujeta a una serie de factores, algunos de los cuales son el costo del trabajo, la eficiencia de los servicios, una administración honesta, la calidad del sistema formativo, el nivel tecnológico, un "sistema-país" con un buen grado de certeza en el derecho y autoridades públicas capaces de responder y de actuar. La corrupción puede afectar a uno o a varios de estos factores, lo que configura una causal de ineficiencia. Ocaso de la virtud en un liberalismo

82

imperfecto, entonces, la corrupción es síntoma y noticia de males más graves y hondos.

La hondura y la gravedad de estos males hacen recomendable combatirlos con medicina de amplio espectro. El fortalecimiento de la sociedad civil; el afianzamiento de las instancias de control (y entre ellas el de la prensa); el aumento del prestigio social del funcionario público mediante políticas de estímulo; el remozamiento de la legislación para recrear la noción de que la legalidad es útil; la condena a amnistías, indultos, moratorias y otras formas de excepción que indiquen que en la violación de la ley no hay nada de irreparable. También, *añadido* a las iniciativas expuestas, el aseguramiento de la independencia de los jueces y de la autonomía del Poder Judicial.

A cargo de los tribunales debe quedar la tarea de imponer coactivamente su propia concepción de lo justo en cada caso concreto sometido al poder de sentencia. No la de *hacer justicia,* sino la de hacer jugar el juego según las reglas. No la de perseguir *el delito* sino *delincuentes.* No la de perseguir *la corrupción en la política* sino *los políticos corruptos.* No la de buscar *la verdad* sino *los elementos de juicio.*

Es preciso evitar que el juez, que debe resolver si el imputado es culpable o inocente, se convierta en quien combate *los males* de la sociedad para garantizar un Estado ético. Que el procesamiento de los responsables se transforme en juicio al sistema. Que el reparto laico de justicia se transfigure en una cruzada religiosa contra la inmoralidad del mal.

Italia, que durante algunos años fue ejemplo de cómo se sometía a una clase política indigna a juicio y castigo, ahora lo es de cuánto debe pagar un poder del Estado cuando se extralimita en sus funciones. En efecto, la dificultad que encontró el Poder Judicial para fijar sus límites fue respondida con una antología de juicios negativos sobre el gremialismo judicial y el funcionamiento de las instituciones que, en definitiva, encierran el reproche de *politización.*

La institución judicial, después de haber recogido el máximo de consenso y sostén de la clase política en la fase de lucha contra el terrorismo, fue expuesta a un proceso de retiro de legitimación, que la enfrentó con las otras instituciones del Estado en las que más directamente se expresa el poder político, pero también con la prensa y con la ciudadanía.

Además, el altercado sirvió de pretexto para que resurgieran con fuerza multiplicada las iniquidades crónicas del sistema judicial: los procesos lentos, y el envilecimiento de los derechos.

En esencia, el carácter múltiple de la corrupción exige una multiplicidad de abordajes, y la naturaleza particular de la tarea judicial, dirigida a la solución del conflicto individual, pide cierto tipo de misión. Los peligros de aplicar un remedio localizado a un mal generalizado es el de que la sustancia resulte contraproducente.

Se cuenta que en el siglo XVII, durante el reinado del emperador chino K´ag Hsi, éste ordenó que demandantes y denunciantes fueran maltratados por los jueces, quienes no debían darles esperanza alguna de encontrar justicia en los tribunales, de manera tal que demandantes, demandados, denunciantes y denunciados saliesen completamente horrorizados de la justicia, temblando ante la idea de presentarse de nuevo ante un juez.

Es cierto que China, por aquellos años, no tuvo litigiosidad y sus tribunales no se vieron abrumados por la cantidad de pleitos. Pero tampoco tuvo justicia.

# HARINAS, CONSERVAS Y CONDIMENTOS

# Firmas, agradecimientos y dedicatorias

*Son infinitas las anécdotas que se cuentan acerca del modo como el general Perón alternaba con el poder cuando estaba confinado en Madrid, antes de su regreso al país en la década del '70. Aquí se relata otra, escuchada por mí de la boca del propio Ricardo Rojo: "Nunca nadie concedió a otro por voluntad el mando", escribió Salustio, el historiador romano que vivió poco tiempo antes de Cristo. El texto da un ejemplo doméstico.*

De acuerdo con los usos de comienzos de los '60, Ricardo Rojo viajó a Madrid para recibir expresas instrucciones del líder en el exilio. Conversaron largamente en Puerta de Hierro, y creyó haber entendido perfectamente lo que Perón esperaba de él. Por delante quedaba volver al país y poner en acto las estrategias desplegadas por el presidente depuesto, que marchaban ante sus ojos enfebrecidos como geométricas milicias populares.

Pero Perón hablaba con demasiada gente, y él necesitaba poder testimoniar ante sus compañeros que habían compartido visiones y promesas. *General*, le pidió, *¿por qué no me regala autografiada una de esas fotos suyas?*

El General se revolvió en el sillón y le dijo que en ese momento no tenía ninguna, pero que Lopecito se la iba a alcanzar al hotel. Ricardo Rojo recordó las anécdotas que se contaban en Buenos Aires, las del armario rebosante de fotografías que Perón asignaba con ademán de pródigo.

Se fue contrariado, pero la cuestión fue que al día siguiente lo esperaba un sobre a su nombre en la conserjería. Lo abrió, y allí estaba la foto con la dedicatoria: "A Ricardo Bravo, con respeto y afecto. Perón".

*El General está viejo*, pensó Ricardo Rojo, y decidió llamarlo por teléfono. *Recibí su foto, que le agradezco, pero debo decirle que hay un error en la dedicatoria: me apellidó Bravo, y no Rojo...* Perón lo interrumpió, con su voz de piedra de afilar: *No se haga problemas, mi amigo. En España, como en nuestro querido país, todos los rojos son bravos, y todos los bravos son rojos.*

Ricardo Rojo sintió que las milicias geométricas de las estrategias espiraladas rompían filas, y se despidió cortésmente. Si hubiera podido ver los ojos de Perón mientras hablaban, habría notado ese áspero sarcasmo rutinario de los que han montado al poder y tratan de que no los lleve a un lugar demasiado lejano del que ellos anhelan.

Cuando a Lawrence Durrell, el autor de esa magnífica obra que es *El cuarteto de Alejandría*, le preguntaban su opinión acerca de un libro que no le había gustado, solía contestar: *Muy eficaz, caballero, muy eficaz.* Llamo "eficaz" en el arte —explicaba luego a sus íntimos— a todo aquello que exalta las emociones sin agregar nada al sentido de los valores.

Según se dice, en cierta oportunidad se acercó a Borges una mexicana vocinglera que le rindió homenaje vociferándole a centímetros: *¡José Luis Borges, José Luis Borges en persona!* Cuando se hubo ido, los amigos le preguntaron por qué no la había corregido: *Es que yo no podría nunca desairar a una dama,* respondió. En otra ocasión fue un boxeador el que le dijo *José Luis Borges*; esta vez, cuando el deportista le dio la espalda que terminaba en un cuello ancho como el de un toro, el escritor musitó: *Tiene razón, Jorge Luis Borges, Jorge Luis Borges, demasiadas "g" para un solo nombre. José Luis es tanto mejor.*

No hace mucho, Jorge Rodríguez, el actual *fiancé* de Susana Giménez, se acercó vacilante a Carlos Menem, con el libro de éste entre las manos. *Presidente,* hipó, *¿tendría la amabilidad de dedicarme* Universos de mi tiempo, *su última obra?*

Se cuenta que Menem escribió: *"A Jorge Rodríguez, con admiración".* Ante los ojos de Rodríguez, ramos de rosas amarillas y lazos de Elsa Serrano marchaban como geométricas góndolas de *free shop*.

Cada vez que puede, muestra la dedicatoria a un circunstancial interlocutor, y busca en los ojos de éste el sentido de la palabra "admiración". Si hubiera reparado en los ojos de Menem, habría notado la aviesa ocurrencia refleja de aquellos a quienes el poder ha llevado hasta un lugar del que ya no les resultará posible regresar.

# Hay algo más

*La revista Noticias, en su número 1273 del 19 de mayo de 2001, tituló en tapa "Prepárese". Partes del texto dicen esto: "Vamos a un default político. Que podría causar una nueva frustración económica. El megacanje de la deuda pública, una herramienta necesaria pero no suficiente, genera otra vez un espejismo en los políticos. No perciben que se comprará tiempo, a un costo no menor, pero su éxito requerirá aumentos de productividad. Como en el blindaje y contra reloj, las empresas argentinas no encuentran el camino del crecimiento en un mundo de inversiones adverso a los países emergentes, con partidos políticos vaciados de contenido, sin ideas de Nación y en una sociedad negadora de la austeridad fiscal y de la competencia (...). Es el fin de una era. Después de este monumental fracaso, donde se perfora mes a mes el piso de la recesión, la Argentina ya no será la misma".*

*Sin embargo, dice una amenidad popular: "Nacen sus aguas, y tienen su origen de muchas fuentecillas".*

Sólo tres de cada diez argentinos (el 31%) creemos que el año 2001 será mejor que el 2000. El pesimismo es más marcado entre los encuestados de treinta y cinco a cuarenta y nueve años, y *aumenta* a medida que *disminuye* el nivel socioeconómico, particularmente entre los habitantes del Gran Buenos Aires (Gallup). Roberto Fontanarrosa dibuja a un ama de casa de mediana edad, con un batón de botones que, torcida sobre la tabla de planchar, dice: "...y, ahora estoy siguiendo una telenovela donde la chica es ciega, paralítica, y el padre le pega... Y bueno... Estando el país así... esa telenovela es lo único con que me río un poco...".

Sin embargo, hay algo más.

Canta Liliana Herrero, con el pelo pegado a la frente por la transpiración. "Señora Chíchera, véndame chichita / señora Chíchera, véndame chichita / si no tiene chichá, cualquiera cosita / señora Chíchera". En el escenario hay un par de globos terráqueos, los músicos se yerguen desde borrascas de sombra. Liliana Herrero tiene los ojos cerrados; coloca sus brazos como asas que se hundieran en la tierra, para sostener a continuación su vientre colmado, un vientre que da a luz algo que se le parece.

El último sondeo de la Cámara Argentina de Comercio (CAC), correspondiente a noviembre de 2000, refleja las respuestas más negativas de las últimas dieciséis muestras mensuales realizadas por la entidad. El economista de la Cámara, Gastón Wainstein, atribuyó la mala situación del sector a la falta de confianza de los consumidores y reclamó medidas para aliviar la carga impositiva —particularmente de las Pymes—, así como austeridad a la dirigencia política. Sin embargo, hay algo más.

Conrado Varotto es diminuto, y se desplaza rápido, como si por debajo de los tobillos tuviese dos series de pares de rodillos, como los trenes de laminación. Es el director ejecutivo y técnico de la Comisión Nacional de Actividades Espaciales (CONAE), que acaba de poner en órbita el satélite argentino SAC C, diseñado para aplicaciones agrícolas, costeras y ambientales. Todos los sistemas, y los instrumentos de carga útil puestos en funcionamiento hasta la fecha funcionan correctamente, incluidas las tres cámaras de teleobservación. Al SAC C le seguirá el SAC D, que portará instrumentos de última generación, tanto argentinos cuanto estadounidenses y de otros países, para el estudio de nuestros recursos, la protección del medio ambiente y la gestión de emergencias. El Plan Nacional Espacial es un ejemplo de que la Argentina puede desarrollar proyectos a largo plazo, lo que equivale a decir desarrollar futuro. Varotto es de origen italiano; en su tesis doctoral, escrita hace más de treinta años, puede leerse esta dedicatoria: "Hay un país extraordinario; / a mis padres, / por traerme a vivir en él."

Titulares y ejecutivos del área de recursos humanos de 173 empresas, consultados por dos relevamientos privados, consideraron que la desocupación mantendrá los elevados valores actuales y que los ingresos salariales serán menores, además de que esperan que los conflictos sociales y gremiales aumenten. Según un informe del Hay Group Argentina sólo el 3% de los entrevistados espera una disminución del índice de desocupación, y no más del 6% de las compañías radicadas en la zona metropolitana —según una encuesta del Instituto de Estudios Laborales y Sociales (IDELAS)— prevé crear nuevos puestos de trabajo en la primera mitad de 2001. Sin embargo, hay algo más.

En 1997, un equipo de investigación dirigido por Osvaldo Podhajcer descubrió la manera de detener el melanoma, un tipo de cáncer de piel; Podhajcer tiene un aire lejano a uno de los hermanos Belushi. La revista *Cancer Research* ha publicado que el mismo equipo, dirigido ahora por Soraya Daris, inmunizó contra el cáncer de colon a un grupo de animales, y que éste también rechazó tumores de mama y sarcomas. Los científicos, que trabajan sobre terapias génicas contra diferentes formas de cáncer en el Instituto de Investigaciones Bioquímicas Fundación Campomar, buscan empresas que fabriquen en escala el producto desarrollado, para que la investigación sea transferida a la población. Hará falta un lustro para que esto ocurra, pero la vida entera de todos ellos gira alrededor de sus investigaciones. "Las células y los animales no saben de calendarios ni relojes", dicen. "Es imposible ponerle límites a este trabajo".

"¿Qué deseo yo para el año 2001?", se pregunta Andrés Rivera. "¿Yo, un privilegiado? Díganme cómo se pueden cumplir mis deseos: que en la Argentina los chicos de mi barrio cordobés no toquen el timbre de la casa en la que, por azar, vivo, y pidan 'algo'. Que las muchachas de mi barrio cordobés, con apenas treinta o treinta y cinco años de vida, (no) hayan parido cuatro o cinco veces a criaturitas tan débiles, flacuchas y extraviadas para lo que caballeros prolijos y bien pensantes llaman futuro. ¿Qué puedo hacer yo, un privilegiado, con el comandante en jefe del Ejército que se lamenta de que dos o tres oficiales de dicha institución no hayan sido promovidos al grado inmediatamente superior? ¿Decir en tono enérgico, la cabeza en alto, los dientes brillándome al sol: 'Afirmativo', mi teniente general? ¿Les digo a los defensores de la patria que yo no dinamité la AMIA? ¿Les digo que soy un ancianito frágil, que suelo tener inesperados y aun insólitos ataques de ira? La patria que quiero y que deseo, la patria que usted que me lee en este instante quiere y desea, no existe...". Sin embargo, hay algo más.

Guillermo Roux, el afamado plástico argentino, da su charla de fin de año del Taller 2000. "Este año se cumple el tercero desde que nuestro Taller comenzara a funcionar como tal. Desde ese momento hasta hoy, el crecimiento en todos los sentidos ha sido sorprendente. Un desarrollo tan rápido ha traído aparejados innumerables inconvenientes, que hubo que ir resolviendo sobre la marcha. Las dificultades no han desaparecido, y deberemos reestructurar el funcionamiento de las clases antes de comenzar los cursos del próximo año. Buscamos, a través de la pintura y el dibujo, dar un centro y una verdad. El Taller quiere facilitar una pertenencia y un camino de encuentro de la persona consigo misma. Los conocimientos deben ser transmitidos. Los maestros que no enseñan todo lo que saben, para que a su vez los alumnos puedan seguir enseñando a otros alumnos, son un fraude. La base de la enseñanza es la generosidad, sin la cual no hay ninguna posibilidad de evolución de la especie humana. El punto está en no delegar la responsabilidad de hacerse cargo del propio pensamiento sobre la existencia, y para eso debemos estar alertas, hoy especialmente. Tengan bien en claro que el mundo es lo que nosotros queremos que sea, porque la sociedad somos nosotros. La libertad es algo que no se tiene gratis. Hay que luchar por ella a cada instante, porque en definitiva, la vida es apenas un sonido entre dos silencios eternos, y está en cada uno de nosotros darle a ese sonido un sentido. Jamás renunciemos a ello."

Tres de cada diez argentinos creemos que el 2001 será mejor que el 2000. Crist dibuja a una madre de cuarenta años, sobre un sofá, hablando con una amiga por teléfono. "La nena viajó al norte del país", explica, "y conoció a un chico divino, vino enloquecida, estaba en medio del humo, sirenas, percusión". "¿Es integrante de una banda de rock?", le pregunta la amiga. "No, qué banda de rock: Es ¡PI-QUE-TE-RO!".

Y sin embargo, hay algo más.

# La ley y el azar

*Hay una vieja definición de la Justicia que supone dar a cada uno lo que merece, haciendo bien por bien y mal por mal. En este contexto, la "buena fortuna" debería intervenir en grado mínimo. Sin embargo, "hasta en las flores existe la diferencia de suerte; unas embellecen la vida, y otras adornan la muerte".*

En la Edad Media, la *ordalía* era una fórmula de prueba en juicio que sometía al acusado o bien a luchar contra quien defendía la pretensión contraria, o a meter la mano en el agua hirviendo, o a ser arrojado a los rápidos de un río. Si se vencía, no se sufrían quemaduras, o se lograba llegar hasta la orilla, se convenía en que los poderes sobrenaturales, justos por definición, se habían aliado con el que superaba la prueba. De tal modo, *la buena o mala suerte* eran elementos centrales para ser condenado o absuelto.

En los sistemas procesales penales contemporáneos, por el contrario, el esfuerzo racionalizador está puesto en que el azar no intervenga en la determinación de culpabilidad o inocencia. Se trata de que lo haga un puñado de aproximaciones objetivas a los hechos, que motivaron un proceso necesariamente dirigido a la búsqueda de la verdad forense.

Precisamente un pálpito de mala suerte tuvo el contador Eduardo Di Fiore cuando su mujer lo derrotó categóricamente en una escalada orientada a irse de vacaciones a Brasil, con él y con su pequeña hija. De viaje, pasaron el puente internacional Colón-Paysandú con un examen de documentación sumario, debido a que había tres mil personas esperando.

Pero luego, todo se complicó. El contador Di Fiore estuvo con cólicos y vómitos, él y su hija se sobreexpusieron al sol, y el Fiat Uno —de irreprochable desempeño hasta entonces— se encaprichó. Mientras Di Fiore pensaba en el pálpito, divisó el puente Paysandú, vio que habría a lo sumo cuatro o cinco autos, y descontó que en tres horas estarían por fin de regreso en casa.

Llegados al puesto, un gendarme le pidió la documentación, entró en una especie de refugio, y tardó en salir. Lo hizo otro gendarme, con cara de tener un rango mayor, y noticias acordes con el rango. Le ordenó que estacionara el vehículo a un costado, debido a que Eduardo Di Fiore tenía una orden de captura pendiente del año 1995 emitida desde Capital Federal. Eran las 11.30 de la mañana del jueves 10 de febrero de 2000.

De Paysandú avisaron a Concepción del Uruguay que tenían retenido al individuo buscado, y a su vez desde allí retransmitieron a Capital la novedad. Del juzgado interviniente informaron que mantenían el interés en Di Fiore. Éste empezó a pensar en algunas relaciones lógicas que, dada su condición de turista, y por consiguiente su estado neuronal de turista, hasta el momento había desdeñado: estaba detenido, no sabía por qué, su mujer no manejaba, y en ese mismo momento le estaban comunicando que lo iban a conducir a la Sección Colón de Gendarmería Nacional. La presencia abrasadora de una suerte funesta quemó como hoja seca el pálpito de mala suerte.

En Colón lo llevaron a un hospital donde un médico le preguntó cuál era su estado de salud. El contador Eduardo Di Fiore tiene una enfermedad congénita, llamada *poliquistosis renal*. Examinó al médico de una ojeada y resolvió decirle: *excelente*. No sabía por qué estaba preso, de manera tal que optó por que no le agregaran el reproche de "homicidio a facultativo local por ignorancia alopática".

Debido a que eran más de las cuatro de la tarde del jueves, el juez de Concepción lo recibiría a las ocho de la mañana del viernes; debería dormir en un calabozo. Al día siguiente concurrió esposado, y se enteró de que estaba rebelde en una causa por defraudación, cometida cuando trabajaba en una concesionaria de automóviles. Jamás había vendido (ni, por entonces, comprado) un auto, y nunca se le había notificado que la Justicia lo buscaba. *Bueno*, dijo lacónicamente el juez, *ahora está notificado*. Di Fiore pensó en cuánto lo tranquilizaba saber que no había hecho nada, pero también en cuánto lo intranquilizaba estar detenido y no haber hecho nada. Si el juez de Capital interviniente lo hubiese decidido, Di Fiore hubiese quedado en libertad, y concurrido el lunes a primera hora a Tribunales.

Su hermana viajó desde Lobería a la Capital y de allí a Concepción del Uruguay, adonde llegó el domingo. Cargó a su cuñada y a la niña en el auto, y regresaron a Buenos Aires. La madrugada del martes, una comisión de la Policía Federal trasladó, a las cuatro de la mañana y en la unidad 1070 de Flecha Bus, a un Di Fiore que buscaba su destino. Subió esposado, ante la mirada oblicua del pasaje. *Un gordo con cara de estúpido esposado se convierte automáticamente en un gordo peligroso*, reflexionaría más tarde.

De la Comisaría de Retiro lo llevaron a Tribunales. *A este preso no se lo voy a recibir*, dijo el agente del Servicio Penitenciario a la Federal. *La orden que tiene es del tribunal de Concepción y necesita la de acá*. Con Di Fiore esposado, subieron hasta el juzgado, que la expidió. El penitenciario la leyó. *A este preso no se lo voy a recibir*, repitió con aplomo de picapleitos; *no aclara si está comunicado o incomunicado*. Subieron nuevamente, y el mismo funcionario del juzgado, poniendo el grito en el cielo por el trabajo extra, lo aclaró: "comunicado". Di Fiore subraya la enorme satisfacción que sintió cuando, ¡al fin!, pudo ser recibido en la Alcaidía como un *verdadero preso*. Lo alojaron junto a diecisiete más en una espaciosa y aireada celda subterránea. Eran las 11 de la mañana del martes 15 de febrero de 2000.

Un par de horas más tarde aparecería el expediente. Le tomaron declaración indagatoria, en el curso de la cual manifestó desconocer lo que le imputaban, aclaró que la rebeldía se debía a que lo habían buscado en una dirección inexistente y en un domicilio que había dejado hacía mucho tiempo, y el juez… no ordenó la libertad. Resultó ser que el pedido de antecedentes había salido tarde del juzgado, y hasta el día siguiente no habría novedades. El abogado de Di Fiore, Walter Mércuri, masculló: *Me siento con las manos atadas. Sabiendo que sos inocente, te me quedás "pegado"*. Allí sí Di Fiore volvió a recordar el pálpito de la mala suerte.

El miércoles 16 fue de febriles preparativos. A las siete de la tarde lo alojaron en una pequeña celda para excarcelados de la Alcaidía, junto con un hombre que aparentaba más años de los que tendría, con acento santiagueño, y con un italiano. *¿Qué hiciste?*, le preguntó el italiano. Siguiendo la instrucción de su abogado, consistente en que "adentro" jamás se dice que uno es inocente, Di Fiore admitió cabizbajo que había cometido estafas reiteradas. *Ah*, dijo el italiano, *ya me parecía que esas 'pilchas' que tenés no eran para llevar un revólver en la cintura, que tu caso era mucho más grave que el mío. Yo robé "de caño" un cabaret el domingo por la noche*. Eduardo Di Fiore sintió un pellizco en el corazón: *un cabaret con armas en domingo y a los tres días afuera; una vacación con gastritis en Brasil, y yo todavía no me fui*.

Sin embargo, sólo comentó: ¡Qué cerveza me tomaría, con este calor! El santiagueño, en cambio, dijo que él se fumaría un *charuto* de marihuana. El italiano prefirió recordar la heroína que se consigue en Brasil. *¡Qué en Brasil!*, dijo el santiagueño, *yo te la consigo en Once*. *¿De la blanquita o de la negrita?*, preguntó un despabilado peninsular. *De la que quieras*, contestó el avejentado oferente. Al instante estaban intercambiando direcciones y teléfonos. A las once de la noche del miércoles 16 de febrero de 2000, Eduardo Marcelo Di Fiore, de profesión contador, recuperó su libertad, pero no desde la Alcaidía, sino desde la División de Leyes Especiales del Departamento Central de Policía... porque faltaba el prontuario policial, con datos que se hubiesen podido recabar por teléfono.

Cinco años antes, en 1995, a Policarpo Flores lo burló en la compra de un rodado un individuo que se identificó como Eduardo Di Fiore. Las autoridades revisaron el padrón electoral, y a Eduardo Di Fiore, "posiblemente" titular del DNI "número tal" —situación que fatalmente determinó que un *posible* Eduardo Di Fiore se transformara en el *existente* Eduardo *Marcelo* Di Fiore—, lo fueron a buscar a la casa de donde se había mudado. Luego de citarlo por edictos, fue declarado rebelde y se solicitó su detención. En octubre de 1999, fue presidente de mesa en las elecciones generales.

Poco tiempo después, su abogado se enteró de dos cosas: una, de que el autor real de la estafa, Eduardo *Ángel* Di Fiore, de profesión gestor, estaba detenido desde hacía seis meses por otro delito. Y la segunda, que este año la causa prescribe, de modo tal que si el matrimonio y su hijita hubieran viajado a Brasil el año próximo nada grave hubiera sucedido.

Hablando con el alborotador funcionario del juzgado, le preguntó: *¿Y ahora, quién lo va a recompensar a mi cliente por todo lo que sufrió?* Y el funcionario le dio una sintética y magistral clase de derecho penal argentino contemporáneo: *Sabe qué pasa, doctor: su defendido tuvo mucha, pero mucha mala suerte.*

# La limosna del cuento del tío

*La matriz que alimenta a la economía nacional se desinteresa, una y otra vez, por la urgencia de la deuda social. A mediados de 2001, el 53% de los jóvenes menores de 18 años vivía en hogares pobres. Hay más de dos millones de argentinos que viven con un peso o menos por día. En un año, aumentó en 200.000 personas el número de desocupados. Durante los 90 días que precedieron al mes de mayo de 2001, el promedio diario de concursos de acreedores presentados en los juzgados comerciales de la Capital Federal fue de casi 10. Este panorama arroja a la calle a miles de desesperados, y el pequeño acto de caridad que supone dar una limosna entra en el debate de los que todavía tienen que dar como si se tratara de interpretar un credo.*

Todavía queda una cierta cantidad de argentinos, en constante depreciación, que da limosna sin mirar a quién. En cambio, crecen los que no lo hacen, montados sobre una ascendente serie de argumentos: que "la plata no es para el chico, sino para el crimen internacional organizado", que "ése se hace el mutilado y después invierte en el Nasdaq", que "no hay que dar pescado sino enseñar a pescar" o, simplemente, porque "yo, argentino". (Esta expresión se remonta a la guerra del '14, momento en el que el presidente Roque Sáenz Peña dispuso nuestra neutralidad. Cuando las autoridades examinaban a los aristócratas sorprendidos en Europa por el conflicto, éstos extendían sus pasaportes al son del himno de la displicencia: "Yo, argentino").

En verdad, la limosna ya no es lo que era antes. Cuando niños, era frecuente que el linyera tocara el timbre de nuestros hogares "pidiendo algo". Nuestras madres le daban un sándwich de pan y queso o, dentro de unas cacerolas renegridas que acarreaba el propio menesteroso, alguna sobra. Nos escandalizaba, muy de cuando en cuando, encontrar dos o tres casas más allá, en el quicio de una ventana, el sándwich materno. "Es un borracho", decíamos con repugnancia mal informada.

No existían ni las bandadas de niños correteando tras las puertas de los taxis, ni las hileras de carros remolcados a sangre (humana y equina) deteniéndose cada veinte metros para recoger cartones o gabinetes de heladera despintados, ni madres primerizas hurgando en la basura.

La limosna era un acto de piedad, tenía como protagonista a casi toda la sociedad, y como cliente a un número muy reducido de lunáticos, alcohólicos y errabundos, a los que se miraba con simpatía y recelo. Solían llevar un fardo sobre el hombro, atado a un palo.

Contemporáneamente, una turba de "picos de oro" salía a la caza de incautos. Los protagonistas y la clientela eran otros; aquéllos, vivillos, vividores y granujas. Ésta, cándidos, creídos y distraídos. Siempre atentos a "algún laburito", los tejedores de cuentos del tío patentaron el "filo misho o filo mocho", la "mosqueta", y "la culata o la sotana".

El "filo misho" consistía en fajos de billetes falsos, de los que sólo el primero era original, que se dejaban en custodia de alguien a cambio de una cierta cantidad de dinero "para trámites". La "mosqueta" era un juego callejero con tapitas, debajo de una de las cuales había que descubrir un poroto, que la destreza de quien iba cambiando los tacos de lugar hacía desaparecer. Hacer una "culata" era sacar dinero del bolsillo trasero del pantalón del mártir, y una "sotana", del bolsillo interno del sobretodo.

En el 2001, no es cierto que la clásica movilidad social argentina haya desaparecido: sólo ha invertido el sentido. Ahora, el techo no es perforable; lo permeable es el piso. Por eso es que se cambia de clase, pero hacia abajo. Dice un zapatero de Belgrano: "Por un pelo, en los '70 me salvé de los milicos; por un pelo, en la democracia neoliberal me salvé de caerme de la clase media; por un pelo, me salvé de ahogarme en la inundación del 24 de enero, pero ahí perdí todo: la mercadería y la voluntad". En consecuencia, se despliega un nuevo ballet, con nuevos personajes, nueva escenografía y nueva coreografía. Las restricciones a la limosna hacen que los pordioseros deban aguzar la imaginación, y el cuento del tío es pagado al precio de un socorro. A los pobres todo cada día les cuesta más.

El viernes 26 de enero, a un restaurante de Avenida de Mayo y Salta entra un disimulado trío, atentos al unísono a los mozos devenidos en guardia pretoriana contra la mendicidad. Se acercan a una mesa, y dejan una nota para lectura de los comensales. "Ramón necesita reflujo de pulmón", advierte un título fisiológicamente desconcertante. "Ramón tiene apenas un año y cinco meses. Por eso, po (*sic*) favor ayuden con lo que pueda (*sic*). Gracias, y ojalá que Dios lo recompense". Creyendo haber sido tacaña, culmina: "Que Dios lo bendiga". La hoja tiene una paloma con las leyendas "Misionar-61249-1", y "Legitimación-N:405". Debajo, dos sellos: uno con la Cruz de Malta y la leyenda "Hospital Garrahan" (*sic*) y otro con el escudo argentino. Como remate, un recuadro donde se lee: "Hospital de Pediatría Dr. Garrahan (*sic*). Pichincha 1850 - Cap. Fed.".

Los comensales se remueven en sus asientos, incómodos. Uno se encoge de hombros, ante la mirada golosa del trío, otro niega con la cabeza. Un tercero le da unas monedas a la niña de diez u once años, que agradece en una lengua incógnita.

Esa limosna, que hace algunas décadas estaba fortalecida por la caridad, ahora debe hacer frente a la burla y la incredulidad. El antiguo linyera fue sustituido por posibles inmigrantes, y el argumento incontestable de su pobreza por un cuento del tío. Hoy, para pedir una limosna es necesario "versear". Es el piso de la movilidad social que se resquebraja, y la presión atmosférica de la inequidad en la distribución de la riqueza la que empuja hacia el fondo.

Viernes 19 de enero, a las diez de la mañana. La secretaria del funcionario atiende un llamado: "Quisiera hablar con el doctor". ¿Motivo? "Es personal", responde una voz de mujer del otro lado del auricular. "Para cuestiones particulares, llámelo a su domicilio", responde la secretaria. "Dígale que llamó María de Castelar", replica la voz, "y que necesito verlo". A las once horas, las doce, y las trece, se repiten el llamado y el diálogo. A las 13.30, María de Castelar se hace presente en las oficinas del funcionario, y exige hablar con él. Entrega una carta manuscrita a la secretaria y le comunica: "Vengo caminando desde Puente Saavedra; désela". El funcionario saca la hoja del sobre. "Doctor. Vengo de Sárate (*sic*). Traigo un mensaje personal para usted. No deje de escucharme. Tiene que saver (*sic*). Gracias. María de Castelar". "Que pase", le pide a la secretaria.

La mujer tiene entre cuarenta y cinco y sesenta años, una pollera negra limpia y una remera de punto igualmente escrupulosa. "Mi marido murió el año pasado, y tengo ocho hijos", comienza, y hasta el final no dejará de llorar. "Todos vivimos bajo un puente. Mis cuatro hijos varones trabajan de cartoneros. Hace tres meses encontraron esto", dice, al tiempo que extiende una revista donde el funcionario es reporteado, con una foto a toda página. "Mis hijos me dijeron 'este hombre tiene la mirada de Cristo, y nos va a ayudar'. Yo, señor, quiero irme con mi madre".

El funcionario respinga, porque cree entender que la mujer se va a suicidar. "Mi madre vive en Apóstoles, Misiones. Necesito doscientos pesos para pagar el camión que nos lleve a todos". El hombre junta el dinero y se lo da. La mujer entrelaza sus manos y exclama: "¡Mis hijitos tenían razón, doctor! Mientras viva, a su foto no le faltará una vela". Y se va.

A la semana, una pareja de amigos le pide la carta; ella tiene nociones de escritura, y ensaya una pericia caligráfica. "Fijate en la 'eme', fijate en la 'ce hache', fijate en las 'te'. Son rasgos elaborados. Fijate en los errores de ortografía; no hay ninguna 'be larga', son todas 've corta'. Esto está hecho a propósito". El funcionario recuerda la indumentaria limpia de aquella mujer. Piensa que es imposible que haya sido engañado. Como en un sueño, escucha que le dicen: "a doscientos pesos el funcionario...".

Quien está dispuesto a ayudar topa diariamente con tal cantidad de necesitados ostensibles que piden, y con tantos que piden sin parecer a primera vista necesitados, que sufre por no poder satisfacer a todos, y al propio tiempo no encuentra un criterio para saber a quién debe satisfacer y a quién no. Quien no ayuda pero sabe que lo debido es hacerlo, necesita descalificar al que lo hace para no faltarse el respeto. La aglomeración cotidiana de famélicos ofrece un argumento extra.

La especie de los que dan limosna sin mirar a quién está en vías de extinción. En una ciudad de pobres diablos, cada vez más solos, tratan de enfrentar tanto desamparo y vienen a ofrecer su corazón.

# Los osos

*El escritor español y sacerdote jesuita Baltasar Gracián (1601-1658) escribió que "Si los hombres no son fieras, / es porque son más fieros, / que de su crueldad aprendieron / muchas veces ellas". El relato que continúa es buena prueba de ello.*

Escuché por primera vez "El oso", la legendaria canción de Moris, a comienzos de los '70. El argumento se correspondía con la intermitente crueldad de entonces, y con la módica pobreza· esperanzada de aquella Argentina. Había un oso a gusto con su bosque que era atrapado para trabajar en un circo, un tigre asimilado al sistema que le aconsejaba sacudirse de encima la melancolía, y una escena final en la que el guardián se olvidaba de cerrar el candado de la jaula, y el oso recuperaba su amada libertad.

Todavía las veredas no habían sido expropiadas por el miedo, y sentados sobre ellas, con las espaldas contra las puertas de los garajes individuales, o contra las placas de vicri que adornaban los frentes del barrio, lisiábamos una guitarra con caja de madera: "Conformate, me decía un tigre viejo, / nunca el techo y la comida han de faltar; / sólo exigen que hagamos las piruetas, / y a los niños podamos alegrar". De tanto mirar hacia delante, ni siquiera advertíamos lo dudosamente vital que era el techo para un oso.

Sólo alguno de nosotros había comenzado a perder cosas, y como no éramos conscientes de lo que teníamos, y por lo tanto de lo que arriesgábamos, nos burlábamos de esos precursores en la derrota con una crueldad de la misma naturaleza que los años que teníamos, y que los que vivíamos, donde se mezclaban la ceguera con la posibilidad de una segunda oportunidad. Les tocábamos la cabeza a los pelados prematuros, y les valseábamos "Se va, se va la barca, / se va, se va el vapor...". Era una forma de humor brusco, sin asomo de culpa, insen-

101

sato. A los pocos años gritaríamos en las plazas: "Se está poniendo de moda / tirar gorilas al mar; / Lanusse, que es precavido, / está aprendiendo a nadar".

Ayer encendí la computadora, y abrí mi correo electrónico. A través de un amigo que vive en México, me llegaba un mensaje de la "Animals Asia Foundation", que comenzaba pidiendo compasión al gobierno de China. Y seguía así: "China mantiene hoy 10.000 osos prisioneros para la extracción de bilis de la vesícula de los animales. Los osos son colocados horizontalmente en jaulas que más parecen ataúdes, ellos introducen un catéter en los animales, que queda absorbiendo constantemente el líquido de la vesícula; los osos ni siquiera pueden cambiar de posición, y en esas condiciones interminables de sufrimiento ellos pueden vivir todavía de quince a veinte años. No podemos aceptar que esa crueldad, tortura, barbarie, continúe formando parte de la vida de esos pobres osos, ni siquiera un minuto más. Cada minuto que pasa es decisivo para ellos, entre sufrir y vivir. Con la pata atraen la comida a través de la pequeña abertura de la jaula. Para saciar la sed, los pobres tienen que estirar la lengua para lamer los barrotes de la jaula. Tienen dolores alucinantes por quedar aproximadamente quince años en la misma postura, que les deforma los huesos (...). Para obtener la bilis se promueve el más terrible comercio. La bilis es usada para la confección de shampoos, afrodisíacos y remedios 'milagrosos' (...). Los dolores del oso sobrepasan todos los límites imaginables. Brama de dolor, se mutila e intenta suicidarse. Ellos lo atan con un cuello de metal, lo colocan en la jaula con barrotes de presión y lo dopan".

El mensaje termina diciendo que para ayudar, basta firmar pidiendo el fin de las "Haciendas de la bilis" y enviar el mensaje a todas las personas posibles. Para mayores informes, recomienda visitar el sitio http://geocities.com/Baja/2324/index.html.

"Han pasado cuatro años de esta vida, / con el circo recorrí el mundo así...", decía la canción de Moris. De aquella vida, en cambio, pasaron treinta años. Tengo pocas esperanzas de que las firmas en el ciberespacio sean capaces de cambiar el mundo, pero por entonces estaba seguro de que las canciones y el arte eran capaces de hacerlo.

El sentido del humor es más cínico, más distante. "Mamadera", define un diccionario no autorizado que también navega por Internet: "dícese de la materia prima utilizada por carpinteros tartamudos".

La pobreza perdió toda esperanza, y los excluidos, por la costumbre de perder, pierden el miedo por centenares cada día. No se toca la guitarra en las esquinas suburbanas, y la cerveza y el tetrabrik son lo que entonan las gargantas. La crueldad alcanza su *grado 0*, o sea, expresarse en formas que exceden su propio significado.

"Ahora piso yo el suelo de mi bosque, / otra vez el verde de la libertad", termina la canción de Moris; "estoy viejo, pero las tardes son mías, / vuelvo al bosque, estoy contento de verdad".

Volver, acaso una de las pocas alegrías que hay en plaza.

# Temer y no tener

*Durante muchos años el* prestigio *era el elemento central tanto para ser respetado en la sociedad cuanto para acceder a honores. Durante los últimos años, el* prestigio *fue sustituido por la* popularidad, *una cualidad más asociada al conocimiento generalizado que a los méritos del conocido. Los* reality show, *que constituyen el "boom" televisivo del momento, reemplazan la* popularidad *por la* notoriedad, *cualidad todavía menor que permite a quien sólo es visto durante horas por una audiencia transformarse en referente múltiple de una semana a la otra. Deberíamos advertir ese declive, y atemorizarnos de no haberlo tomado en cuenta.*

Últimamente, las encuestas han puesto de manifiesto cuáles son los nuevos miedos de los argentinos: el *desempleo* y la *inseguridad* marchan en punta, corporizando flamantes anticristos, blasfemias y abominaciones de este arrabal del sur a comienzos del siglo XXI.

Sin embargo, dado que no toda la realidad está comprendida dentro del ámbito de las encuestas, acaso valga la pena internarnos en el terreno de los miedos que los argentinos no tenemos pero que deberíamos tener, esto es, *aquellos miedos que debería asustarnos no sufrir.*

Lacan solía decir que los animales fingen, pero el ser humano *finge fingir.* "¿Adónde vas?", pregunta un judío a otro, según Borges. "A Sebastopol", le contesta el primero. "Ah, ya veo, has querido engañarme contestando 'a Sebastopol' para que yo piense que vas a Gdansk. Pero como soy más inteligente que tú, me he dado cuenta a tiempo de la mentira, y ahora sé que en realidad vas a Sebastopol".

El ser humano también es capaz de *ignorar que ignora.* Ignorar, por ejemplo, que desconoce las leyes de tránsito. La cantidad de muertes por año en accidentes con automóviles puede ser un buen indicio de por qué es importante determinar algunos de los miedos que, para nuestra perdición, no experimentamos.

Todos aceptamos que a nuestro país le falta buena memoria, pero eso no pareciera asustarnos. Desde cierto punto de vista, nuestra capacidad de olvido podría ser considerada una receta magistral; ¿no enloqueceríamos si nos obligaran a recordar constantemente todo lo que nos sucedió?

Pero precisamente ese tropel confuso de episodios que en las últimas cinco décadas se acostumbró a hacernos detener el corazón periódicamente nos mal acostumbró como sociedad, y ahora juzgamos los excesos como otro número más de un circo con tres pistas, reclamamos *perlas de alcantarilla* cuando la televisión no nos las proporciona, y damos vuelta rápido la página, pidiendo ¡más, más! *Años de convivencia con el brulote y el retruécano nos han convertido en adictos*, supo decir Osvaldo Soriano, poco tiempo antes de morir. Si, como se suele repetir, las democracias son aburridas, los argentinos no terminamos de aceptar vivir en democracia, y la que tenemos está *no configurada*.

Tampoco tenemos miedo de no asustarnos frente a la frivolidad con la que abordamos temas trascendentes. *Frívolo* es un adjetivo que viene del latín, y que quiere decir "liviano, de poco momento". Un ejemplo inolvidable de lo que significa ser "liviano" lo dio el abogado Servatius, quien defendió a Eichmann en Israel. Servatius declaró a su defendido inocente de "la recogida de esqueletos, esterilizaciones, muertes por gas y *parecidos asuntos médicos*". El presidente del tribunal le hizo notar el aparente *lapsus*, a lo que el abogado contestó que la muerte por gas era *realmente* un asunto médico puesto que fue dispuesto por médicos. "Era una cuestión de matar", concluyó, "y matar también es un asunto médico".

La superficialidad "de poco momento" con la que tratamos cuestiones trascendentes nos acarrea consecuencias. En primer lugar, ponemos en el mismo sitio lo igual con lo desigual, y nos escandalizamos de modo parecido tanto cuando en el balance de la privatización de Aerolíneas Argentinas aparece un rubro por U$S 80 millones imputados a "gastos de negociación" (¿?), como cuando el ex profesor de tenis de un miembro del gabinete es contratado en el área de deportes.

En segundo lugar, una banalidad es capaz de transformar el encantamiento en desencanto, lo que equivale a decir que el primero nunca existió del todo. El problema que tiene presentar la idoneidad de un funcionario de segunda línea como una cuestión de Estado es que deja sin respuesta la pregunta de cómo presentar una verdadera cuestión de Estado. La corrupción, por ejemplo, es una cuestión de

Estado; cierta vez el ex presidente Menem la presentó prometiendo eliminarla "cueste lo que cueste y caiga quien caiga", con los resultados que están a la vista.

En tercer lugar, nuestra dificultad en distinguir qué es lo superfluo y qué lo imprescindible ocasiona cadáveres morales insufribles. Un "estudio de opinión", producido por la consultora Equis, pone a los candidatos a la Jefatura de Gobierno de la Ciudad de Buenos Aires bajo la lupa. A la pregunta sobre "¿A cuál de los candidatos dejaría al cuidado de sus hijos?", el 44,2% de los encuestados respondió que "a ninguno". A la pregunta sobre "¿A cuál de los candidatos dejaría al cuidado de sus ahorros?", el 50,5% respondió que "a ninguno". Una de las observaciones que pueden hacerse alrededor de estas respuestas es, sin duda, que para los encuestados son más imprescindibles los ahorros, y más superfluos los hijos.

También le hemos perdido el miedo a los pretextos que damos para negar limosnas. A veces el pretexto es el silencio, otras el fastidio, otras el chiste, que revela prejuicios y estereotipos y que, al reproducirse, favorece su consolidación y circulación. En materia de argumentos para no dar limosnas, la mezquindad hace esquina con la discriminación social y con el crepúsculo de la solidaridad.

Si temiéramos a estos pretextos que no tememos, nos asustaríamos de la carga de resignación que conllevan; allanarnos a la segregación es haberla consentido. La resignación obstaculiza recordar que el poder no sólo reprime, sino que también "produce y reemplaza los lazos sociales de solidaridad con individualismo indiferente y competencia salvaje", los que *también* son lazos sociales. Recordar que el "fin de la historia" estableció un presente perpetuo, lo que equivale a decir que quienes hoy están como están lo estarán *per secula*. Y recordar que el ejercicio de la libertad llega a identificarse con la lucha de todos contra todos, donde el mercado de la eliminación del semejante puede ser *otra* versión de la libre competencia. "Yo me puedo bancar el frío", comenta un pibe de la calle; "lo que no me puedo bancar es no importarle a nadie".

Tampoco tenemos miedo de no asustarnos frente a nuestra hipocresía, haciendo alardes de negación; la negación es el tributo que la hipocresía rinde a la franqueza, cualidad que no caracteriza a nuestra sociedad.

Según una encuesta, la Argentina es uno de los diez países más felices del mundo; una de las razones alegadas es la contención que brinda el núcleo familiar. Consultados por Graciela Römer y Asociados acerca de "¿Qué cosas hacen felices a los argentinos?", un 87%

manifiesta estar satisfecho con su vida familiar. El 36% declara tener muy buena comunicación con su pareja, y un 44% buena. El 62% de los hombres juran estar satisfechos con el matrimonio actual, y lo propio hace el 60% de las mujeres. Ahora bien, el... 55% de las mujeres *no quiso responder* si "alguna vez fue o tuvo deseos de ser infiel a su marido", y el 27% sostuvo que no fue infiel para no arriesgar el matrimonio; el 25% de los hombres aceptó ser o haber sido alguna vez infiel.

No tener miedo de asustarnos tiene sus ventajas: el miedo es desorganizador e incomunicador; "no sólo no permite crear consenso, sino que desarticula el disenso". Pero la franqueza permite transformar nuestra experiencia en conciencia. Tampoco tememos lo suficiente al *sida*, a la decadencia educativa y cultural, etcétera.

Pero mejor parar aquí; internarnos en esos terrenos, para ser francos, da miedo.

# Papel de estraza

# De este lado del zoom

*Juan Ladina era el número dos de la UOCRA porteña hasta que una cámara oculta de Canal 13 ("Telenoche Investiga") lo registró pidiendo coimas a miembros de empresas constructoras para pasar por alto infracciones a las normas de seguridad que el gremio tiene la obligación legal de supervisar. El tape del programa dio origen a una causa judicial, así como a un debate sobre la legitimidad del uso de cámaras ocultas.*

"¿Está la platita?", preguntó Rodolfo Galeliano, el Secretario de Planeamiento de Moreno. "La platita" eran 12.000 dólares que el funcionario pedigüeñaba para habilitar una *bailanta*, a la que la intendencia demoraba en otorgar el permiso para funcionar. El pasatiempo fue visto por casi 1.350.000 personas.

La investigación periodística filmó el funcionamiento de una estructura de chantajistas del Gran Buenos Aires, y a partir de dichos elementos la Justicia de Mercedes la desmontó, recordándose el episodio como uno de los "ejemplos" (valga la paradoja) de incumplimiento de los deberes de funcionario público. Así las cosas, no es extraño que siete de cada diez encuestados llevarían sus reclamos a la prensa antes que a los tribunales.

El uso periodístico de la *cámara oculta* plantea interesantes interrogantes. Al igual que al agente encubierto, al agente provocador y a la interceptación de conversaciones telefónicas, le cabe la pregunta acerca de si *debe o no tolerarse la existencia de alguna forma de engaño para alcanzar la verdad* y, si la respuesta es sí, ¿cuánto?

Pero existen importantes distinciones que hay que subrayar desde ya. De lo que estamos hablando es del *uso de cámaras ocultas para que el periodismo de investigación cuente historias influyentes*, y no del valor que puedan tener los videos así obtenidos para juzgar y condenar en

111

tribunales a los responsables de alegados delitos. Tampoco estamos hablando de si debe admitirse o no *como prueba* en un juicio, por ejemplo, la escucha telefónica que Guillermo Laura hizo de una conversación con el ingeniero Paul Leclerq, donde éste le habría dicho que le pidieron una *coima* para resultar beneficiado en la privatización de ENTel, aunque el diálogo haya sido grabado y transcripto en acta notarial y en presencia de un escribano.

Bob Steele, director del Programa de Ética del Instituto Poynter para Estudios sobre Medios, suele comenzar sus *workshops* preguntándoles a los asistentes: "Y bien mis éticos muchachos, ya que estamos en el negocio de perseguir la verdad, ¿qué piensan de las cámaras ocultas?" En un encuentro auspiciado por la Escuela de Periodismo de Columbia se acordó que algún grado de tergiversación es inevitable en el proceso de acceso a una información importante, y hasta los más recalcitrantes se rinden ante el supuesto que se tratara de prevenir un holocausto nuclear. También se recordó que nunca quedó claro el modo en que el *New York Times* accedió a los famosos "Papeles del Pentágono", que demostraban cómo se había forjado un colosal engaño en el proceso de toma de decisiones sobre la política norteamericana en Vietnam, y que si el periodista Daniel Ellsberg hubiese dudado la historia de su país no habría rotado hacia el lado de la verdad.

Lo cierto es que en los Estados Unidos los tribunales han ido modificando su posición desde una permisividad casi absoluta respecto del empleo de las cámaras ocultas hasta una creciente restricción.

El programa *Prime Time Live*, de la cadena ABC, fue objeto de varias demandas, de las que salió con suerte diversa. Recientemente, llegó para ser resuelto por la Corte Suprema de Justicia de los EE.UU. el más sonado de ellos, *Food Lion* contra *ABC*.

*Food Lion* es una cadena de supermercados, en la que se introdujeron dos reporteras de *Prime Time Live* y filmaron cómo se remarcaba la carne para que pareciera más reciente, cómo se envasaba queso mordido por alimañas y cómo se mejoraba el aspecto de pollos para favorecer el consumo. Los hechos *eran ciertos*, pero la cadena de alimentos alegó que las periodistas habían cometido fraude al *falsificar sus currículos* para ser contratadas y grabar en secreto. El superior Tribunal de Carolina del Norte dio la razón al supermercado, y ahora se espera que la Corte Suprema liquide definitivamente el conflicto.

La prensa norteamericana ha establecido cánones muy estrictos para el empleo de cámaras ocultas; hay que responder a las preguntas siguientes: ¿Es el único modo de contar una historia importante sobre un tema significativo? (Por ejemplo, no son "historias importantes" las piezas *gotcha,* algo comparable con lo que nosotros solemos denominar "cámara sorpresa"). ¿La cámara oculta es el último resorte? ¿Es mayor el principio al que se sirve que la inconsistencia de buscar la verdad a través de un ardid? ¿No se involucra a terceros en la acusación implícita? ¿Es suficientemente experto el periodista a cargo de la investigación? ¿Se ha discutido suficientemente con los gerentes de noticias y con consejeros legales? En *ningún caso* deben usarse las cámaras ocultas para ganar un premio, para obtener la historia de un modo más barato, porque otros lo han hecho o porque el tenor moral de los sujetos involucrados en la historia no es digno de respeto.

En la República Argentina existe una cantidad importante de proyectos que penalizan la difusión de imágenes o sonidos de terceros obtenidos sin su consentimiento. Los hay que implican censura previa, los que se atormentan por la difusión de "secretos políticos" (?), los que mezclan la interceptación de comunicaciones con el uso de la cámara oculta, o las actividades periodísticas con las judiciales. Desde mi punto de vista, sólo merecen consideración y debate aquellos que distinguen la intromisión en el ámbito de la intimidad del ejercicio de la libertad de expresión.

En el dominio del derecho, cuando hay un conflicto de bienes o una colisión de derechos fundamentales, como por ejemplo la protección de la reputación de las personas, por un lado, y la defensa de un interés público actual, por el otro, la ley hace una ponderación y resuelve. Así, no es ilógico en Estados Unidos, donde la prensa goza de una considerable protección y las libertades civiles vienen acrecentándola, que prensa y tribunales busquen equilibrios, una desde cánones de conducta y los otros desde la determinación de límites máximos.

Allí, los intereses en conflicto que deben resolver los jueces son más bien del tipo de *derecho fundamental a la protección del honor personal* versus *derecho a la libertad de expresión e información por medio de la prensa.*

Por el contrario, en la Argentina, los intereses enfrentados son *la necesidad y el derecho por parte del público de ser informado acerca de qué hacen o dejan de hacer sus gobernantes* versus *la honra y la reputación de quienes gobiernan.* Y por añadidura, la prensa no tiene la necesaria protección, como lo demuestra el hecho de que a partir de abril del '98 la Corte Suprema argentina concretó ocho pronunciamientos consecutivos que condicionan la libertad de expresión e información, y de que en siete de los ocho fallos aludidos los actores eran funcionarios del gobierno que se sentían desdichados por lo que a su respecto se había opinado o comunicado.

Por todo lo expuesto, es posible afirmar que en la Argentina la prensa es el sector amenazado y el gobierno el amenazador; y dado que las doctrinas jurídico-políticas no están para cotizar igual a los valores en juego, mejor es archivar los proyectos de ley aludidos, que no faltan materias que requieran parecidos o mayores desvelos de nuestros legisladores.

# Ética y realidad en el fotoperiodismo

*La imagen suprime la fase intermediaria de la lectura escrita, que va concibiendo mentalmente una representación a medida que transcurren las palabras. Lo que transmite un mensaje fotográfico está determinado —en buena medida— por la competencia del receptor. Es decir, por la "actualización" que haga del significado de la imagen. Así, la información contenida en una imagen, según cuál sea ésta, y el "saber de lector" de quien la recibe, están unidos a una opinión (subjetividad del fotógrafo, "opinión implícita").*

*De allí la vieja frase: "Una imagen vale por mil palabras". El axioma conserva su tradicional contenido, y plantea para el fotoperiodismo un dilema ético, al que se añaden nuevas connotaciones.*

En 1996, durante una visita a California a propósito de la campaña presidencial, Bob Dole cayó de una plataforma y se dio de narices contra el suelo. La agencia de noticias Reuters transmitió una secuencia de cinco fotografías que mostraban el episodio. En la primera, Dole estaba despatarrado sobre el piso; el mensaje que ofrecía la foto era de fragilidad. La quinta fotografía, en cambio, revelaba a Dole agitando el puño después de levantarse, mostrando su capacidad de recuperación. ¿Qué foto hay que publicar?

Ésta es una pregunta ética que deben enfrentar los reporteros gráficos al momento de enviar una toma, y los editores de fotografía a la hora de la publicación. Adoptar buenas decisiones morales en periodismo es una destreza comparable a escribir, a fotografiar y a editar bien, y debe ser aprendida y perfeccionada.

Debido a que un fotoperiodista no es sólo un ilustrador de textos escritos sino un *transmisor de mensajes*, la fotografía ha sido objeto de manipulación desde antaño. El "fotoestalinismo" (1924-1937), por ejemplo, consistió en montajes que iban desde el uso poco refinado de la tijera para eliminar a los enemigos políticos (incluso de las imágenes), hasta el de tintes, para glorificar su figura y ensombrecer la de otros.

Se suele decir que la foto de un perro junto a la tumba de quien fue su amo contiene un elemento *protofotográfico*: para algunas culturas es símbolo de la fidelidad. Pero, además, existe una gran cantidad de elementos *fotográficos* que son capaces de *connotar* la imagen: la angulación, por ejemplo. El "picado" (toma de arriba abajo) disminuye a la persona retratada, en tanto el "contrapicado" exalta al personaje. Como en muchos otros ámbitos de la cultura, estas reglas suelen tener sus excepciones y hasta sus aprietos. La famosa foto de Mussolini hablando con la mano izquierda sobre el cinturón y el puño derecho en alto es un "contrapicado" que, sin embargo, no atenúa el aire bufo que la hizo conocida. En el caso de De Gaulle, el "picado" mostraba su nariz más dilatada de lo que ya era de por sí, y el "contrapicado" le agrandaba la barbilla y le escondía la frente. Por suerte para él, su amor propio se aglutinaba en cuestiones diferentes de su aspecto físico.

Otro elemento fotográfico para sugerir con una imagen es el encuadre y la composición. La recordada foto de *El Mercurio*, diario opositor a Salvador Allende, publicada un mes antes del golpe en agosto de 1973, en la que una procesión fúnebre pasaba frente al palacio de La Moneda, como aciago augurio de lo que vendría, tenía un encuadre y una composición no ingenuos.

Hay más, como es el caso de la iluminación. La luz frontal "aplasta" a los sujetos; la posterior "separa" las figuras del fondo, y la lateral (horizontal u oblicua) produce relieve, el que sin equilibrio puede acentuar contrastes y deformidades. El rostro del ex presidente de Panamá Manuel Noriega, iluminado lateralmente, aparecía picado por el acné en una imagen abrumadora que realzaba su fiereza.

Dentro de las herramientas, hay que mencionar los objetivos o lentes. El gran angular en una congestión de tránsito agrandará a los autos cercanos y achicará los lejanos, *sin transmitir* sensación de agobio. La lente adecuada es el teleobjetivo, que producirá el efecto del acopio de espacio, con vehículos estrechamente apiñados.

Y de la mano del gran angular, podemos entrar en el dilema que enfrenta la fotografía, con la irrupción de la tecnología, respecto de "la realidad". Hasta ahora, "una foto no se podía desmentir". ¿Sigue siendo válida esta afirmación frente a la aparición de la fotografía digital?

La cámara digital reemplaza la película por un sensor fotodigital, que transmite la información a un disco duro de alta capacidad integrado al cuerpo de la cámara, reemplazando la película tradicional en la etapa de almacenaje. Una foto así captada puede ser transmitida por bytes a una computadora, y allí el sol puede transformarse en luna, con lo cual la captación pierde su carácter de *documento*. Es el caso de las fotos de O.J. Simpson, famoso deportista y actor, acusado de haber matado a su ex novia y al entonces novio de ella. En *Newsweek* la foto era normal; en *Time*, en cambio, la foto estaba alterada con ordenadores, mostrando un Simpson con cara maligna. Esto ha generado un debate ético aún no superado, frente a la avalancha de esta nueva modalidad tecnológica.

Uno de los extremos del debate es el problema probatorio: al no haber clisé fotoquímico, el original puede ser alterado (imágenes captadas y almacenadas en un chip), y siempre podrá haber dudas en cuanto a la fidelidad de la foto porque no habrá matriz o plancha para la comparación. Hay quienes recomiendan cuidados mínimos, como por ejemplo archivar la imagen original en un banco de datos bajo el formato de "sólo para lectura".

Pero también existe otro abordaje. El fotógrafo mexicano Pedro Meyer obtuvo una toma que mostraba a un compatriota acostado sobre el piso, durmiendo tapado con tres sombreros típicos. Para la foto había usado un lente de gran angular, por lo que una columna ubicada a la izquierda se arqueaba. Colocó dicha fotografía en un ordenador y "corrigió" la columna, enderezándola. La paradoja consiste en la siguiente pregunta: ¿cuál, entre ambas, es la foto *real*? ¿La *original*, con una improbable columna torcida, o la *manipulada*, con la columna en regla?

La tecnología suele acuñar para siempre, y para bien o para mal, una modalidad de su uso. La expresión "prensa amarilla" proviene de la pelea que mantuvieron William Hearst, propietario del *Journal* de Nueva York, y Joseph Pulitzer, dueño del *World*. Lo de "amarillo" tiene origen en una historieta ("The yellow kid"), aparecida en el *World*, donde las palabras del personaje aparecían impresas sobre su camisa amarilla. El uso de esa tinta en los diarios era una innovación tecnológica y al atractivo de la tira se sumó el del color. Como el dibujante trabajó alternativamente para uno y otro diario, del estilo de éstos (hacer estallar la noticia ante los ojos del lector con títulos catástrofe, temas de cotilleo y abundancia de fotos y detalles) surgió la expresión "prensa amarilla".

Por lo demás, no se toma demasiado tiempo para producir efectos jurídicos. En Times Square, característico lugar de Nueva York, hay un cartel que propagandiza a la cadena *NBC*. El *New York Times* termina de denunciar a *CBS* y a su noticiero (13 de enero de 2000) por insertar *su propio logo* encima del de la *NBC* en los telones de fondo preparados para las festividades de recepción del siglo XXI.

# PRODUCTOS CÁRNEOS

# La muerte es de los otros

*Una de las características de la vida en las grandes ciudades es la indiferencia para con la suerte de los demás. El crecimiento exponencial del delito agrava esta actitud, que pareciera querer significar que no darnos por enterados es como un talismán para que no nos suceda lo mismo.*

El primer libro que me vendió Carlos, en la librería Norte de la calle Las Heras, se llama *Antropología de la muerte*, y fue escrito por Louis-Vincent Thomas. Yo seguía obsesionado por la cuestión, a comienzos de los '90, y *Antropología...* fue la continuación de una colección —que incluye el suicidio y las adicciones— que, desde antiguo, no ha cesado de crecer.

En aquella ocasión se me aparecía en sueños el primer muerto que vi en mi vida, mi tío Juan Maruggi, liando sus cigarrillos con una máquina que estiraba el papel de fumar, y escardando las hebras de tabaco nazareno con sus largos dedos de músico errabundo.

La librería Norte quedaba a media cuadra de mi casa, y la frecuentábamos mucho junto con mi hijo Laureano. Carlos era hincha de Independiente, tenía el pelo negro cortado como en ramos, y una cadera corta y demasiado alta en relación con el tronco, de la que se asían dos piernas asincrónicas, movidas como por un cable gobernado desde otro lugar.

Conmigo era imaginativo y poco riguroso, porque a partir del tema general sobre el que le pedía bibliografía, él escalaba y resbalaba por las obras más variadas, convencido de que en definitiva algo iba a comprar. En cambio con mi hijo era científico; se perdían en el fondo de la librería y recorrían como dos taxidermistas ensimismados la literatura para chicos, a Snunit, Monteiro Lobato, Benton, los hermanos Grimm, Gurney, y Kirschner y Contreras. A veces, pasados largos

121

minutos, yo solía oír un chistido, luego del cual Laureano volvía con un libro en las manos y los ojos bajos, con Carlos que lo seguía como un guardia pretoriano, pero no recuerdo haber escuchado a mi hijo quejarse.

Mi tío Juancito murió cuando yo tendría cinco o seis años. Estaba casado con la hermana de mi abuelo materno, la tía Lucy, se peinaba con brillantina y se parecía remotamente a Vittorio de Sica. Recuerdo que lo velaron en la sala de la casa de la vieja calle Yrigoyen, en Morteros, y que la gente no cesaba de entrar y de salir. Yo me preguntaba qué sentido tenía poner un ataúd a la altura del pecho de las personas, cuando lo natural hubiese sido apoyarlo contra el piso, que ofrecía una mucho mejor perspectiva para mirar el cadáver anonadado, y tocarlo, rezarle o murmurarle algún juramento, según el deseo de cada cual.

También me impresionaba mucho que en la cocina, tomando cognac o grapa, algunos hombres hicieran bromas que parecían sosegarlos, mientras que las mujeres bebían limonada, antes de volver precipitadamente donde se lloraba. Con los años, leí que a Borges le habían preguntado cierta vez si pensaba en morir. "¿Por qué voy a morirme?", respondió, "si nunca lo he hecho antes. ¿Por qué voy a cometer un acto tan ajeno a mis hábitos? Es como si me dijeran que voy a ser buzo, o domador, o algo así, ¿no?". En ese momento pensé en aquellos hombres.

Carlos fue quien me vendió *El dios salvaje*, un libro acerca del suicidio de la poetisa Sylvia Plath. "Morir", había escrito la Plath, "es un arte, como todo. / Yo lo hago excepcionalmente bien. / Tan bien que es una barbaridad. / Tan bien que parece real. / Se diría, supongo, que tengo el don". Lo tenía. Hablamos de un solterón que vivía en la esquina, al que se le había muerto la madre y que, tras un período de encierro y cerrazón, se había pegado un tiro. Creo que aquélla fue la última vez que fui a la librería Norte.

En un pueblo, a comienzos de los '60, un velorio era una especie de evento. Aunque no se hubiese tenido una relación muy estrecha, el muerto les importaba a todos, y en ello había una sabiduría. Supongo que todos los ritos fúnebres implican una dosis de sociabilidad, para despedir a quien se va y no dejar más solo al que se queda solo. El favor a veces afectado de las mujeres, la presencia incómoda de los hombres, la estupefacción de los niños, a los que desganadamente trataban de alejar pero que volvíamos como para cursar una inevitable lección, tenían un sentido que los adoloridos —de un modo u otro— agradecían. En esa ofuscada pompa de cera que se consumía, palabras entrecortadas y aire jadeante, el niño que yo era despidió al tío

Juancito con el suficiente calado como para permitir que los sueños nos reencontraran unos años más tarde.

No hay nada parecido a eso en las ceremonias fúnebres de las grandes ciudades, a pesar de que se muere más o, por decirlo con mayor precisión, a pesar de que las muertes intempestivas crecen, y nos golpean cada vez más de cerca, vivamos donde vivamos, o pertenezcamos al sector al que pertenezcamos. Las estadísticas señalan que el porcentaje de homicidios cada 100.000 habitantes se aleja del de Santiago de Chile para perseguir al de Río de Janeiro, que aumentan las muertes en ocasión de delitos contra la propiedad, que aquel dato según el cual en la mayoría de los casos homicida y asesinado se conocían previamente cada vez es más inexacto.

El jueves 30 de noviembre de 2000 llamé por teléfono a la librería Norte. Quería saber si tenían *La tortura*, el testimonio del periodista Henri Alleg, que había sido citado por Susana Viau en una convincente contratapa de *Página/12*, y pregunté por Carlos. "Carlos está muerto", me respondió una inaplazable voz de mujer del otro lado de la línea. Tuve el impulso de cortar y discar de nuevo. En un intento de asalto, lo habían matado de un par de balazos, hacía un tiempo. Más tarde supe que el libro está agotado.

Esa misma noche, mientras viajábamos en auto hacia la zona sur con mi hijo Laureano, que cumplió ocho años, le conté que Carlos había muerto. Mi hijo me miró largamente en silencio, con los ojos de un ciervo joven, los de una inteligencia urbana prematuramente madura a la que le faltan los instrumentos para expresarse, una inteligencia que sólo puede traducirse en movimiento.

Entonces, giró la cabeza y miró a través del vidrio, a la ciudad en semipenumbra, inmóvil en la ofuscada pompa de cera que se consume, entre palabras entrecortadas y aire jadeante. Sin darse vuelta, me dijo: "Pobre Carlos".

# Carta de un ingeniero a otro

*"Primer ciudadano: Lo juzgarán primero y después dictarán sentencia,*
*¿verdad, compadre Anthony?"*
*"Segundo ciudadano: No, porque entonces podría escapar a su castigo; lo condenarán primero para darle lo que se merece, y lo juzgarán después para no cometer una injusticia."*

OSCAR WILDE

No recuerdo lo que dijo que sintió el ingeniero Santos cuando, tras perseguir a quienes le habían robado, mató. En cambio el ingeniero Feijóo dijo que había tenido "suerte", que sintió que o era él o eran ellos, que "no estamos preparados para quitarle la vida a una persona", y después lloró y tuvo que ser internado por una crisis de nervios. Lo propio sucedió con el ingeniero cordobés Zozaya, "sumido en una gran depresión" y a punto de mudarse por temor a las represalias.

*Existe una relación directa entre el esponsoreo público a la retórica de meter bala y el creciente armamentismo civil.* No por casualidad durante 1999 en la Argentina —esto es, en pleno regodeo del *exterminio al delincuente*, devaluando los *fundamentos de la delincuencia*— se compró en el circuito legal un 27% más de armas que en 1998, y ahora mismo se adquiere una cada diez minutos. De las 1.932.462 armas registradas, el 60% está en poder de usuarios civiles, lo que equivale a decir que alrededor del 1,5% de la población mayor de veinte años tiene una.

También existe un riesgo: que el *merchandising* de la dureza cristalice y adquiera consistencia de ideología. ¿Hace falta recordar cuántas veces el mundo de las palabras tiene consecuencias sobre la realidad?

El Estado prepotea con la *mano dura*. Sin embargo, sucede que la gente desconfía de él; sus principales instituciones tienen bajísima credibilidad pública, y un testimonio del malestar está dado por el hecho de que más del 40% de las llamadas que recibe el Centro de Reclamos e Información Ciudadana de Buenos Aires es para protestar, no para saber. Y como los individuos asociamos nuestra forma de reaccionar a nuestra forma de pensar, y nuestro pensamiento a la tradición imperante, la violencia que *el Estado da por buena* pasa por el alambique de la inseguridad, y se transforma en *estímulo para ejercer violencia por mano propia*.

Toda sociedad necesita la verificación permanente de cuáles son las conductas compartidas que benefician al individuo. Cuando las identifica, necesita que el tiempo las sacralice para que de allí nazca el espíritu comunitario. Éste es el sentido profundo del clásico relato acerca del césped de la Abadía de Westminster, donde reposan Newton y Darwin. "¿Por qué es tan verde el césped de la Abadía?", le pregunta un paseante al jardinero. "Porque lo regamos todos los miércoles, sin falta". "¿Nada más que eso?", se sorprende el curioso. "Sí, además de que lo hemos venido haciendo durante los últimos quinientos años".

Nuestro país carece de certezas sobre temas constitutivos del modelo de sociedad, porque la prédica ha sido errática y no ha habido tiempo para comprobar a fondo sus bondades, defectos y consecuencias. Que una provincia argentina pase, en materia de seguridad, de Arslanián a Rico, con estaciones intermedias en Lorenzo y Soria, y prosiga con Ramón Verón (hombre de Klodczyk), todo a lo largo de dos años, es lo mismo que sustituir al cristianismo como sistema simbólico capaz de hacerse cargo de la dimensión enigmática del mal por algún desorientado rito luciferino.

Con esto, como con tantas otras cosas. Del peronismo a la Revolución Libertadora, del corporativismo protomonárquico de Onganía al socialismo nacional del '73, del isabelismo lopezrreguista terminal al liberalismo sanguinolento del '76, del *Nunca Más* al *Punto Final*, la *Obediencia Debida* y los indultos, de la *Revolución Productiva* al 14% de desocupación, todo en cincuenta años. Así, no hay modo de transformar la experiencia colectiva en conciencia individual, y el individuo se desdibuja en su expresión social, que pasa a ser un número, y se repliega sobre sus necesidades o apetitos inmediatos.

Somos herederos de una tradición que convierte la renuncia cristiana en principio de salvación, pero esta tradición ha sido tan desdibujada por nuestra historia que el principio de salvación pasó a ser el rescate a cualquier costo.

En cuanto a política criminal, no me estoy refiriendo a aumentar las penas a autores de delitos contra la propiedad que empleen armas de fuego, o a asociar denegación de la excarcelación con aumento de la reincidencia, sino a la perniciosa expropiación lisa y llana del discurso de la víctima (que finalmente tiene *explicación* si el sufrimiento la hace reclamar la ley del talión), cuando el deber del gobernante no consiste en mimetizarse con una víctima que él no es, sino en tratar de que haya menos.

El ingeniero Feijóo mató, y luego comprendió la proximidad incontrolable de algo que puede abolirlo: todos haciendo lo mismo. "Ojo por ojo y el mundo acabará ciego", decía Gandhi. Por eso sintió culpa y malestar. El filósofo Ricardo Bergel habla de ese enigma que persiste en el corazón del hombre, al que los griegos llamaron crimen, ceguera del alma, violencia. Interrogante al que los judíos respondieron con el misterio de la infamia, el Marqués de Sade con la ferocidad de la naturaleza y otros, sencillamente, con la noche oscura del corazón.

Algunos gobernantes hostigan a ese enigma cuando vociferan *mano dura*, y otras recetas inservibles. Todos conocemos la historia de la caja de Pandora.

# El auge, de Tánger a Ramos Mejía

*La publicación, el 6 de julio de 2000 en el matutino* Página/12, *de esta nota acarreó una considerable polémica. A su aparición se sucedieron otras que —desde diferentes puntos de vista— rebatían sus conceptos. También desde* Página/12 *respondieron los doctores Cazes Camarero, Drago, Saguier y Katz; incluso una publicación interna, la* Revista del Hospital Posadas *correspondiente al Vol. 4, N° 2, 2000, dedicó una numerosa cantidad de colaboraciones a replicar el artículo.*

*Lo enriquecedor del debate ratificó, una vez más, que los riesgos de actuar como disparador quedan sobradamente compensados con los frutos de la discusión libre de prejuicios.*

Raudo sobre la autopista, el Interventor Normalizador viene escuchando por la radio del auto un fragmento de *El desierto y su semilla*, la sobresaliente novela de Jorge Barón Biza.

"Nos albergamos directamente en la clínica donde operaba el profesor Calcaterra", leía una voz penosa de locutor en retirada, "en el sur de la ciudad, via Quadronno, callecita de edificios de posguerra que no eran más que cirugía de urgencia urbanística para paliar los destrozos de las bombas. Nos acercamos por Corso de Porta Vigentina, bordeando un paredón triste que escondía escombros, y al doblar nuestro taxi en la esquina de Quadronno, vi un barcito minúsculo".

Al Interventor Normalizador se le ocurre que el protagonista habrá pensado estar en la intimidad sepulcral de las dependencias periféricas de un leprosario de Tánger. Pero no; el protagonista no estaba en Tánger, estaba en la célebre clínica para desfigurados y accidentados sin movilidad propia de Milán, la clínica del doctor Calcaterra, en el norte, en la Italia rica.

La autopista hace una finta y baja hasta el predio de lo que en algún momento fue una prestigiosa institución, taller y escuela a la vez, y que ahora está apenas separada por una tapia enclenque de la más violenta villa de emergencia del partido.

Transitar por una calle aledaña desasosiega: durante el día cobija quioscos y parrillas al paso que arrojan sus desperdicios en los terrenos de la institución, y durante la noche es tierra de nadie. El Interventor Normalizador, un hombre inclinado a la lectura, recuerda un párrafo escrito por alguien hace tiempo: "Tres caminos de tierra asomaban entre las ciénagas a cierta distancia de la autopista interestatal; la zona estaba parcelada en solares del tamaño de cajas de fósforo con separaciones de chatarra compactada, y varios caimanes se desentumecían en el foso".

De pronto se alza ante su vista el imponente y deslucido edificio de 56.000 m², proporcionado a las 25 hectáreas que conforman el terreno, y en ese preciso instante escucha un intercambio de disparos. Recuerda que en la playa de estacionamiento para 1.500 vehículos, que utilizan los trabajadores de la institución, es frecuente que la guardia policial arregle con ladrones de automóviles la tutela transitoria de unidades sustraídas. Sucede que en ocasiones los salteadores vuelven a buscar los coches y se encuentran con que ha cambiado la guardia, y la nueva no ha sido puesta en conocimiento del contrato atípico de alquiler y custodia. A veces, desde la villa de emergencia practican tiro al blanco con las lunetas traseras de los autos.

Otra balacera mitológica (con su parte de verdad y la suya de leyenda) es la que provoca el necrofílico local, un hombre aleatorio y cetrino, ya mayor, al que muchos dicen conocer desde hace años, con algo de murciélago en sus hombros anchos y flacos tirados hacia adelante y el pecho hundido, que una y otra vez sortea la guardia y posee amorosamente los cuerpos muertos de la morgue que su deseo le estipula. De tiempo en tiempo, fracasa el ostensible arreglo que le permite entrar, y el intruso debe huir entre las balas del convencionalismo y los prejuicios.

El Interventor Normalizador se baja de su auto, y tras recorrer un laberinto de pasillos donde conviven comercios legalmente concesionados con puestos de venta de ropa interior y de *bijouterie* irregulares, llega hasta la "Dirección". Allí lo espera una verdadera sorpresa: junto con los representantes gremiales de UPCN y de ATE de los más de 2.200 trabajadores de la institución, habla hasta por los codos un conocido represor, identificado en el *Nunca más* y recalcitrante: "Para un exhibicionista", suele repetir, "nada mejor que una plancha incandescente en los lugares que le gusta lucir".

"¿Qué hace aquí?", lo encara —indignado— el Interventor. El represor ni mosquea: "Estoy por orden de su colega de la Comisión Normalizadora, en pleno desarrollo de un proyecto de adiestramiento y tercerización del servicio de vigilancia". Al día siguiente expulsará al ex comisario del establecimiento, y a partir de tal momento le prohibirá todo acceso. El represor comenzará una guerra de guerrillas, aunque postal, diferencia —no trivial— que debe tomarse como un homenaje a los tiempos democráticos que corren.

Después del disgusto, el Interventor Normalizador sale para hacer la recorrida matutina. Por una ventana ve restos de automóviles desguazados a la espera de su comercialización; más allá hay una escuela primaria, una secundaria, una estación de bomberos e instalaciones que pertenecen a las concesionarias de agua y de electricidad. Se promete que en algún momento regularizará el usufructo de los terrenos, que por años fue a título gratuito.

A la caza de circuitos clandestinos de circulación de mercaderías y de uso de insumos públicos como si se tratara de bienes privados, el Interventor sortea perros, inmigrantes que esperan interminablemente sin bancos ni baños adecuados, zonas sin luz eléctrica porque los cables entelados no resisten, advierte las manchas de humedad, la caída de los cielos rasos y la inundación de los pozos de los ascensores, comprueba la cantidad de infecciones que el mismo establecimiento genera.

Las salas de espera asemejan acantonamientos improvisados, máquinas de última generación que todavía no han sido desembaladas conviven inexplicablemente con desolados mostradores, con cajas de alimentos apiladas junto a tambores de combustible, con profesionales que deambulan arrastrando los pies, con la vista baja del que ha sustituido el orgullo por el hábito. No faltan, tampoco, quienes corren de aquí para allá para mejor cumplir con su juramento hipocrático, como capullos que conviven con madera seca para quemar.

El Interventor Normalizador recuerda que durante los primeros días se preguntaba si se encontraba en alguna dependencia periférica de un hospital para leprosos de Tánger. Pero ya no, ahora aprendió que está en el departamento de Morón, en el Hospital Nacional Profesor Alejandro Posadas.

# El mono del año 2000

*Se ha sostenido que la obra científica de Charles Darwin tuvo muchos puntos de contacto con la Argentina. Su viaje hasta estas tierras en 1831 a bordo del* Beagle *fue determinante en la gestación de la Teoría de la Evolución. Por entonces Darwin se preguntaba "¿...eslabón perdido, eslabones intermedios? La geología ciertamente no revela ningún cambio orgánico tan finamente gradual, y ésta es quizás la más obvia y seria objeción que puede presentarse contra mi teoría."* (C. Darwin, The Origin of Species, 1859, *Capítulo 11, "On the imperfection of the geologic record").*

*A partir de la relación existente entre el resultado de un experimento llevado a cabo con simios y las distintas formas que cotidianamente adopta la violencia social sistemática, podría decirse que las dudas de Darwin han encontrado respuesta.*

*El articulista paraguayo Juan Díaz Bordenabe cuenta que, desde Madison, donde estudia Comunicación en la Universidad de Wisconsin, su amigo mozambiqueño Felisberto Nhabomba le envía un relato fundado en un experimento. Según dicho relato, un científico colocó cinco monos en una jaula, en el medio de ella una escalera, y encima un cacho de bananas. Cada vez que un mono subía para apoderarse de algunas bananas, el científico dejaba caer un chorro de agua helada sobre los monos que habían permanecido en el piso. Después de varios ensayos, cuando un mono se acercaba a la escalera, los demás se le echaban encima y lo molían a golpes. Pasado algún tiempo, ningún mono rondaba la escalera, a pesar de la atracción de las bananas. El científico decidió continuar con su experimento.*

Hoy dice el periódico que justo cuando Eduardo Eurnekian declaró públicamente la guerra contra el fondo Exxel, que dirige Juan Navarro, y que junto con el propio (Aeropuertos 2000) pugnan por una tajada mayor de los negocios aeroportuarios, el grupo Eurnekian encontró un nuevo dueño para el *free shop*, que ahora está en manos del Exxel: los suizos Weitnauer. El consorcio Aeropuertos también pelea en otro frente contra su socia italiana SEA, dueña del 28% del grupo y de los derechos por el 8% de las acciones de Simest, una financiera estatal. En la radio, Joaquín Sabina canta con su voz de desvelado "Eclipse de mar": "Pero nada decía el diario de hoy / de esta sucia pasión, de este lunes marrón...".

*El científico cuyo experimento relata Díaz Bordenabe decidió sustituir a uno de los monos por uno nuevo. La primera cosa que hizo el recién llegado fue intentar subir por la escalera. Los cuatro veteranos lo agarraron y le dieron tal paliza que el novato resolvió no probar más. Uno de los cuatro remanentes fue a su vez sustituido por un nuevo mono, que se abalanzó sobre la escalera y recibió parecida tunda; el primer sustituto fue quien con mayor entusiasmo participó del castigo. Un tercer mono fue sustituido y volvió a ocurrir lo mismo. El cuarto y último del primer grupo de veteranos fue reemplazado.*

Hoy dijo la radio que lo primero en que pensó Nicolás Repetto cuando se enteró de que ganaba el Martín Fierro de Oro por segunda vez en nueve años fue en devolverlo; que así comenzaba el contrasentido de una entrega de premios llena de polémicas y de caras largas, en la que el principal halagado se convertía, por una red de sospechas y de filtraciones, en injusta víctima; que Adrián Suar fue considerado el gran campeón moral de la noche; que si Repetto no hubiera aceptado el lauro habría desairado a Aptra, pero que aceptarlo lo colocaba en mitad de un mar lleno de sospechas y de sospechosos; que nadie conoce a ciencia cierta por qué Repetto triunfó sobre Suar y "Telenoche", que eran los "oros" más probables según los índices de evaluación más rigurosos en las secciones periodísticas más respetadas del medio. Sabina, con su voz licenciosa, canta "... que han pagado un fangote de tela / por una acuarela falsa de Dalí, / que ha subido la bolsa del cielo / que siguen las putas en huelga de celo en Moscú".

*Luego del reemplazo del último de los veteranos, el científico tenía un grupo de cinco monos que nunca habían padecido una ducha fría pero que, curiosamente, continuaban pegándole a aquel colega que intentase agarrar bananas. Llegado a este punto, decidió reflexionar acerca de algunos de los caminos recorridos por el Homo sapiens, a partir de la separación de la ruta que los vinculaba con sus primos hermanos, los monos.*

Hoy dijo el periódico que en noviembre último, en la final del Intercountries de la Zona Norte, entre los equipos mayores de Campo Chico Verde y de Indio Cuá, las dos hinchadas se amorataron a puñe-

131

tazos ante la mirada espantada de los socios del Aránzazu Country Club, en Garín, partido de Escobar. Que los basquetbolistas Montenegro y Festa desataron un revuelo de proporciones, cuando el primero actuaba para Independiente de General Pico y el segundo para Boca, durante las semifinales de la Liga Nacional 97-98. Que todavía se recuerda el duelo a patadas voladoras entre los jugadores de vóleibol de Boca y de Peñarol de Mar del Plata, en las finales de la Liga Argentina 96-97. Que, de espaldas a la cámara de televisión, uno de los participantes en los incidentes protagonizados en la cancha de Excursionistas, en ocasión del partido del local contra Comunicaciones, explicó así su intervención en la refriega: "Desde la tribuna, yo vi que adentro de la cancha había piñas, y entonces me mandé y empecé a repartir". Sabina, dice "...que ha perdido en su campo el Atletic / y que ha amanecido nevando en París. / Que han hallado un alijo de coca / que a Piscis y Acuario les toca el vinagre y la hiel".

*El científico de los monos llegó a la conclusión de que si éstos hablaran, y fuese posible preguntarles por qué razón se mataban a golpes cada vez que uno de ellos se acercaba a una escalera por sobre cuya cúspide esplendía un manojo de su alimento predilecto, probablemente la respuesta sería: "Es que las cosas siempre han sido así por aquí".*

Con su voz de intemperie, Sabina pronostica "...que el hombre de hoy / es el padre del mono del año 2000".

# Golpes y caídas

*Según Bernardo Kliksberg, funcionario del Banco Interamericano de Desarrollo y muy importante teórico en materia de organizaciones, una de las "Diez falacias sobre los problemas sociales de América Latina" (ya citadas en la nota "Control y nueva gestión pública"), disimulos recogidos en las teorías que inspiraron a los economistas y gobernantes de los "mercados" durante la última década en la Argentina, consiste en* desvalorizar la función de las políticas sociales.

*Un club de fútbol es ocasión para la aparición de las* barras bravas, *de las tácticas de* aprietes *a cambio de dinero; por tanto, es necesario pensar en los clubes de fútbol como redes de contención para la sociedad y fomentar este papel. Cada pileta de natación que se cierra es un joven que no solamente dejará de nadar, sino que no sabrá qué hacer con ese tiempo.*

*Contemporáneamente, la Justicia formal es una inveterada barrera de contención para la justicia por mano propia. Hay que pensar que cada vez que ésta defrauda, hay un individuo pensando en la ley del talión, la que viejas sociedades aceptaban acríticamente como una forma de punición corporal que exigía* un ojo por un ojo.

*Esto es, pensando con el cerebro que los humanos teníamos hace más de dos mil años.*

En la década del '80, Ferro era un club *con* fútbol, no *de* fútbol. Tenía una colonia de vacaciones multitudinaria, había que madrugar para reservar un turno durante la noche en una de las canchas de tenis de la sede o el anexo, y las instalaciones del club estaban permanentemente llenas con un hormigueo de niños, jóvenes, adultos, ancianos, cada uno de ellos con un propósito para el cual el club era ámbito indicado.

También en la década del '80, Luis Nillo Minetto fundó su sueño. En Avenida San Martín 4724/36 de la ciudad de Río Ceballos, provincia de Córdoba, remodeló el hotel que había heredado de su padre. Estaba orgulloso con la propiedad, a la que había dotado de una gran cantidad de rasgos de sus propios gustos, que reconocía con satisfacción cada vez que le echaba una ojeada.

En los '80, Ferrocarril Oeste consiguió sus dos únicos títulos en fútbol, los Nacionales del '82 y del '84, y sus tres ligas de básquetbol, en '85, '86 y '89. El modelo de concepción y de gestión era considerado un ejemplo a imitar, y a su estadio —ubicado geográficamente en mitad de la ciudad de Buenos Aires— debía añadirse un predio magnífico en Pontevedra, y una larga colección de intervenciones en los más diversos deportes amateurs.

Al comienzo, Minetto continuó con el hotel. Hombre cordial, disfrutaba de supervisar la marcha del hospedaje, y de conversar animadamente con los circunstanciales huéspedes, para los que siempre tenía un esmero o un cuidado especiales. Al estar ubicado en pleno centro de la ciudad, el hotel ofrecía una ventaja comparativa para quienes visitaran Río Ceballos no sólo por turismo, sino también por negocios, o estuvieran allí de paso.

El jugador Jorge Luis Cordón vivió toda su carrera futbolística en Ferro. "Hace un par de años comenzamos a pensar que la cosa podía terminar mal", declaró últimamente. "Hace cinco años, nunca me lo hubiera esperado, y hace diez mucho menos, porque el club era una locomotora, como la que relampaguea al lado de la cancha de handball".

Sin embargo, a medida que se iban desgranando los '90, la felicidad no habría de durarle demasiado a Minetto. Cerró el hotel y decidió alquilar los locales para distintos fines. En 1998, la señora Inés Irene Pidone resolvió ser locataria, para dedicar las instalaciones a la explotación de videojuegos, y puso a cargo del local a Ángel Daniel Pasquini. No tardó en comenzar a adeudar alquileres. El contrato vencería el 1° de enero de 2001.

El domingo 9 de julio de 2000, Ferro descendió a la Primera "B" nacional, el primer peor golpe que puede asestarse sobre un equipo de Primera División. En aquella noche gélida de la cancha de Vélez, River festejó el campeonato al compás del adiós del maltrecho equipo *verdolaga*. El sábado 10 de marzo de 2001, luego de empatar en cero con Tigre, Ferro descendió a la Primera "B" Metropolitana, el segundo peor golpe, a sólo ocho meses del primero. Según la memoria y balance del ejercicio '96, la Comisión Directiva comandada por Marcelo Corso había emitido 274 pagarés y 198 cheques sin fondos, esto es, 472 documentos por una cifra cercana a los dos millones y medio de dólares. Juicios, abogados, y pasillos de tribunales sobrevolaban a la institución.

Luis Nillo Minetto decidió recurrir a la Justicia para reclamar los alquileres adeudados; la locataria Pidone resolvió defenderse en dicho ámbito. El proceso comenzó a demorarse, y Minetto a trastornar su vida. Le resultaba imposible pasar frente a su local, reconocer los detalles personales que lucían en su arquitectura, sin alterarse. El día del vencimiento del contrato, ingresó en San Martín 4724/36, cambió las llaves, blanqueó las puertas de vidrio, e impidió el ingreso a la Pidone.

Sin embargo, la Justicia tiene razones irrazonables para los hombres simples. Merced a un recurso de amparo, concedido sugestivamente en período de feria judicial, la explotadora de juegos de video obtuvo que el tribunal competente ordenara al propietario restituir el local a la inquilina, y efectuar un recuento de los bienes para que ésta continuara con su negocio. Dicha actuación habría de tener lugar el 9 de enero.

También para Ferro las cosas fueron de mal en peor. Cuando descendió a la "B" Nacional pasó de cobrar 1.800.000 dólares anuales por derechos de televisación a percibir 69.000, más un adicional de 7.000 por partido televisado como local, y 4.000 como visitante. Ahora, también perderá ese pobre ingreso. Durante la misma década en la que Ferro era vaciado, la clase media del barrio de Caballito sufría su propio vaciamiento. De los casi 50.000 socios de antaño, hoy el Club tiene algo más de 13.000. Cuando los dirigentes se suicidan, lo hacen a expensas de los dirigidos; por eso, el 10 de marzo de 2001 la hinchada entonó el "Himno de la tristeza", con música de Rodrigo: *"Agradecemos a los jugadores porque ponen huevo / porque en las malas por la institución pusieron el pecho / este descenso no se lo merecen / ni tampoco lo merece la hinchada / este descenso es de los dirigentes que se roban la plata"*.

Cuando el sol del 9 de enero de 2001 comenzaba a dar lugar al atardecer de un manso día de verano, a las 16 horas se hizo presente en el primigenio hotel de Minetto un oficial de Justicia acompañado por tres policías, que esperaban un sosegado procedimiento consecuencia de una acción civil, la señora Pidone y el encargado Pasquini. El allanamiento perseguía el objeto de realizar un inventario y volver a poner en posesión a Pidone.

Cuando terminaba el procedimiento, Minetto se alejó hacia una de las dependencias interiores, reapareció con una escopeta de dos caños y disparó contra Pidone y Pasquini. Luego se dirigió a un patio interior, y con la misma escopeta se disparó un tiro que le produjo la muerte instantánea. También Pasquini murió casi en el acto. La mujer, en cambio, a quien la bala le interesó la médula, quedó cuadripléjica.

*Ñu Porá*, el periódico local, resaltó la lentitud con la que actuó la policía judicial. En la página 8 de su edición n° 93 de enero de 2001 puede leerse: "Pasadas las 22 —tres horas después de los trágicos hechos— no se habían hecho presentes, y los cadáveres permanecían en el lugar".

# La tortura y la ternura

*El pianista argentino Miguel Ángel Estrella fue premiado, a fines de 2000, por la ONU en razón de su labor humanitaria. Estrella vive en Francia, preside la Fundación "Música Esperanza", que creó en Ginebra en 1982, dos años después de salir de la cárcel, cuya finalidad es abogar por la paz, ayudando a los desheredados del mundo, sin distinción de raza o ideología. Oscar Espíndola es un trabajador argentino, víctima como tantos otros, como el propio Estrella en su momento, de la violencia estatal.*

*"Ahórrele trabajo a la policía... Péguese solo". Graffiti pintado en la esquina de M.T. de Alvear y 9 de Julio (Puerto Madryn).*

Oscar Espíndola trabaja de mozo en la Superintendencia de Riesgos del Trabajo. Es menudo, cobrizo, reservado, y a comienzos de febrero de 2001 se tomó sus ansiadas vacaciones. Viajó a Tucumán, donde su esposa y sus suegros lo esperaban para pasar quince días de campo y en familia.

También es tucumano el pianista Miguel Ángel Estrella, "un genio musical" para el Comité Nansen, integrado por los gobiernos de Noruega y Suiza, el Consejo Europeo y el Consejo Internacional de Agencias Voluntarias. Estrella ejecuta cien conciertos al año, cincuenta rentados y otros cincuenta gratuitos, o "solidarios", como prefiere decir él. Hace poco tiempo, en Rafael Calzada, tocó la sonata *Patética*, de Beethoven, ante un público de doscientos pibes, que antes de escucharlo hubieran preferido oír temas de Rodrigo. La sonata tiene tres movimientos: *Grave. Allegro Assai; Adagio;* y *Rondó.* Beethoven la compuso en 1799, esto es, a los veintinueve años. Cuando toca para los chicos, Estrella intenta que ellos comprendan las emociones que expresa cada obra, y suele repetir una frase varias veces para crear una emoción colectiva.

El viernes 16 de febrero, tres días antes de la fecha de reintegro a su trabajo en la S.R.T., Oscar Espíndola decidió dar una última recorrida nocturna al paraje, a horcajadas sobre el viejo tractor que su suegro había comprado dos años antes. "Si la cintura es un junco / y la boca es colorada / si son los ojos retintos / esa moza es tucumana", cantaba a voz en cuello, cuando notó que un par de luces se dirigían hacia él. Pensó que algún turista se había perdido, y estacionó el tractor a orillas del camino para ver si podía ayudar al desorientado. Cuando el auto se detuvo a su lado, comprobó que era un móvil policial.

No fue la policía uruguaya, sino un grupo paramilitar uruguayo el que en 1977 secuestró a Miguel Ángel Estrella. Pasó dos años y medio en la prisión de *Libertad*, autocontradictorio establecimiento que se encuentra a sesenta kilómetros de Montevideo. Le golpearon las manos, lo colgaron de las muñecas con los pies en el aire hasta que dejó de tener sensibilidad en los brazos, y le impedían rezar en voz alta. "Soy cristiano y peronista", decía Estrella a sus torturadores. "Aquí, los únicos cristianos somos nosotros", le respondían. En Rafael Calzada, a comienzos de 2001, antes de la *Patética*, arrancó con Bach "¿Qué le estaba pasando al hombre que escribió esto?", preguntó Estrella a los chicos. Uno pequeño y escuálido, sentado delante de todos, dijo algo en voz baja. "¿Qué decís, papito, que no te entendí? Repetílo para que lo escuchemos todos." El chiquito, desmañadamente, se fue poniendo de pie.

Los policías le pidieron a Oscar Espíndola que se pusiera de pie al lado del tractor, y le reclamaron los documentos. Luego le dijeron que debía acompañarlos en averiguación de antecedentes. Él se negó, porque debía avisarle a la esposa y porque no podía dejar el tractor tirado en mitad del camino. Lo metieron en el celular a los golpes.

En la *Patética* es notorio el sufrimiento del *leitmotiv*, la agitación y el estremecimiento del segundo tema. Estrella se detuvo, y repitió la pregunta: "¿Y aquí, qué le estaba pasando al músico que escribió esta canción?" Una nena le dijo: "Es alguien que trata de escaparse de algo muy malo que está por ocurrirle". En 1802, tres años después de componer la sonata, Beethoven comprobó que la audición dispar que había notado era incurable y progresiva. Ese otoño, en Heiligenstadt, escribió algo parecido a un testamento dirigido a sus hermanos, donde les comunicaba que sentía que la muerte estaba cerca. "Ya el dolor había llegado a su puerta; se había apoderado de él para nunca más dejarlo". Miguel Ángel Estrella recordó que tenía diez años cuando Evita Perón llegó a Tucumán, poco tiempo antes de su fallecimiento, y que se enamoró de su belleza deslumbrante y de unas palabras que les dijo: "Me voy a morir peleando para que cada uno de ustedes pueda elegir libremente su destino".

Más adelante, el segundo tema respira hondo, busca y encuentra oxígeno. Un chico dijo: "Ahí hay más esperanza". Beethoven había encontrado un amigo a quien contarle que se estaba quedando sordo. Estrella se estremeció una vez más, frente a ese joven, frente a la perfección de la música y su cohesión universal. El Alto Comisionado de las Naciones Unidas para Refugiados (ACNUR) ha premiado recientemente al pianista, distinguiéndolo por su destacada labor solidaria. A pesar de lo sucedido con su vida durante los '70, no siente rencor ni desencanto, sino que por el contrario, cree en el hombre, en la amistad y en Dios.

Precisamente a Dios se encomendó Espíndola cuando la policía comenzó a golpearlo, y a las patadas lo metieron en una celda diciéndole que había desaparecido un tractor muy parecido a la antigualla que él manejaba, y que habían decidido que él era el principal sospechoso porque no era de la zona, y porque estaba por viajar a Buenos Aires. "Voy a perder mi trabajo", les imploró, "debo irme". Alguien rió. Pensó que no iba a salir con vida de esa mazmorra cuando, después de unas horas, llegaron unos oficiales y, tras preguntarle si él "era el machito que se quería ir a Buenos Aires", volvieron a golpearlo con saña feroz. Le buscaban los ojos, el esternón, la cabeza, todos aquellos lugares donde las trompadas pudieran hacer más daño. Lo soltaron el domingo a eso de las tres de la mañana, y debió recuperarse una semana antes de poder volver al trabajo. Ahora camina encorvado, como escondiendo las heridas y con vergüenza, cetrino, y dice que cuando salió, al ver que apenas podía andar, los policías le regalaron unos bastonazos suplementarios porque lo presionaban a correr, y él no lo lograba.

El Informe sobre derechos humanos del año 2000, elaborado por el Departamento de Estado de Norteamérica, dice que la policía argentina continúa cometiendo asesinatos extrajudiciales. El informe "Salir a matar en Buenos Aires", del Centro de Estudios Legales y Sociales (CELS), denuncia los niveles alarmantes que durante el año 2000 alcanzó la violencia institucional ejercida por las fuerzas de seguridad.

Un texto usado para capacitar a los agentes del Servicio Penitenciario Federal sostiene que hay tres tipos de criminales: estilo "Menotti" (o don Quijote), "Tato Bores" (o Sancho Panza) y "Stallone" (criminal atlético); también afirma que los alcohólicos están siempre al borde del delito, y que las mujeres son débiles. Su idoneidad recuerda la respuesta que dio a un periodista Carolina Zuniga, candidata a Miss Chile 2000. Frente a la pregunta de si hubiese un holocausto nuclear, ¿qué pareja elegiría en todo el mundo, hombre o mujer, para multiplicar la especie humana?, la señorita Zuniga respondió sin hesitar: "Al Papa y a la Madre Teresa de Calcuta".

Cuando en Rafael Calzada, antes de arrancar con la *Patética*, Estrella tocó Bach e interrogó a los niños, y uno de ellos, enjuto y tímido, respondió con voz inaudible, lo que hizo que Estrella le repitiera la pregunta, al pararse el niño dijo mirando al piso: "A esa música no la conozco, pero me produce ternura. Ternura".

Durante los '70, Miguel Ángel Estrella recorría los valles calchaquíes ejecutando para las comunidades y los ingenios. Lástima que no hubiese podido seguir haciéndolo. A lo mejor, le habrían tocado como espectadores los policías que golpearon salvajemente a Oscar Espíndola. Y hubieran comprendido en el momento justo y para siempre el significado musical y universal de la palabra ternura.

# Los únicos privilegiados

*John Lubbock, primer Barón Avebury (1834-1913), fue un banquero inglés quien en su faz de científico investigó los principios del comportamiento animal. "Es un error hablar de la felicidad de la infancia", escribió; "los niños suelen ser extraordinariamente sensibles. El hombre es dueño de su destino; pero los niños están a merced de quienes los rodean".*

Había una vez un agricultor pobre en Inglaterra, apellidado Fleming, que a fines del siglo XIX salvó la vida de un niño a punto de ahogarse en el lodo de un pantano. Al día siguiente lo visitó un aristócrata que, tras presentarse como el padre del niño, le ofreció una recompensa, que el agricultor rechazó con determinación. En ese momento, su propio hijo salió a la puerta de la casa.

El noble inglés propuso al labrador un trato. "Déjeme llevarlo y ofrecerle una buena educación. Si es parecido a su padre, crecerá hasta convertirse en un hombre del cual usted estará orgulloso". Esta vez, el agricultor aceptó.

Proust decía que la patria es la infancia. Para quienes se interesen en este fragmento de historia, y lo que continúa, pueden leerla en Internet, bajo el título "Siembra. Lo que damos a quienes nos rodean, regresa a nosotros".

Miguel Ángel Villarruel y Ana María Altamirano se llaman los padres de José Oscar, Paola, Néstor y Mauro. José Oscar hoy tendría veinte años; murió a los diecisiete cruzando el río con unos amigos, cuando la estela de un barco les dio vuelta la chalana en la que viajaban. No sabía nadar, aunque pescaba y cazaba nutrias y carpinchos. Paola tiene dieciocho, el *gordo* Néstor catorce y Mauro, el *colorado*, diez. *Cirujean* para comer, junto con Andrea y Jonathan, de doce y diez, hijos del hermano de Ana Altamirano que viven con ella, y con Quica, un pibe de trece, "el más inteligente", amigo de la familia.

Todos los chicos tienen "su" don. El *gordo* Néstor es "el mejor pescador", Andrea "la que más sabe de televisión", y Mauro "el crack jugando al fútbol". Viven en Zárate, y quienes se interesen por su historia pueden encontrarlos todos los días a las 9 de la noche en el perímetro de calles comprendido por Scalabrini Ortiz, Honduras, Godoy Cruz y Paraguay. La patria de Paola, Néstor, Mauro, Andrea, Jonathan y Quica será su infancia entre Palermo y Villa Angus, Zárate.

*Cirujear* es "buscar las cosas que sirven". *Las verdulerías tiran muchas frutas que están buenas*, dice Ana, *lo mismo que las panaderías, o los mercaditos*. No levantan ni cartones ni botellas porque ése es otro trabajo, que hacen "los de Suárez". A veces tropiezan con objetos que se llevan: ventiladores, una cocina, un placard de seis puertas. Ana encontró un televisor en blanco y negro y regaló el que tenía a un vecino "necesitado de veras". *Como con los inundados de Corrientes, ¿se acuerda? Nosotros juntamos lo que podíamos darle y se lo mandamos.*

Miguel Villarruel es oficial albañil pero está sin trabajo. *Los patrones toman a los bolivianos, porque son más corajudos*, dice. En momentos en que los accidentes de trabajo crecieron un 20% sólo en el último año, y hay 199 trabajadores de la construcción accidentados por cada mil, la valentía aparece como un requisito indispensable para acreditar la solvencia profesional en el ramo.

Todos tienen las manos tajeadas, porque trabajan sin guantes y las bolsas están llenas de latas abiertas y de vidrios trizados. Cuando sucede, se ponen lavandina con agua "para que no les dé infección". *Para comer hay que arriesgarse*, dicen al unísono, como si fuera la consigna nutritiva. Desde Palermo se vuelven caminando rumbo a la estación Carranza, para tomar el tren eléctrico hasta Villa Ballester, donde tienen que esperar una hora. Luego, el tren regular los lleva hasta Zárate, y cuando llegan a la estación caminan otra hora hasta su casa de Villa Angus, a siete cuadras del Hospital Regional. Salen a las cuatro de la tarde y regresan a las seis de la mañana del día siguiente. Los chicos van al colegio "por turnos y si se puede", y los feriados caen "cuando el cuerpo no da más". Quica, que es el inteligente, sonríe todo el tiempo; aprende rápido a pedir ropa en el Hotel Dorrego, donde le dan; a desarmar muebles; a subir en las "carretas" objetos enormes que acomoda y asegura con destreza.

Con el paso del tiempo, el hijo de aquel agricultor inglés se formó en la Facultad de Medicina del St. Mary's Hospital de la Universidad de Londres, donde trabajó como catedrático de bacteriología hasta 1948, año en que fue nombrado profesor emérito. Desarrolló investigaciones trascendentes en materia de quimioterapia e inmunología. En 1922 descubrió la lisozima, un antiséptico presente en las lágrimas. En 1928, mientras investigaba sobre la gripe, Fleming descubrió accidentalmente la penicilina. Fue nombrado *Sir* en 1944. En 1945 compartió el Premio Nobel con los científicos británicos Florey y Chain. Su infancia de firmes principios, estudio y ahínco, era —finalmente— su patria.

Entre octubre de 1998 y el mismo mes de 1999, en la Capital y el Gran Buenos Aires se agregaron 130.000 personas a los más de tres millones considerados *pobres*, esto es, individuos que habitan en viviendas donde no ingresa el dinero suficiente para cubrir una "canasta básica" —valuada en unos 495 pesos— que mantiene a una familia tipo (matrimonio y dos hijos). Ana dice que "ellos", de siete a once personas según las circunstancias, viven con cuarenta o cincuenta pesos por semana. *Con dos "palos" tiramos todo el mes*, redondea. *Lo del transporte es así: arreglamos con los guardas, que son buenísimos. A ellos les conviene; los domingos va todo lleno, más de doscientos cincuenta cirujas. Si nos dijeran que no, ¿cuánto perderían? Nos ayudan a subir las "carretas" y, a veces, ellos mismos nos compran cosas, bicicletas, camas...*

En Villa Angus viven más de doscientas familias; *cirujean* aproximadamente cincuenta. *Cuando llegamos, a la madrugada, nos cruzamos con los que vienen de robar. ¿Si está mal? No sé, señor, cada uno tiene su trabajo. Mal está cortar las bolsas de basura con el "cutter", porque después a nosotros no nos dejan trabajar más allí.*

La dieta se completa con la caza y con la pesca. El *gordo* Néstor hace "brazoladas", y encarnan los anzuelos con el pecho de la vaca. *En la buena época las hacíamos con tanzas de nylon, ahora con cable de teléfono.* Saca bagre, patí; *el bagre es el más rico. El otro día sacamos un 'cachorro' de 10 kilos ('cachorro' es el surubí). Lo vendieron. También cazamos carpincho, con lazo, con trampa o escopeta. Un cuero de carpincho vale 5 pesos.*

La casa en donde viven es de tres piezas. *Porque las casillas que dieron eran de madera, con dos piezas y un hall al medio, pero uno lo podía cerrar*, dice Ana. *Yo, "principiamente", lo cerré con cortina y después me hice otra pieza. Tengo una cocina abajo y el baño afuera, que tiene salida a la zanja. El piso es de baldosa, y tengo la ducha y el calefón. Yo el calefón no lo uso pero en invierno los chicos sí.* Quica sabe arreglar calefones.

Ana está contenta porque los chicos se enferman poco. *Cuando se sienten mal, los llevamos a los hospitales, les dan algo, y prontito se les pasa.* La psicoanalista Silvia Bleichmar dice que suelen no adquirirse los elementos básicos para sostener la inteligencia infantil, porque los profesionales no tienen las herramientas para detectar las fallas. *Las formas de solución*, añade, *están muy peleadas en relación con los grandes trusts medicamentosos. Hay una tendencia al "gatillo fácil" con la medicación de los niños. Se da no lo que cura, sino lo que ataca el síntoma, con independencia de lo que lo produce.* Y lo que no se cura, llega un momento en que deforma toda la marcha.

El relato "Siembra..." afirma que el famoso político inglés Sir Winston Churchill enfermó gravemente de pulmonía, y que fue la penicilina la que lo salvó. Winston Churchill era aquel niño al que rescató de las aguas Fleming, el labrador inglés. Su padre, Randolph Churchill, el que pagó los estudios de Alexander Fleming. Por aquellos años, en la Argentina se soñaba con tener un hijo "dotor".

Si se le pregunta a Quica qué va a ser cuando sea grande, sonríe y contesta con suficiencia: *¡Ciruja, señor!, ¿qué, si no?* Para Proust, la patria es la infancia.

# El otro país

*Abraham Lincoln, el decimosexto presidente de los Estados Unidos, escribió un pensamiento que resulta adecuado para el texto que continúa: "Todos los hombres nacen iguales, pero ésa es la última vez que lo son."*

Proletarios del mundo, ¡uníos! *(Último aviso)*, señala un descreído *graffiti* pintado en la pared de alguna ciudad latinoamericana. Después del colapso de los sistemas que prometían la masiva incorporación política de los trabajadores dentro de diferentes modelos de convivencia entre capitalismo y democracia, existe la responsabilidad de reformular la relación entre el Estado y la sociedad, derivada de los imperativos de crecimiento económico, de control de la inflación y del déficit fiscal, de inserción en los mercados internacionales y de asegurar la gobernabilidad.

*Todo tiende a unir, a integrar*, se excita un importante empresario argentino. Y añade que "es fundamental que los impuestos y el gasto estén asignados con un claro enfoque que contribuya a la estabilidad social". Recientemente, el obispo de Zárate-Campana, monseñor Rafael Rey, puso sobre la pista de que 4,5 millones de chicos argentinos menores de catorce años (el 44 *por ciento* de esa población) son pobres, y que en el noroeste mueren cincuenta niños por cada mil habitantes, la tasa de los países africanos.

La globalización de la economía vincula como nunca antes la capacidad de conformar el propio destino con la inserción en el mundo, y descarta la tentación del aislamiento. Los Estados principales luchan por la transformación del régimen jurídico de distribución de la renta, y por la consolidación de sus hegemonías en el sistema mundial. La fórmula voluptuoso-internacionalista de las "relaciones carnales" se muestra como útil para salir en la foto, pero inepta como para que la

145

Argentina sea una buena noticia en los diarios de los países centrales, que se ocupan de lo que importa.

El desafío que enfrentan nuestros dirigentes políticos, entonces, es incorporar progresivamente las demandas de los sectores populares, administrando diferentemente la distribución de los recursos escasos, o de lo contrario afrontar el fenómeno de "integración transnacional con desintegración nacional". El proceso llevará tiempo, pero vale la pena recordar otro *graffiti*, desamparado en algún arrabal del Cono Sur: *Políticos, basta de realidades. ¡Queremos promesas!*

Localidad Gregorio de Laferrère, Partido de La Matanza, a treinta minutos de la Ciudad Autónoma de Buenos Aires. Allí funciona "el servicio punto a punto de transporte alternativo de pasajeros por automóvil", conocido en la barriada como "los 0,50". Son *varios centenares* de Ford Falcon '72, Renault 12 '76, Fiat 128 Rural '79, que por medio peso cubren trayectos preestablecidos. Pueden llevar más de un pasajero por viaje, como los taxis en Atenas, cruzando calles generalmente de tierra, desde Estación Laferrère, por ejemplo, por Avenida Piedrabuena, pasando por García Merou, Garmendia, Raulíes, hasta el Barrio "Don Juan". Un trayecto de treinta cuadras, que en el centro de la Capital costaría cuatro o cinco pesos, diez veces más.

Esteban González, sexagenario, lleva seis años de actividad en el rubro. Su Falcon '72, creedencial n°126, tiene un atraso de ocho años de patentes; la unidad, un valor estimado en seiscientos pesos, pero ni siquiera es apta para un *plan canje*, porque carece de papeles en regla. Entre los años '97 y '99 lo detuvieron dos veces, reteniéndole el vehículo diez y quince días respectivamente. El pago de la infracción y el lucro cesante le produjeron a González un endeudamiento con amigos y familiares de trescientos cincuenta pesos. *Ya no podré recuperarme,* dice, *porque mi ingreso por catorce horas de trabajo es de veinte pesos diarios, eso según la altura del mes.*

En el lugar, el aceite suelto para automóvil cuesta un peso, lo mismo que un parche para remediar una pinchadura, y los talleres mecánicos son "clínicos": se ocupan de mecánica general, gomería, electricidad, carburación, y frenos. Una cubierta "en buen estado" (usada), cuesta ocho pesos; cuatro cubiertas "recién recapadas", ochenta. Es lo que vale en el centro de la Capital *una* goma nueva.

"Los 0,50" quieren ser reconocidos legalmente, "por la urgente necesidad de proteger este medio alternativo de transporte, que es el producto de los altos índices de desempleo". Para ello presentaron en noviembre del '99 un proyecto de ordenanza, destinado a cubrir el vacío regulatorio que existe sobre la actividad. En dicho sector del Partido de La Matanza, del Camino de Cintura hacia el interior, denominado como área estadística "Matanza 2", busca empleo el 47,3% de su fuerza laboral, habiéndose verificado que el 15,6% de los jefes de hogar se encuentran desocupados.

Cuando emerge lo local, como suele decir Giovanni Sartori, es porque se extiende el desinterés general; la mayoría de los ciudadanos no existe como comunidad. Entonces todo se fragmenta, y con el tiempo se envilece el ejercicio democrático del poder. Se está a un paso de tener Estado, en todo caso, pero no Nación, situaciones en las que el ejercicio del poder pierde legitimidad, y la sociedad deja de poder ser gobernada. *No existe democracia digna de tal fuera de la nación-estado.* En nuestro país, el 10% de la población más rica se lleva el 36% del ingreso nacional, y el 40% más pobre sólo accede al 15% de esa riqueza: dichas cifras atropellan *el interés general,* y señalan el horizonte hacia donde hay que dirigir los esfuerzos de transformación.

En Gregorio de Laferrère pueden comprarse cuatro sandías de diez kg cada una por cinco pesos; en un restaurante del centro, las "perlitas de melón y sandía", un postre individual, se paga siete pesos. En una carnicería de La Matanza, el kilo de lechón cuesta dos pesos. *Está recién carneado, aquí al lado,* precisa el dueño. "Aquí al lado" es un local de tres metros de frente que no superaría la inspección de bromatología más indolente. *Los muchachos se enfermarán de vez en cuando,* acepta el vendedor, *pero no pasan hambre.* En otro restaurante de Recoleta, "¼ de cochinillo a la segoviana" cuesta veinticinco pesos. El fenómeno de las *compras comunitarias* se propaga (ómnibus rentados por distintas agrupaciones donde se concentran las necesidades alimentarias de grupos de vecinos) y obtiene precios sorprendentes: una bolsa de papas de cincuenta kilos puede conseguirse por cuatro pesos, y un *pack* de seis botellas de vino ¾ por 6,50.

Cuando las sociedades se han distanciado de sus políticos, pierden la aptitud de ser gobernadas. En la Argentina, todas las encuestas los castigan por diversas vías, situando a la política en sus diversas manifestaciones en los lugares más bajos de credibilidad popular: a los dirigentes, a los partidos, a las instituciones representativas (el Congreso de la Nación). Este castigo se traduce en la culpabilización colectiva a sus representantes de casi todos los males, aun aquellos con los que no tienen nada que ver. Groucho Marx decía que los humoristas tenían que salir al aire para molestar a los políticos, pero que éstos no necesitan salir al aire. *Piove, ¡politica sporca!* ("Llueve, ¡política sucia!"), se solía escribir en las paredes de Roma durante las pasadas décadas. Con menos delicadeza, en algún muro venezolano pudo leerse: *¡Queremos que nos gobiernen las rameras, no sus hijos!*

La socióloga brasileña Sonia Fleury ha advertido la contradicción existente entre el emerger de una conciencia ciudadana con una intensidad nunca antes vista, enfrentada a la cosificación propia del *Estado sin ciudadanos*, escenario donde una protección social segmentada aplaza con paños tibios la cuestión fundamental: ¿cómo construir en plenitud una comunidad nacional democrática? La eternización de las diferencias pone por delante dos caminos igualmente amenazadores: la dependencia generalizada de un *Estado patrimonial*, y la irrupción periódica de la *violencia social*.

La respuesta a todos estos interrogantes frente a una sociedad que busca señales, y la urgencia en dar las adecuadas, recuerda la frase de Lennon: *La vida es lo que ocurre mientras uno está haciendo otros planes.* Acaso —con el tiempo— se convierta en un *graffiti*, pintado sobre una descascarada tapia suburbana.

# Ramallo, ejecución y después

*El colapso del sistema de seguridad, ha dicho Hernán Patiño Mayer, no puede desprenderse del colapso general del Estado. La inseguridad no disminuirá mientras que éste no reaparezca como un actor insustituible de la vida nacional. De nada valen leyes más duras, enfatiza, si las que tenemos no se aplican, a los delincuentes no se los detiene, los presos no se reeducan y la sociedad no participa. Y remata: "La relación entre distribución de la riqueza y criminalidad es tan evidente que no vale la pena detenerse a demostrarla. Distribución, y no sólo riqueza, ya que la concentración del bienestar en pocas manos sólo engendra violencia".*
HERNÁN PATIÑO MAYER (ex embajador y presidente
de la Comisión de Seguridad de la OEA),
"La seguridad se construye con equidad", en *Clarín*,
19 de mayo de 2001.

Ramallo es un modo de entender la enfermiza policía bonaerense, así como Malvinas lo fue respecto de un prototipo de Fuerzas Armadas (haciendo a un lado cuestiones de escala). Un copetín de entregadores, revanchas, espionaje *dilettante*, homicidas profesionales, sospechosos convertidos en fiscales, audacia en los camarines y flaqueza en el terreno, secretos a voces de trastienda y embustes de comunicados oficiales, falta de un cronómetro político sincronizado y ausencia de creatividad operativa. Un viejo policía, acostumbrado a los distintos *modus operandi*, olería el luctuoso tufillo que emparienta el tiro de gracia con el que ejecutaron a Carlos Chaves, gerente del Banco Nación, con el modo como remataron a José Luis Cabezas.

Luego del denodado esfuerzo de Arslanián, la restauración "Lorenzo" se pareció a un acto de contrición confesado al fraile de una religión disparatada. La situación del postrer ministro Carlos Soria recuerda la frase pedagógica: *Nunca le levante la mano a sus hijos... ese gesto deja sin protección la zona de su estómago.*

Desde hace meses, el auge de la delincuencia se mantiene como la segunda preocupación social. Desde entonces, los especialistas discuten acerca de las razones y las soluciones, sin haber alcanzado a elaborar un vocabulario común que permita saber de qué se está hablando cuando se dicen ciertas cosas. Una línea común de partida que deje en claro, por ejemplo, que El Salvador tiene una cifra de homicidios de 130 cada 100.000 habitantes, Río de Janeiro 33, Londres algo más de 15, Nueva York *post* Giuliani 7, Santiago de Chile (región metropolitana) 2,2 y Buenos Aires 3,8. Una cosa es no tener motivos para estar contentos y otra muy distinta que nos hagan creer lo que no es cierto, particularmente si los teóricos y prácticos de la *mano dura*, las técnicas hidroeléctricas de interrogación y los paquetes de leyes insisten con esta última.

No tiene sentido replicar con posiciones conocidas, pero sí subrayar que estudios econométricos que relacionan variables entre sí con un alto grado de confianza demuestran que *la distribución de ingresos* (así como las demás variables que determinan la distribución de los ingresos, tales como los salarios bajos, el subempleo, la precariedad laboral y el cuentapropismo) está directamente vinculada con *la evolución de los delitos contra la propiedad.*

Sirva por todo ejemplo saber que del ingreso generado por las quinientas mayores empresas argentinas, en el que en 1993 los asalariados participaban en un 35%, cuatro años después lo hacían un 27%. En ese mismo período, según cifras oficiales, las ganancias de dichas empresas crecieron un 69%, y el número de empleados se redujo de 607.000 a 544.000. Cuando el menemismo dice que no todo pobre es un delincuente no sólo calla que muy pocos delincuentes no son o no han sido pobres, sino que además no está tan preocupado por defender la nobleza de los humildes como por negar que el modelo haya producido marginados.

Las soluciones para detener el incremento del delito, entonces, tienen un piso que parte desde un insoslayable proceso de desarrollo económico y social, modificando las políticas de transferencias de ingresos, el estímulo a la creación de trabajo por parte de las Pymes, la aplicación de planes sociales integrados con una estrategia nacional de prevención del delito, y una participación activa de la ciudadanía (los fiscales también son ciudadanos) en la confrontación con las específicas modalidades delictivas locales.

¿Y con la policía, qué? El tema es complejo, pero no más complejo ni menos solucionable que el anterior. Nada mejor que recordar los viejos guardias civiles de la España de Franco, cuyos sombreros tricornes eran el símbolo del garrote, y hoy enseñan criminología científica y derechos humanos a las fuerzas de seguridad en Centroamérica.

Una fórmula mnemotécnica (y, hay que reconocerlo, redundante) consiste en recordar que conducción es conducción, delito es delito y capacitación es capacitación.

En otras palabras, que *conducir* la fuerza supone impartir directivas que fijen atribuciones y límites congruentes con el Estado de Derecho, y no en edificar una logia integrada por *capos*, consejeros y centuriones especializados en grupos de tareas.

Que aplicar el Código Penal supone *sancionar* con todos sus artículos (no únicamente con los indoloros) a los que lo vulneran, poderosos o no, y también supone no desincriminar la prostitución, el juego clandestino y la protección cuando son provistos por uniformados.

Y que el policía debe ser *idóneo* desde su reclutamiento. No se suele alistar agentes de grupos como el de Bloombsbury, donde Virginia Woolf y Lord Keynes discutían sobre las tragedias de Esquilo, y —además— dotarlos de herramientas no se agota en las prácticas de tiro. En Londres, la policía está empleando un sistema de registro de personas con antecedentes penales que permite, sobre la base de cálculos matemáticos, poder relacionar delitos cometidos con probables autores. Aquí, la cámara fotográfica de Cabezas fue encontrada por un rabdomante ilustre de Lomas de Zamora.

¿Lo demás? Sudor, y la menor cantidad de sangre y de lágrimas posible.

151

# Semillas en el desierto

*El médico español Juan Antonio Vallejo-Nágera hizo notar que, en muchos aspectos, la infancia es la época más importante de nuestra vida; es entonces cuando se gesta nuestra personalidad y se ponen los cimientos de lo que será nuestra futura conducta social. El texto es otra historia real protagonizada por Jorge Ocampo.*

"Cada niño, al nacer", escribió el poeta Rabindranath Tagore, premio Nobel en 1913, "nos trae el mensaje de que Dios no ha perdido aún la esperanza en los hombres". Como cuatro puntos cardinales, cada niño es una oportunidad, un resplandor, un armisticio, una semilla.

El Hospital Nacional de Pediatría Garrahan, como tantas otras instituciones públicas, es una amalgama de la abnegación de muchos profesionales y empleados con tubos de aireación en desuso arrumbados junto con depósitos de desperdicios, cielos rasos donde la filtración de agua forma estalactitas, y cajas de tubos fluorescentes quemadas. Enfrente, en diagonal con los muros picados de viruela de la cárcel de Caseros, está el comedor "El rey de la milanesa". Un tordo, un jilguero y un canario, desde sus jaulas pintadas con colores pasionales, intentan que se entretenga el dolor en tránsito de los familiares de quienes estaban presos o están enfermos.

Jorge Ocampo, "Javier" durante la resistencia peronista, dice que el diagnóstico inicial de su hijo Juan Domingo, de dos años y medio, fue hipertensión pulmonar primaria. Juan Domingo está en terapia intensiva, traqueotomizado y conectado con un respirador artificial. "En la terapia intensiva se fuma más que en un garito", comenta sin queja. "No sé cuál va a ser el futuro de mi hijo. Hace quince días lo llevaron a hacerse unos estudios, y lo vi ponerse azul. Le grité a la enfermera, que abrió totalmente la manivela del tubo de oxígeno. Estaba vacío. Volvimos a la carrera los cincuenta metros que habíamos andado y lo reconectaron al respirador. Le pregunté a un auxiliar por qué no habían roto el precinto del tubo. El pibe no supo qué contestarme, pero me di cuenta de que habían manoteado uno usado. Es posible que a Juan le haya quedado un daño cerebral".

Sara, la mujer de Jorge, dice que ahora los médicos sostienen que el cerebro no manda la señal a los pulmones para que Juan Domingo respire. "Es lo que se llama hipoventilación alveolar". Sara vive en el "Estar de Padres", una especie de hotel de inmigrantes ubicado dentro del hospital, un "'yompa' hecho y derecho", al decir de Jorge, "Javier" durante la resistencia peronista, un pabellón de prisión en jerga penitenciaria. Duerme en una reposera, almuerza comida hospitalaria, se interesa por el dolor incalculable de los otros, que le permite sobrevolar benevolentemente el propio.

"En el compartimiento de al lado del de mi hijo hay un niñito, Brian, que tiene seis años. Me parece que tiene artrofia muscular. Vive en un cubículo de terapia desde hace cinco años; ése es su universo. No pueden llevarlo a una habitación común porque se deprime y se descompensa. Lo acunan las corridas nocturnas de las emergencias, y lo adormece el zumbido de las maquinarias médicas de alta tecnología. En el 'Estar de Padres' hay una señora que ha perdido el habla. Según cuentan, su marido le disparó con un arma, cuando tenía alzado al hijo de ambos. La bala le atravesó el brazo, y los dos pulmones de la criatura, que está muy grave. Deambula como una sonámbula empavorecida, y nunca la vi dormir. Otra mujer, a la que se le murió la hijita, sigue viniendo. Pasó con ella cuatro años en el Garrahan; me imagino que ahora su vida anda buscando un nuevo sentido".

Un monitor que lee cuatro variantes (frecuencia, volumen, saturación, electrocardiograma) vela por Juan Domingo, mientras Jorge, su padre, dice en "El rey de la milanesa": "Yo le adherí a los barrales de la camita una foto de su hermano Javier, que tiene cuatro años. Como Juan estuvo casi un mes dormido y relajado con medicamentos, perdió un poco de la motricidad fina, pero se hace entender. Me reclama que le acerque la foto, y la apoya contra su boca y la besa. La llena de baba".

De regreso del hospital de Cisjordania, donde habían llevado a la pequeña Sara, de dos años, unos disparos la alcanzaron en la cabeza y la mataron en el acto. Los niños palestinos siguen siendo las principales víctimas de la sinrazón; centenares de ellos, muertos en los últimos catorce años del conflicto palestino israelí, son enterrados en el cementerio de la franja de Gaza.

El periodista Néstor Ibarra le pregunta a un niño palestino si le había impresionado el linchamiento de unos soldados israelíes; "Se lo merecen", contesta el niño. Algo equivalente dirá a continuación un niño israelí, al mismo tiempo que añora la paz. Es difícil que alguien que haya visto la secuencia de cuatro fotografías que muestran a un padre y su hijo, parapetados detrás de un barril de cemento bajo las balas, pueda olvidarla mientras viva. El chico se llamaba Muhammad el-Durrah, y recibió cuatro balazos de armas automáticas. Su padre, Jamal, ocho; salvó su vida por milagro. El camarógrafo de la televisión francesa que tomó la secuencia, en estado de conmoción, pidió ser relevado.

En nuestro país, y en lo que va de 2000, por lo menos cuatro niños fueron víctimas de la violencia pública. El 30 de agosto un bebé de nueve meses, hijo de Valeria Romero, quedó atrapado en mitad de un tiroteo entre policías y ladrones en Dock Sud, y recibió un balazo. El 23 de mayo una niña de once años fue herida en un muslo con ocasión de una balacera entre ladrones que iban en un auto robado y policías que los perseguían por las calles de San Martín. El 9 de febrero, durante un intercambio de municiones entre un policía de civil y dos asaltantes en Floresta, una chica de diecisiete años murió tras ser alcanzada en la cabeza. En Tres de Febrero, Gisella, de doce años, murió en idénticas circunstancias el 29 de enero.

A esta lista de calamidades se suma una poco conocida: la de los "niños soldados". Se calcula que 300.000 niños intervienen en treinta y seis conflictos abiertos en Asia, Europa, África, América Central, América del Sur y la ex Unión Soviética. En las hostilidades camboyanas que oficialmente terminaron a comienzos de los '80, 1/5 de los soldados heridos tenía entre diez y catorce años. "Los niños son más ágiles, más manipulables y más baratos que los soldados adultos", señala un "perito". "Son aplicados y obedientes si se les educa 'correctamente', e incluso se les puede inculcar un anticompañerismo que sirve mucho en la guerra".

Rubén Maciel es el nombre del rehén asesinado en el episodio de la planta de Aguas Argentinas de Palermo. Tenía tres niños, de ocho años, de dos, y de ocho meses, y era jardinero. En el mismo episodio murió el inspector Rafael Aldo Erra, asesinado a quemarropa por Juan Díaz Roldán, y calificado por compañeros y fiscales como un excelente policía. Su viuda, Emma Dulcey, declaró —con la mirada totalizadora del desconsuelo—: "Para mí, el jefe de la policía, Rubén Santos, es como el padre de sus subalternos y no los protegió. Y De la Rúa es el abuelo". Uno de sus dos hijos, de siete años, le dijo a su mamá que quería mandarle una carta al Presidente; me explicó —contó Emma— "que en la carta quería decirle que hay gente mala que mata porque no hay trabajo. Y él piensa que si le regalaran semillas a la gente y la gente plantara árboles, esos árboles podrían dar frutas y la gente podría venderlas en la calle. Y no robar".

Cada niño tiene dentro de sí un mensaje para que no desaparezca la esperanza entre el desierto que maquinan los hombres.

# Socorriendo a Malbrán

*Distintos estudios oficiales realizados entre 2000 y 2001 probaron que la Administración Nacional de Laboratorios e Institutos de Salud (ANLIS) se desenvuelve dentro del marco de una gestión administrativa, contable y financiera con marcadas deficiencias.*

*Los procesos productivos se llevan adelante sin que existan las condiciones administrativas necesarias que les permitan cumplir con los objetivos a que los obligan las normas.*

El Instituto de Bacteriología, Química y Vacuna Antivariólica fue fundado en 1904 —año en que se colocó la piedra basal del edificio que lo albergaría— por el profesor Carlos G. Malbrán. Nacido en Catamarca, había estudiado durante 1888 en Munich, y con Koch en Berlín, y en 1894 la antitoxina diftérica con Behring en Berlín y con Roux en París. El edificio, situado en avenida Vélez Sarsfield y Amancio Alcorta, fue inaugurado en 1916, cuando Alcorta se llamaba Camino a Puente Alsina. Su pabellón principal, su torre de agua y su sala de bombas acaban de ser declarados monumento nacional, y lugar histórico al predio en su conjunto.

Todo fue concienzudamente pensado y documentado. El proyecto de edificio se encargó al ingeniero Miguel Olmos y al arquitecto Jacques Dunant. La obra fue financiada con estampillado de específicos; costó 3.743.415 pesos moneda nacional, excluyendo el valor del terreno. La ubicación se decidió teniendo en cuenta la cercanía de los hospitales de enfermedades infecciosas, que aportarían el material de estudio —ya que no existía lo que se conoce como "cadena de frío". Para dirigir el Instituto se "importó" al doctor Rodolfo Kraus, quien era profesor de la Universidad de Viena. Cuando se comenzó con el complejo corría la segunda presidencia de Julio A. Roca, y el ministro del Interior era Joaquín V. González.

Mientras preparaba sueros, Malbrán vislumbró una entidad que fuera capaz de dirigir e impulsar la cultura científica del país, al tiempo que produjera vacunas y demás productos biológicos destinados al diagnóstico, el tratamiento y la profilaxis de las enfermedades infectocontagiosas. El 19 de junio de 1963, la institución pasó a denominarse Instituto Nacional de Microbiología doctor Carlos Malbrán; hoy se llama Administración Nacional de Laboratorios e Institutos de Salud (ANLIS). Continúa ubicada en el mismo lugar, y la gente la conoce como "el Malbrán".

Como sucede con la mayoría de las instituciones públicas argentinas, "el Malbrán" es un compendio de lo sublime y lo profano, del altruismo y el estrago; caminar por sus instalaciones permite comprobarlo a simple vista. Cruzar un parterre equivale a pasar de Kosovo al ultramoderno Hospital Mount Sinai de Estados Unidos, abrir una puerta habilita a dejar atrás el polvo y el espanto para entrar en una biosfera de trabajo y estudioso recogimiento.

En el Servicio de Virus Respiratorio se producen vacunas contra la gripe. A lo largo de los últimos años, con infinitas paciencia y entereza, el Servicio logró conformar un sistema nacional de vigilancia de las cepas del virus de la gripe que circulan en el país. La vigilancia implica recolectar muestras locales, cosa que se hace con veintiún laboratorios distribuidos por todo el territorio nacional. Hasta el año '98 se usaban las fórmulas vacunales del hemisferio norte, tratándose de un virus que cambia muy rápidamente, razón por la cual se estaba vacunando con demoras de adaptación de la cepa de hasta dos años. En junio del año pasado, la Organización Mundial de la Salud produjo una reunión internacional para elaborar normas de prevención en gripe; normalmente, a estas reuniones asisten representantes del hemisferio norte. Por primera vez, América Latina tuvo presencia en el evento, y la invitada fue una profesional del Servicio.

A pocos metros de allí está el bioterio del Instituto, destinado a proveer ratas, ratones y cobayos a los diferentes servicios para la realización de pruebas que aseguren la calidad de los productos biológicos de uso humano. No funcionan los extractores de aire, las tomas de los cableados de electricidad están al aire, los techos están deteriorados, y durante los calores de enero los animales morían por el exceso de temperatura. En un depósito recóndito se encontraron dos aparatos de aire acondicionado adquiridos hace un lustro, embalados y sin uso.

En el mismo 1904 en que se comenzó con la construcción del edificio declarado monumento histórico nacional, se llevó a cabo el segundo censo comunal de la historia de la Ciudad de Buenos Aires. Leerlo no sólo es estimulante desde el punto de vista literario; también es frustrante comprobar cuántas cosas hoy en entredicho, entonces ya estaban perfectamente claras. Luego de una crítica a los hospitales municipales, se anota: "Esta verdad, que acaso resulte áspera para el amor propio de aquellos que sólo conciben el patriotismo como una perenne laudatoria hasta de los mismos defectos, debe ser dicha francamente (...). La asistencia al menesteroso es un deber social que no puede cohibirse por ningún pretexto de rotulación. Y la verdadera beneficencia exige, antes que premiar actos elementales calificados de virtudes, proporcionar una cama y un consuelo al infeliz que de otra manera morirá en la calle o en cualquier sucio tugurio".

De tugurios pueden calificarse algunas de las oficinas donde trabaja el Servicio que produce toxinas tetánicas, diftéricas y botulínicas. Hace un lustro llegó la orden de producir toxina y toxoide botulínicos. El problema residía en que los profesionales debían trabajar con altísimas concentraciones de toxinas letales, razón por la cual debían inmunizarse con suero protector. El Servicio produjo toxina y toxoide botulínicos de tipo A, B y E, como se le había ordenado, y recién después de concluido con éxito el trabajo... llegó el antídoto.

En el Malbrán trabajaron los doctores Bernardo Houssay y César Milstein. En 1899, el profesor Carlos Malbrán fue comisionado por el gobierno para combatir la epidemia de peste bubónica aparecida en Paraguay; en abril de 1910 fue elegido senador nacional por Catamarca. Últimamente, lo fueron Julio Amoedo y Alicia Dentone de Saadi.

El Departamento de Vacunas y Sueros produce las vacunas antirrábicas de uso humano y veterinario. El material resultante ha superado todos los tests de calidad que realiza el Centro Nacional de Control de Calidad de Biología, y con él se cubren las necesidades del país. Sin embargo, las instalaciones no superarían un control de la ANMAT, que es el organismo estatal a cargo de supervisar la estructura edilicia, la infraestructura y el equipamiento. En otras palabras, por no disponer de una pequeña inversión que optimice las dependencias (*circa* U$S 200.000), la Argentina desdeña los mercados de Paraguay, Bolivia y Brasil, donde podría exportar las vacunas.

Hoy Julio A. Roca y Joaquín V. González han contribuido con sus patronímicos a que las calles tengan nombre. El profesor Malbrán, a que una Administración de Institutos y Laboratorios se llame como él. Los edificios pensados *para producir* son declarados monumentos históricos. Marguerite Yourcenar reveló en qué medida las reafirmaciones pomposas de un gran pasado en medio de la mediocridad actual no son sino un modo enclenque de disimular la decadencia.

# Tironeos

*Suelo encontrar la contracara de la indiferencia por el sufri-*
*miento ajeno de las grandes ciudades en la práctica de vida de*
*Julio Elichiribehety, la persona a la que se refiere el texto. Pocos*
*como él saben que la pobreza y el sufrimiento no están para que*
*los entendamos, sino para que los resolvamos.*

Julio Elichiribehety es un trabajador social de la provincia de Buenos Aires "profunda": Tandil, Benito Juárez, Pigüé. Tiene el aspecto de un poeta inglés del grupo de Bloomsbury, alguien que podría haber alternado con la pintora Dora Carrington y el biógrafo Lytton Strachey. Me comenta que en María Ignacia (estación Vela), un poblado de aproximadamente 1.800 habitantes, celebran el triunfo obtenido: tendrán "su" cárcel, allí nomás, a la vuelta de la esquina. Julio tiene un saco de *tweed* que huele a humedad de sotobosque y a fuego de palo. Sonríe, con el optimismo testamentario indispensable que exige el ejercicio de su profesión.

"Estación Vela tiene una población agropecuaria", dice Julio. "Hay mucho boliviano que hace trabajo rural golondrina, mucho paraguayo. Como las cárceles se iban a instalar en los lugares donde hubiera más consenso, el delegado municipal organizó un plebiscito. El 95% votó por erigir allí el edificio, y el 5% restante se evaporó en una reyerta interna del Partido Justicialista. En Barker, a 18 kilómetros de allí, cruzando la ruta 74, donde Amalita tiene la cementera, se va a hacer otra cárcel. Tandil va a tener a 70 kilómetros dos cárceles. En Saavedra, que es un pueblo de menos de 1.000 habitantes que queda a 20 kilómetros de Pigüé, el 98% votó a favor de la cárcel. Imaginate, ¡las comunidades discutiendo sobre quién quiere más una cárcel!"

Le miré la barba a Julio, los ojos. No sé bien por qué, me vinieron a la cabeza las discusiones que en el '94 mantuvieron Santa Fe y Paraná sobre cuál iba a ser la sede de la Convención Constituyente. Estaba resuelto que iba a ser Paraná, pero un diputado santafesino lo fue a ver a Menem. "Carlos", me contó que le dijo, "la Constituyente tiene que reunirse en Santa Fe. No te olvides del famoso cuadro de Alfredo Alice, pintado en 1922, que ilustra la sesión nocturna del 20 de abril de 1853, en Santa Fe de la Vera Cruz, cuando el convencional Seguí le expresó a su colega Zuviría que ya era tiempo de sancionar la Constitución nacional tan ambicionada". Menem, me detalló más tarde el diputado, lo miró con aquellos ojos condenados a la avidez, y le dijo: "Mirá, por mí podés hacerla en Uruguayana, pero no armes lío y sacáme rápido la reelección".

Julio dice que lo de la gente es comprensible. "Un hotelito, un restaurante, un kiosco. Lo que es incomprensible es lo de la dirigencia política", acota, como si fuera John Maynard Keynes, otro de los integrantes del grupo de Bloomsbury. "Y no me refiero a algo de naturaleza iluminista, como el valor de la libertad, ni tampoco me refiero al tema de la industria del delito, cuya materia prima son los chicos excluidos, a los que aunque les pongas la salida existencial de una escuela al lado de su casa no van a ir, porque ya han dejado de buscar puertas. Me refiero a que no se trabaja en una evolución de contexto, porque la presencia de la cárcel supone las viviendas de los agentes penitenciarios, la visita de aquellos relacionados con los presos más humildes, porque los abogados y los relativamente pudientes se van a alojar más confortablemente en Tandil, todo lo cual va a alterar el ecosistema social del pueblo. Me refiero a que los políticos no adviertan lo trágico de la fórmula: 'si no tenés la cárcel no comés'. Y es una cuestión de oportunidades, no de tipo de personas, porque en Balcarce la gente rechazó la cárcel. Claro, se acababa de instalar Mc Cain, la de las papas, que le dio trabajo a trescientas personas. Aquí ha habido un cambio", se menea Julio, "de la espiral social ascendente de la que hablaba Alfonsín a la transferencia intergeneracional de la pobreza. Abuelo pobre, padre más pobre, hijo indigente, nieto en la miseria. Es como la enfermedad de la vinchuca, una enfermedad de la pobreza, que genera más pobreza, porque los infectados lo primero que padecen es la falta de trabajo."

Yo me acordé de Tulumba, el bello pueblo que como consecuencia de su pobreza conserva las casas tal como eran hace centurias. Cuando en 1767 expulsaron a los jesuitas, el fabuloso tabernáculo de madera con chanflanes dorados fue saqueado de la iglesia de la Compañía de Jesús, que estaba recién terminada. Reapareció en el arzobispado de Córdoba, que cuando tuvo que construir su catedral, en los primeros años del siglo XIX, convocó a una licitación a todos los pueblos interesados en quedarse con la reliquia jesuita. El pueblo que más ofertó, Tulumba, estaba situado en la parte rica del país, opulencia debida al comercio por mulas con Potosí. Ese pueblo, el que ganó el retablo, es Tulumba.

Julio, entre entusiasmado y afligido, me cuenta que una compañera del área social de la municipalidad de Pigüé le está por enviar la letra de un *rap*. En una escuela secundaria se hizo un concurso de canciones para dar la bienvenida a la cárcel; un grupo de alumnos hizo una canción apologética respecto de los institutos penitenciarios. Julio me dice que sólo recuerda su estribillo: *Por más que florezca la ciencia / que nunca acabe la delincuencia.*

Se hace un silencio, mientras me mira fijo. Me hace acordar a Edward Morgan Forster, el novelista del grupo de Bloomsbury. El Forster de *Pasaje a la India.*

# Unos años antes

*"Cada gota de sangre inocente es una maldición, un terrible
anatema contra el mortal inicuo que afila el hierro destructor
de la efímera humanidad".*

SHAKESPEARE

Paul Steimberg, sobreviviente de Auschwitz, campo al que llegó a los diecisiete años, conservó el anonimato durante cincuenta, y al cabo de ellos escribió *Crónicas del mundo oscuro*, donde relata sus experiencias en el universo concentracionario. Desde el comienzo mismo de sus días de esclavitud consintió que en adelante debería ser un combatiente solitario en lucha para sobrevivir.

Los campos de exterminio invierten lo que los químicos llaman *condiciones normales de presión y temperatura*. Lo que en la vida civil es luz, allí es tiniebla, la dignidad un pasaporte a la muerte, la iniciativa una pirueta sin red. Steimberg diferencia el miedo del terror. El terror se distingue del miedo ordinario, dice, como el sufrimiento intenso de un dolor banal. Es un flash, una inmersión en un agujero de luz cegadora, una ausencia epiléptica, un orgasmo sin gozo. Al contrario que el miedo, el terror no deja ni rastro de vergüenza.

En Auschwitz, el *Hauptscharführer* Rakasch era el terror absoluto. Vestía de negro desde la gorra hasta las botas. Llevaba las manos enguantadas tanto en invierno como en verano, y siempre aferraba una cachiporra de cuero negro. Tenía un rostro andrógino, de rasgos suaves, nariz fina, labios pálidos. Pero nada escapaba a su mirada periférica.

Al contrario de sus colegas primitivos y brutales, Rakasch inspiraba un terror metafísico. Una vez mató a un viejo gitano, tras haberle pegado una paliza, hundiéndole la cabeza dentro de un charco de agua con la bota. Después de haberse cerciorado de que el viejo estaba muerto, miró a su alrededor con sus ojos azules acuosos y extraordinariamente activos para comprobar el efecto de su acción sobre los espectadores.

De acuerdo con las reglas del campo, Rakasch —medio siglo después— está mucho más vivo en los recuerdos de Steimberg que su amigo Philippe, que el doctor Ohrenstein, a quien tanto le debió en su tiempo, que Feldbaum, quien le aplicó compresas y le dio calmantes después de un apaleo.

Primo Levi, en *Si esto es un hombre*, describe a Steimberg, a quien llama Henri. "Es eminentemente social y culto, y su estilo de supervivencia en el Lager cuenta con una teoría completa y orgánica. Sólo tiene veintidós años; es inteligentísimo, habla francés, alemán, inglés y ruso, tiene una óptima cultura científica y literaria". Se ha desvinculado de todo afecto, añade, se ha encerrado en sí mismo como en una coraza y lucha para vivir sin distraerse.

La descripción tampoco escapa a las reglas del campo. En realidad Steimberg era apenas un adolescente, durante su época de estudiante había pasado más tiempo en las carreras de caballos que en las aulas, y su conocimiento científico se limitaba a un manual de química analítica comprado cuando lo arrestó la policía francesa, y que más tarde aprendió de memoria. "Por lo demás, seguramente Levi tuvo buen ojo", escribe Steimberg. "Probablemente yo era un ser obnubilado, frío, calculador. Me hubiera gustado poder modificar su veredicto, pero ya es tarde."

Después de una sesión de golpes que tuvo lugar un domingo por la mañana, nunca más le gustaron los domingos. Aprendió a soportar la humillación con el desprecio, y ese rasgo lo acompañó el resto de su vida. Tardó cincuenta años en contar su historia porque en el campo nadie lo hacía, para no enseñar sus puntos débiles. No recuperó el amor propio hasta bastante más tarde, hasta el pan, el refugio y la libertad. Todavía odia el mes de febrero, el frío, y no sale de su casa si no es estrictamente necesario. "Le froto la espalda al compañero que está delante y, a veces, cuando no hay ninguna amenaza aparente, soplo con mi aliento cálido en su espalda, con los labios pegados a su abrigo, mientras el compañero de atrás me favorece con el mismo trato".

Un día de verano, se abrió la puerta de la habitación en la que estaba Steimberg, y ante sus ojos apareció el *Hauptscharführer* Rakasch. El suboficial sádico. El que mataba extranjeros golpeándolos con la porra. El aficionado a los ahorcamientos públicos. Se le acercó y lo miró. Empezó a hacerle dar tumbos por la habitación a fuerza de cachetadas. Steimberg no chistaba —porque los gritos exasperan al verdugo y hacen que redoble su ardor—, le temblaban las piernas. El mal absoluto, el terror. Cuando en 1976 volvió a estar cerca de la muerte a causa de una hepatitis, su compañero de delirio fue Rakasch. Ni Phillipe, ni el doctor Ohrenstein, ni Feldbaum. Rakasch.

Luego de la derrota de Alemania, Steimberg regresó a su casa y lo acusó como criminal de guerra. Nunca supo si lo fusilaron, o si murió después de una vida apacible en su Austria natal.

# Comprar y vender el alma

*"Es muy asombroso que yo no haya abandonado aún todas mis esperanzas, pues parecen absurdas e irrealizables. Sin embargo, me aferro a ellas, a pesar de todo, pues sigo confiando en la bondad innata del hombre. Me es totalmente imposible construirlo todo sobre la base de la muerte, de la miseria y de la confusión".*

ANNA FRANK (1930-1945), víctima del nazismo.

El genoma humano mide apenas 1,5 metro de largo. Su decodificación permitió conocer que el orden de los genes en el cromosoma X es idéntico entre humanos y gatos, de modo tal que la *evolución de las especies* darwiniana dejó de ser una *teoría*, para pasar a ser una *ley* de la biología. El análisis de la composición de las 988.568 toneladas de basura que los porteños depositan en las calles por semestre permite sacar conclusiones en planos tan diversos como las estrategias de *packaging* de productos, o la caída en el poder adquisitivo de la clase media. En 1991, cada habitante de un barrio de clase alta de Capital generaba por día 1,010 kilogramo de basura, mientras que uno de clase media producía 860 gramos y otro de clase baja, apenas 680 gramos.

El sistema de reclutamiento forzado de tropa entre los sectores más desvalidos de la población rusa para combatir en Chechenia sirve para explicar la venta a combatientes chechenos de armamento de y por los propios oficiales rusos. En este orden de razonamiento, lo que una sociedad se resigna a traficar, el precio que paga el que compra y también el que vende, y la tolerancia de la comunidad respecto de la existencia de estos mercados, autoriza a diagnosticar sus males.

Curzio Malaparte describió las penurias y el envilecimiento de Nápoles después de la liberación, en el episodio en el que el padre, con su sombrero mugriento de fieltro negro, pone en exhibición a su hija aún virgen por cien liras por persona, para que puedan verla "de cerca" los soldados aliados. Cuando los hombres luchan para *no morir*, dice Malaparte, luchan para salvar su alma. Cuando sólo luchan *para vivir*, se ponen de rodillas por un mendrugo de pan.

En Capital Federal y el Gran Buenos Aires hay 866.000 desocupados y 811.000 subocupados —personas que trabajan menos de treinta y cinco horas semanales—. En los últimos seis años, los empleados en relación de dependencia perdieron en términos reales el 20,5% de su poder adquisitivo. Un ex proxeneta confió que la prostitución infantil es considerada "riesgosa pero muy rentable". "No se trata sólo de chicas de clases sociales bajas", agregó: "hay de todos los sectores. Lo que tienen en común es una debilidad anímica a partir de problemas familiares". Problemas como el desempleo. "Mi padrastro me entiende", dice una adolescente que parece de quince años, asegura tener diecisiete, y cuyo DNI declara veintiuno. Aquél es quien recibe parte de lo que la chica gana por día. "Es para ayudar a mantener la casa", explicó; el padrastro no tiene trabajo.

El senador paraguayo Luis Mauro y la jueza Mercedes Brítez denunciaron que doscientas paraguayas menores de edad fueron trasladadas "bajo engaño" al conurbano bonaerense. "Los clientes buscan vírgenes", explican, aunque no precisamente para examinarlas, como los soldados aliados. *Gaviota*, una de ellas, llegó de Encarnación a los dieciséis años. Al poco tiempo, su cuerpo fue encontrado por la policía en Campo de Mayo.

La teoría neoliberal del "derrame automático", que aseveraba que el crecimiento sostenido terminaría por mejorar la vida de todos los argentinos, falló, desde Ushuaia a La Quiaca. "Ahora pudo detectarse en distintos negocios de Yacuiba, Villamonte y otras poblaciones la venta de cartones de leche *Cosalta*" advirtió el juez federal Abel Cornejo. Las cajas llevan la inscripción "Ministerio de Salud y Acción Social de la Nación-Entrega gratuita". Las cajas son desviadas de su destino a gente con problemas nutricionales y convertidas en un infortunado negocio.

El aumento de la desocupación hasta el 14,7% supuso la pérdida de 130.000 puestos de trabajo. En los pasillos de la Aduana de Buenos Aires suelen verse cautelosas siluetas que musitan: "El listado, el último listado. Por 5 pesos, el listado completo de los próximos despedidos".

Arrecia el desempleo, pero no a todos vapulea por igual. El sociólogo Néstor López analiza el hecho de que, durante la última década, el número de desocupados universitarios creció de un modo más significativo que el de aquellos con primaria incompleta. El 36,4% de los desocupados tiene estudios universitarios y terciarios, y es a quienes les resulta más difícil reinsertarse. Contemporáneamente, crecen los avisos que en los pasillos de las facultades sugieren "te ayudo con tu tesis". Una profesional reconoce que por una tesis de doctorado se pueden pagar más de 10 mil pesos, y que ella se dedica a eso. "Ya me recibí muchas veces", bromea.

En mayo de 2000, la actividad de la construcción tocó fondo: se desplomó un 20,5%, situándose en el nivel más bajo de los últimos tres años y medio. El año pasado, murieron en sus lugares de trabajo más de ciento sesenta albañiles. Albani y Juan Segura, ambos delegados de los trabajadores de las obras en construcción de Villa Urquiza, le pidieron a un empresario dinero para pasar por alto las faltas en materia de seguridad, sin saber que una cámara oculta de "Telenoche Investiga" los estaba filmando. Para darle confianza, describieron la inspección gremial a la obra: "Nos damos una vuelta para que los muchachos nos vean, saludamos, y nos vamos".

Frente a la pregunta acerca de si "¿cree que las medidas anunciadas por el gobierno eran la única manera de achicar el gasto público?" el 83% de los encuestados por la empresa UOL respondió que "no". Cuando se los interrogó sobre si consideraban que el ajuste repercutiría también sobre la actividad privada, el 85% respondió que "sí": es una elocuente cuantificación del ánimo sombrío de la población. Al propio tiempo, en una caja de seguridad del Banco Nación se encontró una parte importante de los fondos con los que se les paga a los jubilados argentinos: la suma asciende a más de 85 millones de pesos, y como se trata de deudas contraídas entre 1989 y 1991, con intereses el total ronda los 170 millones. Como los documentos no fueron ejecutados en su momento, se estima que será muy difícil volver a transformar esos papeles en dinero en efectivo para la ANSES, el organismo que administra el dinero de las jubilaciones.

De acuerdo con un informe de la consultora Equis, entre 1990 y 1999 la brecha de ingresos entre el 10% más pobre y el 10% más rico creció un 57%. En 1990, el 10% más rico ganaba quince veces más que el otro segmento; ahora, los ricos ganan 23,7 veces más. Por debajo de estas cifras, se desaniman otros saldos y retazos.

En los corredores del subte de Buenos Aires, por un módico precio es posible adquirir las blancas chapas patente de los jueces. Carlo Benetton posee 900 mil hectáreas en la Patagonia; una vieja india mapuche le dice al padre Farinello: "Menos mal que el cielo está lejos, que si no 'Benenton' ya le hubiera puesto cerco". Un grupo de personas compraba cadáveres a los forenses por 50 mil pesos para simular accidentes y cobrar seguros de vida. Prosperan las empresas que venden excusas para esposos infieles; "Si desea agregar el diploma o certificación de concurrencia al congreso 'trucho', el costo adicional es de veinticinco pesos", fomentan sus titulares.

"Hay una profunda diferencia entre la lucha para no morir y la lucha para vivir", escribió Malaparte en *La piel*. Los hombres que luchan para no morir conservan toda su dignidad, viven en cavernas, pelean con la frente alta. Después de la liberación tuvieron que luchar sólo para salvar el pellejo. Es la lucha por un harapo, por un poco de calor.

Pero añade: "Nadie conseguirá jamás apagar la antigua, la maravillosa piedad del pueblo napolitano. No sentía tan sólo piedad de los demás, sino de sí mismo (...). Porque incluso aquellos que vendían a la propia esposa (...) sentían piedad de sí mismos. Era un sentimiento extraordinario, una maravillosa piedad. Por ese sentimiento, sólo por esta antigua e inmortal piedad, los hombres serán un día libres". Ojalá, si así fuera.

# Vértigo, y después

*Tal vez, como lo afirma Borges, la única venganza verdadera sean el olvido y el perdón. Tal vez toda otra forma de venganza sea cruel e inútil.*

Jorge Alende, hijo del viejo caudillo radical Oscar *el Bisonte* Alende, estaba de vacaciones en Bariloche junto con su padre, en un bungalow que les había prestado un amigo. Una mañana se le arrimó un policía. "¿Ese que está allá?", le preguntó el agente, señalando hacia una galería abierta al exterior, "¿no es *el Bisonte* Alende?" "Sí, es él", le contestó Jorge. "Ah, bueno", suspiró el agente. "Lo estoy buscando porque tengo que notificarle que se le murió el nieto en un accidente". El nieto de Oscar, hijo de Jorge.

De esta manera, escabrosa y feroz, Jorge se enteró de que su hijo mayor, de dieciséis años, había muerto atropellado por un auto que corría picadas por la avenida Hipólito Yrigoyen de Banfield. Años más tarde, dijo que no podía perdonar algo que no había recibido un castigo, y que además no había castigo posible para lo que no tenía perdón.

Cada vez que una tragedia en las calles congrega muertes y desgracias, se alza un clamor ciudadano pidiendo que el responsable pague por lo que ha hecho. Encarcelamientos, reproches a los jueces, exigencias a la policía, descalificaciones a los funcionarios y los legisladores forman una olla de grillos donde todo es sonidos y es furia. Según estadísticas de la Asociación Civil Luchemos por la Vida, en la Argentina mueren más de 20 personas por día en accidentes de tránsito, hay 120.000 heridos en idéntico período, y las pérdidas materiales se estiman en 10.000 millones de dólares. En Noruega, los muertos por millón de habitantes son 58; en la Argentina, 238. Por cada millón de vehículos, 105; en la Argentina 1.310. En Italia, 115 y 186, respectivamente. En China, 60 y 2.033; siempre hay alguien que está peor.

La revista especializada en turismo *Lonely Planet* recuerda que el viaje en Ferrari del presidente Menem a Pinamar consumió menos de tres horas para 400 kilómetros. Termina desaconsejando manejar de noche, y recomienda cuidarse del tránsito en la Argentina.

Si creyéramos que con encarcelar y no dejar salir inmediatamente al responsable habría menos accidentes de tránsito, nos apresuraríamos a recordar que en muchos casos un juez puede hacerlo con la legislación en vigor. En primer lugar, es posible caratular una muerte en accidente de tránsito, según las características del hecho, como homicidio con dolo eventual (matar con conciencia del riesgo de la acción); este delito tiene una pena que va desde los ocho a los veinticinco años de prisión. Pero el juez —aun cuando hubiese calificado el hecho como homicidio culposo (matar sin intención), cuya pena luego de la reciente reforma va desde los seis meses a los cinco años de prisión— también puede negar la excarcelación.

El juez está facultado igualmente a imponer como regla de conducta la abstención de manejar y hasta la retención del carnet de conductor. Y al momento de la condena, si aplica tres años y dos meses el acusado irá preso automáticamente, en lugar de recibir pena en suspenso. Cabe añadir que con la escala anterior para el homicidio culposo (seis meses a tres años), la mayoría de los jueces hacía lugar casi siempre a la solicitud de excarcelación. Ahora, es de suponer que no obstante poder otorgarla, la concederán con criterio más restrictivo.

Sin embargo, esto no liquidará la cuestión, y es posible que ni siquiera la minimice. Seguirá habiendo padres que continuarán perdiendo tantos hijos como hoy, y que dirán —como dijo una tarde sombría Jorge Alende—: "Vivir después de la muerte de un hijo es como sobrevivir a la propia muerte. Te sentís parcial, infundado". Se había mirado largamente en el espejo de aquella privación definitiva, y lo que vio lo había alterado tan completamente que prefirió, a partir de entonces, continuar siendo esa imagen.

Para que la escalofriante cantidad de muertes en accidentes viales descienda a cifras asimilables, la solución no consiste sólo en aumentar penas sino en adoptar una batería de medidas. Éstas son de carácter procesal organizacional, preventivo y cultural.

En primer lugar, es necesario tener en claro que lo que se reclama a voz en cuello cuando suceden accidentes como los reseñados es justicia. Y cuando se reclama justicia hay que darla rápido, porque de lo contrario la exigencia se transforma en sensación de desfalco y de fracaso.

Los percances de tránsito no requieren por lo general de una pericia accidentológica demasiado prolongada. Esto permite pensar en *un procedimiento especial* para episodios de estas características, en el que la instrucción se elevara a juicio oral rápidamente y hubiese sentencia en un lapso no mayor a los sesenta días (hay que tener en cuenta que ciertas pericias piden tiempos relativamente prolongados). A esta medida procesal habría que añadirle el cambio de ámbito jurisdiccional, sacando los casos del fuero correccional —que en 1998 manejó más de 110.000 denuncias (8.000 legajos por juzgado)—, y enviándolos a instrucción. El cambio no complicará a este fuero, ya que la cantidad anual de supuestos no asciende a más de 250.

Es necesario remarcar que en los accidentes de tránsito una de las exigencias básicas para alcanzar la eficiencia es que el fiscal (director natural de la investigación) llegue rápido al lugar del hecho. En el caso "Cabello", la fiscalía barrial de Saavedra (experiencia piloto de fiscalía de circuito) en diez días de trabajo estaba en condiciones de ir a juicio. No menos importante es proteger los derechos considerados globalmente notificando al defensor de turno.

En segundo lugar, la tarea de prevención es amplísima. No sólo hay que extremar las exigencias para el otorgamiento de los registros de conducir, no sólo es necesario inspeccionar locales donde "preparan" a los autos para convertirlos en bólidos, sino que además es posible dotar a las unidades tanto de inhibidores de velocidad máxima cuanto —eventualmente— de dispositivos electrónicos que permiten el seguimiento para facilitar la tarea policial de detención en caso de infracción. Basta con modificar la completa ley de tránsito vigente (pero desapercibida) y su decreto reglamentario.

En tercer lugar, existen causas culturales. En Alemania se enseña a los niños de siete años rudimentos del tránsito para que se los recuerden a sus mayores, y hace falta cursar dos años de estudios con examen final para recibir el carnet necesario para conducir transportes públicos; en la Argentina, la forma de protesta gremial de los conductores de colectivos es "el trabajo a reglamento", es decir... ¡trabajar como se debe! El propio modo de conducir de los taxistas que alquilan su unidad y deben recaudar primero para la cuota y después para ellos constituye una modalidad laboral que implica una verdadera instigación al homicidio culposo.

Asimismo, hay que mejorar las zonas viales en general. Un estudio reciente relata que, en Estados Unidos, antes de comenzar la red Einsehower tenían más de seis muertos en accidentes por cien millones de millas recorridas; luego del emprendimiento descendieron a la octava parte: 0,75 en idéntica distancia. En la Argentina, si las carreteras convencionales se transformaran en autopistas, los accidentes mortales disminuirían un 72%.

Otro día aciago, de cuya fecha es preferible no acordarse, Jorge Alende comentó que nunca pensaba en encontrar a quien había matado a su hijo. "Ojalá que nunca aparezca, que yo no sepa nunca quién mató a mi hijo", dijo con sombría caducidad. "Tengo miedo de sentir la obligación de hacer con él lo que él hizo con mi hijo, conmigo, con mi familia".

Es posible que el conductor de aquel auto negro esté leyendo esto ahora. Luego de veinte años, tal vez tenga hijos, tal vez los hijos vivan en Banfield, crucen la avenida Hipólito Yrigoyen, manejen automóviles. Acaso su conciencia lo haya condenado, acaso lo haga día tras día. Seguramente eso no será suficiente castigo, o sí, quién sabe. Ojalá dedique parte de su tiempo para que lo que causó no vuelva a suceder.

El "nunca más" suele no ser la justicia que hace falta, pero es posible que sea la menor injusticia que en ocasiones podemos darnos los hombres.

# Frutos secos

# Un diccionario inglés
## con una pequeña imagen de la Virgen María.
## Acerca del genocidio

*Entre 1915 y 1923 se cometió el primer genocidio del siglo XX; un millón y medio de armenios fueron víctimas de la sinrazón a manos de Turquía, que usurpó sus tierras y les negó el derecho de habitar en sus suelos históricos. Ese mismo siglo no nos privó de otros genocidios; en todos subyace el mismo principio: lo diverso es adverso. Sólo puede oponérsele un mensaje dirigido a las conciencias, no a las conveniencias: más temprano que tarde suena la hora de la Justicia.*

En la parte más antigua del cerebro hay restos premodernos de inhumanidad. En ese sector lóbrego del ser humano, lo diferente es hostil. Nada tan intolerable como el *otro* para quien practica la razón de la superioridad y la de la inferioridad, porque niega ese dogma en su misma raíz, al negar la sumisión y la asimilación. El derecho de los individuos y de los pueblos de preservar su particularismo y su nacionalidad, entonces, debe ser erradicado como hierba mala.

Mientras esta creencia no se traduce en el argumento principal e inicial de una cadena de razonamientos, sólo se exterioriza como actos odiosos y episódicos. Pero cuando, como dice Primo Levi, se convierte en la premisa mayor de un silogismo, todos estamos en peligro, porque absolutamente todos, en uno u otro sentido, somos diferentes de los demás.

Hay pocos ejemplos tan incuestionables del peligro que señala Primo Levi como las palabras del Gran Visir Kiamil pashá, a fines del siglo XIX, quien dijo: "Si en la parte europea de nuestro imperio alimentamos a las víboras, no debemos incurrir en la misma equivocación en nuestra Turquía asiática: lo inteligente es aniquilar y extirpar aquellas razas que algún día puedan hacernos correr el mismo peligro y brinden al extranjero la oportunidad de intervenir en nuestros asuntos (...). Y si la raza armenia desaparece, cuando Europa cristiana busque un correligionario en Asia turca y no lo encuentre, podremos vivir tranquilos y dedicarnos a nuestros asuntos internos como corresponde".

En abril de 1909 tuvo lugar en Cilicia, Adana, el primer exterminio masivo de 30.000 armenios, ante la indiferencia de la opinión pública internacional y el terror de los armenios del imperio. Nada hay que envalentone más a la parte arcaica del cerebro que el silencio y el olvido. Por saber esto, alguien escribió versos que nos dicen que toda paz es pasajera.

"Soñábamos en las noches feroces / Sueños densos y violentos / Soñados con el alma y con el cuerpo: / Hasta que se oía breve sofocada / La orden del amanecer: / 'Wstawac' / Y el corazón se nos hacía pedazos. / Ahora hemos vuelto a casa. / Tenemos el vientre ahíto, / Hemos terminado de contar nuestra historia./ Ya es hora. Pronto escucharemos de nuevo / La orden extranjera: / 'Wstawac'".

En el caso del pueblo armenio, el resultado de los primeros escarceos entre la hostilidad y la paciencia fue el genocidio que desde 1915 a 1923 el Estado turco perpetró contra aquél. A comienzos de 1915 había más de dos millones de armenios en el territorio del imperio otomano; al finalizar dicho año, las dos terceras partes de ellos habían sido masacradas o desterradas.

Dice Primo Levi, en *Si esto es un hombre*, que ninguna de las páginas del libro ha sido escrita con la intención de formular nuevos cargos, sino más bien de proporcionar documentación para un estudio sereno del alma humana. ¡Qué hermano luminoso! Más tarde, a la vuelta de los setenta años, la cara de la muerte que había vislumbrado a los veinte y que había logrado eludir, volvió a mostrársele. Creo que no lo soportó y que por eso se tiró por el hueco de una escalera.

"Un estudio sereno del alma humana..." Sin embargo, Hannah Arendt dice que no se puede perdonar lo que no se ha podido castigar; y que no se puede castigar lo que carece de perdón. En el comienzo de la cauterización de toda herida histórica está el precepto de que con justicia deberás perseguir la justicia. Con justicia, pero deberás perseguirla.

A pesar de todo, los que tuvieron el azar de su lado, y el valor personal para sobrevivir, han quedado para contar y dar testimonio. Es preciso *comprender* para poder transformar la experiencia en conciencia, pero no *explicar*, porque toda explicación es una transacción, una forma del apaciguamiento, o sea del olvido.

A pesar de que el gobierno turco impidió por todos los medios las comunicaciones con el exterior y ordenó la destrucción de las fotografías que tomaban los cónsules extranjeros y los funcionarios del ferrocarril de Bagdad, el exterminio de los armenios se difundió rápidamente por el mundo, a veces gracias a la acción de jóvenes armenios que asaltaban los trenes entre estaciones y desplazaban a los deportados por caminos impracticables hasta su salvación.

Alguien dijo que el holocausto, en su forma pura (*hólos*, entero, y *kaíein*, quemar) se encuentra en los desaparecidos, porque la víctima ha sido destruida tan completamente que de ella ya no queda ni un resto visible. El gran Visir Talaat pashá, en 1916, declaró que la cuestión armenia no existía más porque ya no había armenios. Jorge Videla lo dijo a su modo: "Ni vivos ni muertos, desaparecidos". Talaat también habría de decir al embajador norteamericano Morgenthau: "Se nos reprocha que no hayamos hecho distinción alguna entre armenios culpables e inocentes; esto hubiese sido absolutamente imposible, porque los inocentes de hoy hubieran podido ser, quizá, los culpables de mañana". El general argentino Ibérico Saint Jean lo dijo según su estilo personal: "Primero mataremos a los subversivos, después a sus colaboradores, después... a sus simpatizantes, después... a los que permanezcan indiferentes, y finalmente a los tímidos".

Los genocidios se parecen, los genocidas se parecen, la verdad es una. En 1923, el estudiante armenio Tehlirian encontró en Berlín a Talaat pashá, que había huido de Constantinopla en 1918, después del aplastamiento de Turquía, y le dio muerte. Cuando en los tribunales de Berlín se pusieron de manifiesto todos los horrores, no sólo Tehlirian fue absuelto, sino que la prensa alemana hizo oír su voz exigiendo que se aclarara la responsabilidad moral de Wangenheim, el embajador alemán en Constantinopla, en el exterminio del pueblo armenio.

Los genocidios se parecen porque proceden del mismo sitio del alma humana. Se parecen los lugares del genocidio: no sólo los *lager*, sino también los ghettos, la retaguardia del frente oriental, los cuarteles de la policía, los gulags, los pogroms, los asilos para deficientes mentales, los campos de concentración sin baños ni agua potable. Se parecen los mecanismos: las deportaciones como método de matanza gradual, en el caso de los armenios a una región situada entre Deir-el-Zor, sobre el Éufrates y Mosul, sobre el Tigris. La concentración de los dispersos engañándolos con falsas promesas. Los vagones de ganado.

La propagación de enfermedades sin tratamiento como la disentería y el tifus. La primera muerte para los ancianos, los enfermos y los rezagados y débiles.

Aunque un dolor jamás pueda ser asimilado a otro dolor que experimente otra persona, las sumas de dolor dan una cifra aproximada. Un dolor particular nos ilustra sobre esto: dice el oficial del ejército turco Rafael de Nogales: "En un rincón olvidado encontré un diccionario inglés con una pequeña imagen de la Virgen María, escondido allí probablemente a toda prisa por alguna criatura".

Todos los tiranos terminan mal, dijo alguna vez Pinochet. El dolor *propio* puede ser una herramienta para asegurar la perduración, pero no debe olvidar que en el pensamiento que rechaza lo diferente el dolor *ajeno* es la herramienta de perduración. ¿Qué, sino un exabrupto de la civilización, puede suponer utilizar el genocidio como un medio para crear una nueva sociedad? Cada pueblo aporta a la cultura universal valores irreemplazables que son trasuntos de la afirmación de sí mismo.

Y hasta el montaje de la impunidad se parece. "Aunque alguna prueba llegase a subsistir, y aunque alguno de vosotros llegara a sobrevivir, la gente dirá que los hechos que contáis son demasiado monstruosos como para ser creídos: dirá que son exageraciones de la propaganda aliada", dice un oficial alemán a los hundidos de un *lager*. También durante una reunión secreta de los Jóvenes Turcos del Partido Unión y Progreso, celebrada en una casa de la calle Nuruosmaniye, el doctor Nazim Feehti expresó: "...si esta liquidación no llega a ser general y definitiva desde el punto de vista práctico sólo nos ocasionará trastornos. (...) Las intervenciones y las protestas de las grandes potencias serán olvidadas e intrascendentes ante el hecho consumado. Esta vez el aniquilamiento de los armenios será total". ¿No se ve, acaso, en esas mismas palabras, el estado de pensamiento de quienes idearon el sistema de desapariciones forzadas y apropiación de niños en la Argentina?

Es imperiosa la necesidad *de recordar*, aun en los momentos de mayor felicidad, sólo eso, recordar, preguntarse sin cesar, culminar y volver a empezar, o "que (nuestra) casa se derrumbe. / La enfermedad (nos) imposibilite. / (Nuestros) descendientes (nos) vuelvan el rostro." Sólo el recuerdo hace frente al miedo, a la ceguera, al afán de lucro, a la comodidad, a la incomprensión, a la ignorancia voluntaria o involuntaria y hasta al fanatismo obediente y solapado. A ese recuerdo temía quien durante los '70 acuñó esta frase en la Argentina: "Si siguen insistiendo, en lugar de N.N. van a ser M.M.: muchos más".

Todo genocidio puede ser interpretado como el fracaso de la organización social, como un producto deforme de la civilización, como una ruptura de la inercia por donde transitan las leyes fundacionales de la vida en relación. Siendo ésos los valores que están en juego, y ésa la vinculación entre acciones y consecuencias éticas, vale recordar las palabras del poeta John Donne: "No preguntes por quién doblan las campanas; doblan por ti".

Si un genocidio fue posible, otro podrá serlo, y es nuestra obligación como hombres no olvidar, e insistir en respondernos por qué o para qué estamos en el mundo.

# Esos años sin par (a propósito de Galimberti)

*La publicación del libro* Galimberti. De Perón a Susana, de Montoneros a la Cía *de Marcelo Larraquy y Roberto Caballero, invitó a los periodistas Luis Bruschtein, José P. Feinmann y Mario Wainfeld a realizar una serie de consideraciones sobre los años '70 en los artículos "Deslumbrado por el fusil", "Galimba, el Colimba" y "Cuando el coro era protagonista" respectivamente de su autoría. La nota "Esos años sin par (a propósito de Galimberti)" se suma a la polémica y continúa el debate "Pensar los '70", cuyo ámbito estuvo dado por el periódico* Página/12.

Decir que es mi amigo no prologa su defensa. En cambio, plantea un análisis donde —al menos por unas carillas— los '70, la lucha armada y Galimberti puedan ser abordados desde una perspectiva distinta a la del encono o la fascinación.

No sé si *a mí* me resulta posible hablar de aquellos años extremos sin el ingrediente excluyente del ardor. Si hay una certeza en los que pasaron por el secuestro, la tortura y el exilio es que no ayudan a tolerar dichos trances con dignidad —en la mayoría de los casos— ni la lógica militante ni la ideología. Es la dureza anímica circunstancial, *la pasión*, lo que prevalece. Sin embargo, una mirada ardorosa y apasionada no tiene por qué ser una mirada obnubilada.

De todas las reflexiones que el tema propone, me interesa limitarme a tres. La primera es el efecto "cuadro por cuadro" que se imprime a la perspectiva analítica. Con otras palabras, leyendo algunos textos se diría que si hoy vivieran los que durante los '70 dejaron sus vidas en el calvario de sus ideales, seguirían siendo los héroes que fueron. Y, por el otro lado, para los que sobrevivieron, el único destino que sus contemporáneos parecieran estar dispuestos a reservarles es el de ha-

180

cer extensiva a sus vidas particulares *la derrota militar* que sufrieron las organizaciones en las que actuaron.

Subrayo lo de *derrota militar*, porque los frutos de *esta* democracia (sean los que fueren) en algún sentido son una prolongación de las tortuosas raíces de los '70. Por entonces, los jóvenes peronistas enfrentaban una alternancia exasperante de gobiernos democráticos proscriptivos con gobiernos militares; hoy, no. Una Patricia Bullrich conjetural nunca hubiera podido ser ministro de Videla, pero tampoco de Frondizi.

Ni es aceptable "el héroe continuado", ni lo es "el contagio de la derrota militar". En primer lugar, porque exceptuando morir, muchos militantes que se comportaron cabalmente en dichos momentos, hoy, aunque conserven su dignidad, distan de ser lo que soñábamos por entonces. Y en segundo lugar, en un país en estado no revolucionario, ¿cuál es el sentido de usar las categorías de victoria o de derrota? ¿Qué se espera de los jefes montoneros? ¿Quiénes son los que tienen el derecho a esperar? ¿Qué se sabe *realmente* de sus vidas?

Rodolfo Galimberti, como muchos de nosotros, fue un insurgente, no un insurrecto. En aquel sentido, una eficaz herramienta para dañar planificadamente al enemigo de entonces. Es necesario recordar la diferencia y la precisión, para aquellos que *simpatizaron* con los viejos ideales pero no *participaron* más allá de su simpatía.

No parecen demasiado importantes algunas fidelidades históricas, como por ejemplo que el apogeo de Galimberti coincide precisamente con la Juventud Peronista, esto es con *la política de masas*, y su ocaso con el esplendor de los "fierros". Tampoco recordar que quienes venían de la política de masas —como Lizaso y el propio Galimberti, que no pasó del grado de capitán— nunca pudieron incidir decisivamente en la línea de acción del movimiento. Acaso menos saber que fue él quien difundió "los papeles de Walsh". O que no "acuñó perfectamente" la contraofensiva del '79 sino que, precisamente por no estar de acuerdo con ella, fue expulsado y condenado a muerte por Montoneros, un año antes de que rompieran Bonasso y Jauretche.

Tampoco que le balearon un pulmón en El Líbano, por lo que, más que desertar de la muerte, ésta lo entretuvo por sus aledaños una buena porción de su vida. Ni siquiera que ni uno solo de los que militó o combatió con él haya dicho nunca que es un traidor, en el sentido de entregador, cuando "cantar" costaba una vida, o muchas.

Tal vez sea redundante recordar que a los compañeros muertos los mató el antagonista, y no la organización; no por redundante, el señalamiento carece de entidad. Invertir la proposición divide a la comunidad de la militancia armada en dos categorías, la de los ciudadanos de primera que sobrevivieron y la de los de segunda que murieron por "pobrecitos". Esto supone una falta de respeto no admisible respecto de los muertos.

Igualmente importante es razonar que, si el único modo de que Galimberti hubiese sido digerible por su época consistía en que lo hubiesen matado, eso lleva a lamentar la poca puntería de la dictadura militar '76/'83. No me parecen ni una hipótesis ni un corolario admirables.

La segunda reflexión a la que quiero referirme es la que asocia a Galimberti con un millonario en formación, y a ambas cosas con una vileza. Es curioso lo que sucede con parte de nuestra sociedad: si no se mancomunaran el dinero y el éxito, y si no se prohibiera a los derrotados de los '70 ser "exitosos" —en este exiguo sentido—, la cuestión no escandalizaría en lo más mínimo.

Si doy por bueno que Galimberti es un millonario en progreso (cosa que no doy por buena), entonces debo formular esta pregunta: quienes tenemos el tiempo para pensar y expresarnos, ¿corremos la misma suerte de los más de dos millones de argentinos que viven con un peso o menos por día? Se diría que no, porque de lo contrario no escribiríamos, ocupados en conseguir comida como sea.

¿Es que, entonces, la cuestión de la riqueza para un revolucionario o para un ex revolucionario es un tema cuantitativo, y no cualitativo? No lo veo de ese modo, y entiendo que repudien el boato de un ex combatiente sólo los H.I.J.O.S. de quienes lo fueron. Aunque, a juzgar por lo que se ve y escucha, dichos jóvenes tienen otras inquietudes, diferentes del resentimiento.

Hay individuos que tienen ambiciones económicas, y otros que no las tienen, o que las tienen pero son de otra naturaleza. Eso no los hace ni mejores ni peores. El modo como conduzcan dichas ambiciones los hará coherentes o incoherentes, pero, en todo caso, la incoherencia es una pequeña enfermedad en este país en el que vivimos. Al fin y al cabo, nadie le ha imputado falta de coherencia al ex cautivo Jorge Born; ¿privilegio de cuna? Más todavía, si un ejemplo hay de coherencia llevada al extremo, su nombre es Hebe de Bonafini, calificada por una parte de la comunidad como "loca".

Finalmente, hay algo que necesito expresar. Vivir los '70 fue lo más trascendente que me pasó en la vida. Me gustaría volver a vivir el primer tercio de los '70, si pudiera tener los mismos veinte años que tenía. Es el sitio donde comencé a formularme una cantidad de preguntas importantes, sin haber obtenido respuesta suficiente.

¿Habríamos podido llegar a tanto si hubiéramos tenido conciencia de nuestros límites? ¿Lo habríamos ofrecido todo, aun lo que nadie nos pedía, si no hubiésemos carecido de límites? Si no nos hubiera importado tan poco nuestra sangre, ¿nos habría interesado de un modo diferente la ajena?

Si no hubiésemos tenido tan pocas palabras a mano para explicar lo que hacíamos, ¿habríamos necesitado tantas desde entonces para justificar por qué no hicimos algo diferente? Cuando el desengaño sucede a la esperanza, ¿puede algo volver a esperanzarnos por sobre el desánimo? Cuanto más lo pienso, más me sorprenden tantas preguntas pretéritas. Curioso, porque jamás como entonces volví a tener semejante certeza.

Como en *Génesis*, 35, habíamos recibido la orden de enterrar bajo el árbol de Siquem los colgantes que hacen brillar las orejas de las mujeres, y las estatuas de los dioses secundarios de planicie. Había que subir a la montaña despojados, y así emprendimos el ascenso.

De este modo sería más fértil, hoy, pensar el entonces. Debemos poder hablar de los '70 sin tener necesidad de estigmatizar al "fascista" Galimberti, y deberíamos ser capaces de hablar de Galimberti sin transformarlo prejuiciosamente en el símbolo excluyente de los '70 que no fue ni es.

Ligeros de equipaje, como dedicatoria para esa generación y esos años sin par.

# Teoría del cadáver de la Nación

*El domingo 4 de febrero de 2001, Mariano Ciafardini (quien en aquellos días era secretario de Política Criminal del Ministerio de Justicia de la Nación) escribió una nota en el periódico Página/12 titulada "Masas y teoría revolucionaria". Las tesis centrales expuestas en el texto, en lo principal, sostienen que:*

1. *"Es trágicamente cierto que toda la acción guerrillera de la Argentina de los '60 y '70 no consultó al movimiento de masas".*
2. *"... no todas las masas eran peronistas. Un indicador parcial fueron los votos obtenidos por cada fuerza en las elecciones del 11 de marzo de 1973, cuando la Alianza Popular Revolucionaria y la Unión Cívica Radical constituyeron una minoría considerable de composición tan popular como el peronismo".*
3. *"El peronismo era (...) una 'masa' de obreros y empleados cuyo único deseo era ser beneficiados por los 'servicios sociales' (como reza la propia marcha partidaria) que estuvieron vigentes del '45 al '55".*
4. *"Para nada existían en esa masa condiciones subjetivas que les permitieran dar el salto ideológico al deseo de revolución por el simple hecho de que unos muchachos recién afiliados al PJ, que en un principio le cayeron simpáticos porque gritaban 'contra los gorilas' y exigían la vuelta de Perón, se lo pidieran".*

*En "Teoría del cadáver de la Nación" contesto dichas tesis.*

La interpretación del 17 de octubre del '45 que en su momento hizo el diario *Orientación* se apretuja en la caricatura de su portada:

subidos sobre la caja de un camión lleno de delincuentes, un individuo con antifaz y gorra a cuadros (que se suponía era el general Perón), junto a una corista de pollera con tajo y medias caladas (que representaba a Evita) hacían molinetes con una caña de pescar en cuyo anzuelo habían encarnado una salchicha, que le metían en la boca a un obrero (el "cabecita negra") con los ojos vendados.

Pero si ésa era la historia que escribían los que creían que iban a ganar, eso quería decir que había otra historia. Con infinita piedad, con recogimiento luctuoso, el poeta Néstor Perlongher compondría más tarde "El cadáver": "Entre cervatillos de ojos pringosos y anhelantes /agazapados en las chapas, torvos / dulces en su melosidad de peronistas"; así describe la marcha de la cureña con el cadáver de Eva, con dos millones de personas detrás, a paso acongojado.

Me propongo contestar "Masas y teoría revolucionaria", el escrito de Mariano Ciafardini aparecido el domingo 4 de febrero. La nota es original y es buena; eso sí, la parte buena no es original, y la original no es buena.

Por ello, resulta fundamental preguntarse: ¿cuál es el debate? Como simple criterio ordenador, propongo dividir la exposición en "confusiones", "anacronismos" y "descalificaciones".

Acierta Ciafardini cuando afirma que el peronismo no era marxista. Tampoco Emiliano Zapata era marxista, ni peronista siquiera, lo que no le impidió *ser* un revolucionario y *hacer* la reforma agraria. Se confunde, luego, cuando fija dicho requisito para movilizar la acción de las masas.

Marxista, eso sí, fue el régimen que permitió los *gulags* donde se exterminaron millones de azerbaijanos, estonios y lituanos. Comunista, el régimen que en la plaza Tiananmen de Beijing masacró a líderes opositores y estudiantes, sin que hasta hoy se les haya oído una sola autocrítica, como sí se la hicieron respecto del pase a la clandestinidad del año '75 los jefes montoneros "disparados al infinito" (al decir de Ciafardini) Firmenich y Perdía.

Esto no niega las virtudes de las revoluciones rusa y china, sino que habla de sus desnaturalizaciones —porque no hay laboratorios para probar la historia—, y reafirma que el carácter de peronistas no les quitaba a los proletarios argentinos su condición de "masa", ni su posibilidad de ser sujeto histórico de la transformación.

También acierta cuando cita que la cabeza de la emancipación es la filosofía y su corazón el proletariado. Salvo que no hay contradicción entre esa afirmación y la actitud del pueblo peronista, que resistió armado la sucesión de gobiernos democráticos proscriptivos y gobiernos militares que lo reprimían, y proscribían al radicalismo, el otro gran partido mayoritario de la Argentina. Bella cita, pero a los efectos para los que fue utilizada, como dijera Osvaldo Lamborghini, emite "un brillo de fraude y neón".

Por lo demás, Ciafardini confunde las cuentas. Efectivamente, la clase obrera era peronista, mal que le pese; no hay mejor prueba que recordar que la izquierda que se sumó a la insurgencia peronista (las FAR de Olmedo por excelencia), lo hizo precisamente buscando al proletariado.

En la elección del 11 de mayo de 1973, Cámpora-Solano Lima sacaron el 49,53 por ciento de los votos. Los candidatos del radicalismo (Balbín-Gammond), el 21,29 por ciento; los de la Alianza Popular Federalista (Manrique-Martínez Raymonda), el 14,91 por ciento, y los de la Alianza Popular Revolucionaria (Alende-Sueldo), el 7,43 por ciento. En las del 23 de setiembre, el peronismo (Juan Perón) sacó el 61,86 por ciento; el radicalismo (Balbín) el 24,42 por ciento y la Alianza Popular (Manrique) el 12,20 por ciento. Suscribir que el voto de las fuerzas minoritarias tenía una composición "tan popular como el peronismo", o es una confusión del autor, o es un intento de inducir a la confusión histórica.

La Unión Cívica Radical de entonces, Ciafardini, era un partido diferente del actual, que acepta el discurso de construcción aliancista con el FREPASO, que —por su parte— no es la Alianza Popular Revolucionaria del '73. "Nosotros, los de entonces, ya no somos los mismos"; algunos menos que otros.

Perlongher, en "El cadáver", describe: "En esa noche de veinte horas / en la inmortalidad / donde ella entraba / por ese pasillo con olor a flores viejas / y perfumes chillones / esa deseada sordidez / nosotras / siguiéndola detrás de la cureña". Luego ese cadáver de Eva sería ultrajado, como el nombre de su esposo, durante décadas.

Seguidamente, encontramos el rubro "anacronismos". ¿Vamos a insistir en cortar el pensamiento y la experiencia con pesas y medidas caídas en desuso? ¿No vamos a analizar los resultados prácticos de la fraseología, prefiriendo a ésta porque es más "políticamente correcta" que aquéllos?

Una cosa es analizar el pasado desde la experiencia de hoy, que es la propuesta fecunda, y otra muy distinta es condenarlo hoy con el diario del lunes en la mano, y el resultado "puesto". Esos tajos de sastre con estrabismo cortan la carne, no el casimir, y el dolor produce odio en quienes lo padecen. Pertenecen a un paisaje mesozoico, que nos ancla en el pasado, nos fondea y no nos permite mirar hacia adelante.

Con infinita emoción, Perlongher susurra su poema "El cadáver de la Nación": "Tripas de bicicletas en manubrio, / cilicio de cilindro, al 'interior del país' / adosaría su soirée, convulso, si tardes / en las rocas bañadas o teñidas (tañidas) por / los rizos de la espuma". Habla del cadáver de Eva Perón, deshonrado tantas veces. La poesía "es un arma cargada de futuro".

Y, finalmente, visitemos el escaparate de las descalificaciones, mirándolas por su nombre. Lo que hace Ciafardini cuando dice que ser peronista era formar parte de "una masa de obreros y empleados cuyo único deseo era ser beneficiada por los 'servicios sociales' (como reza la propia marcha partidaria) que estuvieron vigentes del '45 al '55", sencillamente se llama odio de clase. Semejante descalificación, que tanto daño hizo a esta patria, hacía años que no era expresada de modo tan cachafaz.

"Masa", machaca Ciafardini, "que ni por asomo estaba todavía decidida a luchar (arma en mano si fuera necesario) por el socialismo, en el sentido en el que Marx lo entendía". Que no le quepa ninguna duda, lo que no quiere decir que no estuviese dispuesta a rebelarse contra la opresión, con armas, piedras y hasta tiza entre las manos, como lo demostró al poco tiempo. Hoy, creo que nadie en la Alianza osaría hablar del movimiento justicialista (al que pertenecí) con semejante desdén e irrespeto, el único movimiento cuya lista de mártires del '55 en adelante es interminable.

Una demasía que el autor comete en este párrafo es negar a Darwin Passaponti, el único muerto del 17 de octubre supliciado por un grupo comunista frente al diario *Crítica*, a los centenares asesinados a bomba viva en los bombardeos de Plaza de Mayo, a Valle, a Vallese, a los Lizaso, a Walsh. *La vida por Perón*, Ciafardini, que no figura en la marcha partidaria, tampoco era una consigna abstracta.

La otra demasía consiste en privar a los miembros de la guerrilla montonera que dieron su vida por Perón de la condición de peronistas por la que murieron, transformándolos en pequeño burgueses *post mortem*. Para mí, ya es demasiado.

Para concluir, en el comienzo de su nota, Ciafardini dice que el debate sobre los '70 puede hacerse desde tres posiciones, y que la propia consiste en que sigue creyendo que hay que cambiar estructuralmente el sistema capitalista. Esto es, habla de acción, no de ideas. Si hablara sólo de ideas, el párrafo no hubiera merecido réplica; desde la perspectiva de la acción, la "masología" (o especialidad en "masas") ha solido dar de sí repetidos inspectores de revoluciones con domicilio fijo, esto es, de gestas concluidas, no por abordar, adonde resulta posible concurrir para discursear, y al propio tiempo disfrutar de combinaciones variadas de arena fina, mulatas exuberantes y ron caribeño.

Sentado a la mesa donde se expone en todo su esplendor y en toda su miseria el cadáver de la Nación, Ciafardini lo sazona teóricamente con confusiones, anacronismos y descalificaciones, pensando de él mismo que triunfará cuando alguien le sirva en bandeja y *al dente* la estrategia de lucha de masas.

Eso, en otras palabras, quiere decir que habrá otra historia.

# Fuga y misterio

La nota "Fuga y misterio", mi tercera y última intervención en el debate "Pensar los '70", responde a "Masas y teoría revolucionaria II", del Dr. Mariano Ciafardini, publicada el domingo 18 de febrero de 2001. Los conceptos contestados son:

1) "Después de la Revolución Francesa y la suma de movimientos políticos que fueron su consecuencia, dignos de ser llamados revoluciones, la única nueva propuesta de cambio estructural que se conoce es el marxismo".

2) "Dejando de lado el arrebato macartista (seguramente involuntario) que sufre Bielsa al echar mano del remanido argumento de criticar al marxismo a través de las degeneraciones stalinistas y maoístas (argumento dilecto de la reacción más recalcitrante y de los servicios de inteligencia nacionales e internacionales), a tal punto llegó la autocrítica de los rusos que fueron ellos mismos (tal vez en un exceso) los que derrumbaron todo el sistema ante el asombro no sólo de los marxistas sino de todo el mundo, incluyendo a los peronistas de izquierda".

3) "Para entender lo que es odio de clase hay que saber lo que es clase social y para ello hay que leer a Marx".

Cuando era un niño sentía devoción por una planta de rosa mosqueta que mi madre cuidaba y yo reverenciaba en el patio trasero de la casa. Por entonces existía una serie de peripecias cotidianas, a las que el progreso urbano dejó atrás. Había sabañones, escarcha en los charcos sobre las veredas, escofinas, *flit* y palmeta para afrontar las moscas.

También existía un molusco gasterópodo terrestre, la babosa, que se comía las rosas. Algunos niños hostigaban a las babosas, por distintos motivos. Elegían el método diurno de seguir el hilo de plata que dejaban sobre las lajas, y pocas veces lograban dar con ellas. Por mi parte, me levantaba de madrugada con una linterna "de tres elementos" (otro utensilio que el tiempo se llevó), las buscaba *in itinere*, y las rociaba con sal fina, que con su propiedad de absorber la humedad las secaba, y salvaba a mis rosas entrañables de la irremediable desaparición.

Cosa rara, pero cuando llegaron los '70, ese desdén por perderme detrás de los laberintos del hilo de plata y la obsesión por identificar el lugar de la babosa formaron parte esencial de mi modo de entender la práctica política; aun hoy, es así. Siento desinterés por los que se rinden ante la fascinación de seguir una ruta que no se sabe dónde termina, sólo por el placer de deslumbrase ante el brillo de azogue, y siento respeto por quienes llaman a las cosas por su nombre hasta encontrarlas, por los que no temen la palabra violencia, delito, exclusión, y hasta son capaces de hablar sobre ellas con compromiso efectivo y afectivo.

Los '70 no son sólo un recuerdo. Para quienes conservamos dentro de nosotros lo que nos hizo internarnos en ellos como lo hicimos, también son un modo de ver el presente, y un atlas para desentrañar el futuro que nos espera.

Este país se desmenuza como un pan duro. Las colas frente a los consulados europeos lo muestran gráficamente. Hablaré de los que se van, de los que se quedan, y de lo que quisiera que hiciéramos juntos, esto es, del futuro.

Quienes dejan el país lo hacen llevados de la mano de la desesperanza. Han perdido el sentido de comunidad de destino en lo universal. Sienten que sus vidas y las de sus familias corren peligro si se quedan, la única razón valedera para dejar un país. A cambio de algo impreciso a lo que sólo hace atractivo el color de la esperanza, renuncian a su identidad y se disponen a construir una nueva. Yo no me iría.

En nuestra identidad está el concepto de una sola América, "de Alaska a la Patagonia". En lo más profundo del ser argentino reposa, con un hálito de vida pero aún vivo, el crisol de las razas. Nuestros abuelos soñaron la América, y hay un trágico error en ir a buscar el sueño a Europa, porque —desde la época del capitalismo comercial— está en las venas de Europa despachar, no hospedar. El sueño es aquí; la Argentina es el domicilio del sueño.

La idea de globalización no lleva consigo la de "ciudadano del mundo", sino la de que hacen falta dos que sean distintos para bailar un tango. Implica el multilateralismo, el indigenismo, la peculiaridad de lo local. Sólo pensada así puede ser una herramienta apta para articular el continentalismo y el universalismo. Roma existe, y somos la Galia; si un destino tenemos, es que cambien Roma y la Galia.

Cuando Renán escribía lo que es una nación, recordaba que los conquistados hablaban la lengua de los conquistadores; en 1492, Nebrija decía que siempre la lengua fue compañera del imperio. Los nietos de Clodoveo, de Alarico, de Gondebaudo, hablaban "romano". Las concubinas de esos jefes eran latinas, así como las nodrizas de sus hijos.

Sin embargo, el hecho de que en Estados Unidos haya 31,7 millones de población hispana (el 11,7 por ciento del total) y la próxima aparición del primer diccionario de *spanglish* es una luz de esperanza acerca de que Roma puede cambiar. ¿Cómo hacer para que cambie la Galia? Esto supone hablar de los que se quedan.

Comprobar que los objetos cada vez son más pequeños, más baratos, con mayor valor agregado y más "inteligentes" es otra forma de decir que la revolución tecnológica está en su esplendor, y no se aviziora la curva de decadencia. No se trata, en consecuencia, de rechazar el modo de producción de la riqueza.

Decir esto no es lo mismo que decir que hay que leer la realidad exclusivamente en términos de tasas de interés, de humor de los "mercados" o de idolatría frente a los organismos multilaterales de crédito. De lo que se trata es de modificar las maneras de circulación y de distribución de esa riqueza, porque hay otra realidad.

En el segundo cordón del Gran Buenos Aires viven cuatro millones de argentinos sin acceso a la salud, ni al agua ni a cloacas. Esto es, viven en la baja Edad Media, con un aparato ortopédico contraproducente: el televisor. Millones de excluidos sin tradición de sometimiento padecen privaciones que la oferta televisiva agiganta. A diferencia de un habitante de India, que prefiere morir de hambre a comer la vaca sagrada, muchos de estos compatriotas alquilan un revólver 22 y salen a proveerse de un par de zapatillas Nike. Esos argentinos, bolivianos, paraguayos, peruanos, no son nuestros enemigos, son nuestros. Son parte de América Latina, parte nuestra. Son nosotros mismos.

No se puede abordar el delito como la guerrilla de los cautelosos. Tanto la retórica del delito como instrumento de cuestionamiento al orden impuesto cuanto la prédica de "meter bala" constituyen tergiversaciones terminantes, porque en la realidad son dos modos diferentes de enceguecerse con el mismo hilo de plata que deja la babosa. El policía que mata al adolescente ladrón vive a cuatro cuadras de distancia de su víctima. El desafío es integrar esa desdicha a una nación continentalmente americana.

También Renán sostuvo que lo que caracteriza a un Estado viable es la fusión de las poblaciones que lo componen. Va más allá, incluso: "El olvido, y yo diría, el error histórico son factores esenciales en la creación de una nación". Se refiere a sanar las heridas, no a profundizarlas.

Por ello es que cuando Ciafardini, en "Masas y teoría revolucionaria II", o "El Pequeño Ciafardini Ilustrado", sostiene que para entender lo que es odio de clase hay que leer a Marx, se equivoca: habrá que leerlo, sí, así como la historia de la revolución mexicana, que no le vendría mal, pero para entender el odio de clase alcanza con ser solidario con los que sufren.

Y esa gesta de integración es la responsabilidad principal de la clase política. La política no puede ser un posgrado moroso de gerencia (con intereses propios) de la tutela de los intereses de unos pocos.

La retribución de éxito de la política rumbosa, al ser estatal, hace que la gente vea al Estado como al enemigo, como a la babosa. Hacer la reforma institucional, reducir el gasto de las legislaturas, relegitimar a quienes habrán de ser elegidos por el pueblo, es anunciar a la Nación que los dirigentes están dispuestos a correr una ventura común.

Finalmente, está el futuro. ¿Qué es una revolución? Un movimiento político que asume el poder y cambia las estructuras de las relaciones institucionales, económicas y sociales vigentes hasta el momento. De "El Pequeño Ciafardini Ilustrado" se sigue que la única nueva propuesta de cambio estructural que se conoce es el marxismo. La revolución americana que expulsó a los godos, ¿no fue entonces una revolución? ¿Disimulamos como a un pariente impresentable a San Martín porque no era marxista? ¿Todos los movimientos anticoloniales que no eran marxistas, no eran revoluciones? ¿Sometemos a Gandhi a un tribunal popular, con el catecismo marxista al alcance de la mano, porque se reunió con Mussolini y no con la dirigencia inglesa, a la que terminaría expulsando para liberar a su pueblo de la esclavitud colonial?

Me cuesta encontrar manifestaciones del marxismo que no se hayan expresado como deformaciones, pero tildar a quien discrepa y denuncia los gulags, a la plaza de Beijing, y al asesinato de la generación de octubre como macartista, esto es, como "vigilante", es jerga del más puro terror estalisnista. Eso sí, me alegra que Ciafardini carezca del poder para encarcelarme, porque ya sé lo que me esperaría en razón de mi desvarío ideológico.

Lo más maravilloso de las luchas populares por el cambio en sus condiciones de sometimiento es el *misterio* por el cual, en un momento dado, se reconocen a sí mismas y salen con la linterna "de tres elementos" a echar sal a la babosa.

En esos momentos, prodigiosos para una parte considerable de la sociedad, la otra *fuga* hacia los paraísos artificiales o fiscales, siguiendo un hilo que parece plata pero que, al cabo, no es más que baba.

# Muchos hombres

*Recuerdo una anécdota que enlazo con la historia que cuento en "Muchos hombres". Cierta vez le pidieron a Borges una firma para exigir la repatriación de los restos de Rosas. Borges repuso: "Estoy dispuesto a firmar lo que sea para repatriar los restos de Perón". Quien le solicitara la firma, le advirtió: "Mire Borges que Perón está vivo, y reside en Madrid". "Precisamente por eso", respondió el escritor.*

"Enamorarse es crear una religión cuyo dios es falible".
(Jorge Luis Borges. Mario Paoletti y Pilar Bravo, *Borges verbal*, Emecé, Buenos Aires, 1999, pág. 18.)

No resultaba cómodo leer a Borges en el '73, para los que andábamos en lo que yo andaba. El lugar común consistía en repetir fragmentos de una carta que había publicado en *La Nación* en mayo de 1971. "El 17 de octubre", se leía, "los devotos... coreaban servilmente: 'Perón, Perón, qué grande sos' y otras efusiones obligatorias. Solían asimismo vociferar: 'La vida por Perón', decisión retórica que olvidaron, como el propio Perón, en cierta mañana lluviosa de setiembre de 1955". Unos renglones más abajo, precisaba que el aguinaldo era una "...curiosa medida económica según la cual se trabajan doce meses y se pagan trece".

En 1960 se había afiliado al Partido Conservador porque, según él, era "...el único que no puede suscitar fanatismos". En el Prólogo a *La moneda de hierro*, fechado en plena calamidad el 27 de julio de 1976, diría: "...tal vez me sea perdonado añadir que descreo de la democracia, ese curioso abuso de la estadística". Casi cinco años antes, para

194

jarana de muchos, le había contestado Hernández Arregui: "... todos hemos de morir. Borges también. Y con él se irá un andrajo del colonato mental".

En 1973 cumplí los veinte años. Tenía un amor aciago, y no había tema que me interesara tanto como el amor. Ahora, con el paso del tiempo, advierto aquella paradoja, que con sus más y con sus menos no ha dejado de acompañarme a lo largo de la vida. La paradoja, y también la asimetría del amor.

Borges señaló que la gloria de Wilde está prisionera de la cárcel y la pena, y que sin embargo la felicidad es la nota dominante de su obra. A pesar de los hábitos de la desdicha, conservó una inocencia invulnerable. Chesterton, en cambio, era un hombre que quería recobrar a todo trance la niñez. Es el prototipo de la salud física y moral, pero produjo escritos que están siempre a punto de convertirse en pesadilla. Paradojas de la vida, del amor.

La mujer de quien yo estaba enamorado redactaba cartas interminables en un papel color malva. Me mostraba su modo de ver las cosas, e incluía fragmentos de poemas. *Y supe en las orillas, del querer, que es de todos / y a punta de poniente desangré el pecho en salmos / y canté la aceptada costumbre de estar solo / y el retazo de pampa colorada de un patio.*

Por causa de Leonor releí a Borges. Suelo sorprenderme por el fervor de aquellas lecturas. En el momento menos pensado los modales de un amanecer, un farol, una empalizada con jazmín del país, arrancan jornadas completas de su estuche cloroformado y las extienden ante mis sentidos. *Bruscamente la tarde se ha aclarado / porque ya cae la lluvia minuciosa / Cae o cayó. La lluvia es una cosa / que sin duda sucede en el pasado.*

Después del trance, quedo en un estado de confusión, y como vapuleado. Se sabe que los efectos secundarios del amor (también del aciago) subsisten por años, incluso luego de que la ganancia ha desaparecido por completo.

Como ya he dicho, no era confortable leer a Borges en los '70, si se andaba en lo que andaba yo. El arte debía comprometerse con la realidad, y no se dejaba demasiado espacio para la elección en cuanto al modo de hacerlo. El artista que no se interesaba por el destino de "las masas desposeídas de Latinoamérica" merecía calificaciones que aniquilaban lo que pudiera tener de tal. El que sentía curiosidad por semejantes artista y arte era fulminado por contigüidad.

En un alarde de desasimiento, Borges había aclarado que no quería que se torcieran sus opiniones, "... que son lo más baladí que tenemos. El concepto de arte comprometido es una ingenuidad, porque nadie sabe del todo lo que ejecuta. Un escritor, admitió Kipling, puede concebir una fábula, pero no penetrar su moraleja. Debe ser leal a su imaginación, y no a las meras circunstancias efímeras de una supuesta 'realidad'". Comencé la lectura trabajando de espía, de infiltrado proletario en las tierras burguesas de Borges, con la orden de saber cómo condenarlo mejor.

No hay demasiadas cosas respecto de las cuales uno esté en condiciones de decir que no tenerlas cabalmente puede llegar a resultar incluso más determinante que tenerlas. El amor es una de ellas. Con esa carencia como escudo contingente e imperfecto, me interné de incógnito hacia el lado azogado del espejo, y como no podía ser de otra manera las cosas blancas no tardaron en ser negras, y las negras blancas. Eso es lo que sucede indefectiblemente cuando se hace lo que pretendí hacer yo, y así es como escribimos nuestra historia personal.

Miro hacia el '73; eran años desaforados, radiantes, definitivos, desaliñados, candorosos. Debieron haber sido algo más y diferente de lo que fueron para no terminar como terminaron. En algún sentido, creo que todavía los miro con los mismos ojos con los que los miré, pues es así como miro al que fui.

Hay una trampa en esa mirada, y en haberme habituado a ver de esa manera. Por un lado, permite que vuelva a ser lo que era, y por otro que crea nuevamente que fui como creí. Juzgo lo que hemos terminado por crear con aquellos materiales: la pasión convertida en desinterés, la certeza en resquemor, la prodigalidad en reticencia. Es el augurio que cierto pasado tuvo del futuro, un augurio decrépito.

Según Coleridge, no sentimos horror porque nos oprime en sueños una esfinge; soñamos una esfinge para explicar el horror que sentimos. Sólo de los horrores que acompañaron al sueño libertario pudo suceder un sueño con despertar tan horroroso. Ahora se llama a dicha sensación o episodio "una sacudida mioclónica". Mejor no pensar en las sacudidas del arte que nos despertará más adelante.

Leía a Borges por amor en mitad de la tormenta. Leonor caricaturizaba la militancia; todavía había ranuras para la parodia en lo que más tarde fue una desgracia. El escritor se estaba convirtiendo en un clásico, viviente y erudito por añadidura. Eran tres condiciones que ni la revolución como meta ni la ignorancia como método iban a consentir.

Una vez, alguien denunció que en un artículo sobre Wilde, Borges había sostenido que *The soul of man under socialism* no sólo era elocuente sino que también era justo. "Definitivamente, el viejo condena lo que practicamos", concluyó. Yo argumenté —sin eco— que la porción de elogio a Wilde era superior a la de crítica al socialismo, y añadí en el mismo tono que el autor vilipendiado había mantenido que el nazismo era inhabitable, que los hombres podían sólo morir por él, mentir por él, matar y ensangrentar por él. A esa altura, yo ya era un agente doble: espiaba a Borges por disciplina, lo defendía por embeleso.

Además de un amor no correspondido y de veinte años, en el '73 tenía una confianza brusca en mis razones que no se apoyaba en ninguna de las amplias formas de manifestarse que generalmente tiene la razón. Pensaba que lo máximo que podía ofrecerse a los demás era la propia vida. Estimulaba el alma tensa y taciturna de quienes se creen en posesión de un sentimiento, lo consideran un tesoro, y no saben ante quién o dónde ofrecerlo, sin pensar demasiado en la predisposición de los otros para recibir semejante ofrenda.

Corría hasta quedarme sin aliento y al palparme las pantorrillas, sólo por excepción reconocía en ellas las señales del prófugo inminente. Sentía una felicidad de estar vivo difícil de explicar en medio de la calamidad, que me dificultaba la respiración como una verdad mostrada a borbotones. Aunque suene contradictorio, en determinados momentos es imprescindible una cierta dosis de esquizofrenia para no perder el juicio.

Había leído concienzudamente *La condición humana*, en particular aquel episodio en el que Malraux relata lo que —para mí— es el máximo episodio de coraje. A punto de ser echado vivo dentro de la caldera de una locomotora, Katow regala a dos condenados su pastilla de cianuro envuelta en papel de plata. La pastilla se cae en medio de la oscuridad, los tres buscan con las yemas de los dedos sobre el piso, hasta encontrarla. Aquella soledad, aquel silbido atroz; el tiempo se detiene, y continúa lejos de allí.

A Borges no le eran ajenas las diversas formas del coraje. *El alivio que habrá sentido César en la mañana de Farsalia, al pensar: Hoy es la batalla.* Tampoco la patria, ni el combate. *Oh necesaria y dulce patria... Zumban las balas en la tarde última. | Hay viento y hay cenizas en el viento, | se dispersan el día y la batalla | deforme, y la victoria es de los otros.* Ni la violencia, ni la muerte, ni la muerte violenta. *Junto a los postillones jineteaba un moreno. | Ir en coche a la muerte ¡qué cosa más oronda! | El general Quiroga quiso entrar en la sombra | llevando seis o siete degollados de escolta.*

Nosotros no lo aceptábamos, y él tampoco aceptaba lo que hacíamos, aquello en lo que se estaba convirtiendo el país. Tal vez lejanamente le hubiera gustado gustar de nosotros; a mí, me hubiera gustado que coincidiera, poder coincidir con él. Hoy siento, para decirlo con sus palabras, lo que sentimos cuando alguien muere: la congoja incierta, ya inútil, de que nada nos hubiera costado haber sido más buenos.

A principios del '73 estaba enamorado como jamás volví a estarlo, ni siquiera aquella vez. Días suntuosos, más augustos en la memoria que entonces. Leonor se había ido del país. *Entre mi amor y yo han de levantarse / trescientas noches como trescientas paredes / y el mar será una magia entre nosotros.* Yo estaba desapropiado y resuelto, como un Cristo amoral. Me hubiese gratificado saber que Pascal insistió en la posibilidad de ver justa y lúcidamente las verdades a través del amor.

Ella escribía cartas larguísimas, siempre insuficientes para mis apetitos. Yo leía cosas de Borges, algunas nuevamente. *No habrá sino recuerdos. / Oh tardes merecidas por la pena, / noches esperanzadas de mirarte, / campos de mi camino, firmamento / que estoy viendo y perdiendo....*

*Definitiva como un mármol / entristecerá tu ausencia otras tardes.* Entre Borges y yo había un amor. Lo espiaba, renegaba, me dejaba llevar. Aunque cueste aceptarlo, al suceder las cosas suceden para siempre, pero eso es algo que se comprende después.

Él recelaba de lo actual: *sólo lo pasado es verdadero.* Yo —por entonces un doble agente consumado— coincidía fervorosamente. Es verdad que unos años más tarde escribió que imponerse la obligación de ser moderno es superfluo, porque todos fatalmente lo somos habida cuenta de que nadie ha descubierto el arte de vivir en el pasado. O yo no entiendo lo que quiso decir, o en realidad no hay imposibilidad entre vivir en el pasado y escribir modernamente.

Por lo demás, ¿dónde refugiarse de las insipideces del presente sino en el pasado, máxime en aquellos años y para alguien como Borges? El culto a lo multitudinario debía de repugnarle. Para él los personajes eran hombres solos, o esa exasperación del individualismo que es el compadrito, el malevo, el guapo. Alguna vez confesó haber descubierto que una emoción colectiva podía no ser innoble, pero los melindres de la confesión revelan más la cuota de aprensión que la de favoritismo.

Por añadidura, el revisionismo histórico nos había llevado hasta las márgenes del folclore, y como se sabe Borges prefería el tango. *Esa ráfaga, el tango, esa diablura, / Los atareados años desafía; / Hecho de polvo y tiempo, el hombre dura / menos que la liviana melodía, // Que sólo es tiempo. El tango crea un turbio / Pasado irreal que de algún modo es cierto / El recuerdo imposible de haber muerto / Peleando, en una esquina del suburbio.* Nosotros cantábamos zambas, uno que otro chamamé. Raramente una milonga, género que atraviesa con perífrasis la distancia que va desde el folclore al tango, y que Borges supo cultivar.

Recuerdo la excepción de "Milonga de Jacinto Chiclana"; *Siempre el coraje es mejor, / La esperanza nunca es vana; / Vaya pues esta milonga / Para Jacinto Chiclana.* Tal vez haya sido porque la música era de Piazzolla, al que rendíamos pleitesía por vanguardista. Sonaba experimental, cosa que la inexperiencia en materia de arte suele considerar sinónimo de revolucionario. Teníamos una necesidad desproporcionada —que debió hacernos recelar— por romper los moldes, sin haber pensado demasiado acerca de qué poner en su lugar.

Yo seguía celebrando mis misas cismáticas y tratando de que no se notara. Estar interesado por el amor era pasable, pero releer a Borges con placer era excesivo. Aunque no me iba mal; tanto me interioricé en mi papel que no he podido abandonarlo del todo hasta el día de hoy.

No deja de ser curioso que un idealista recurriera a las martingalas del intelecto para contrabandear sus debilidades. Respecto de esta paradoja, recuerdo que Borges se admiraba de que un poeta romántico como Poe razonara —como querían los clásicos— que la escritura de un poema era una operación de la inteligencia, en tanto que los clásicos profesaban la tesis romántica de la Musa inspiradora.

No sabía cómo hacer para escapar de la trampa de la obnubilación, y lo que hice fue seguir obnubilado, fingiendo estar esclarecido. Cuando hoy hago algo así pienso que no hay hombre que no sea en cada momento lo que ha sido y lo que será.

Fueron años en los que queríamos todo porque todavía no sabíamos lo que queríamos. Dichosamente, no podíamos ver lo que no éramos, no veíamos lo que ya nunca seríamos. Hoy, todas son preguntas sin respuesta. Preguntas hechas con los despojos de aquellas certezas. Añoro —para qué negarlo— el tiempo en que las respuestas eran demasiado para la escasa entidad de las preguntas.

Miro hacia atrás y veo a todos aquellos protagonistas arrojados y generosos, un poco porque así eran y otro poco porque así fueron los ojos con los que los miré. Recordar otras voces, otros ámbitos de un pasado apartado, produce un efecto de doble padecimiento: el de reconocer que el mundo ya no es como lo veíamos, y el de haber perdido irremediablemente aquella mirada. Una especie de ceguera selectiva no elegida. *En el jardín aspiro, / Amigos, una lóbrega rosa de la tiniebla. / Ahora sólo perduran las formas amarillas / Y sólo puedo ver para ver pesadillas.*

Han pasado casi tres décadas. La precariedad se fue transformando —por virtud de su rasgo genético— en una especie de segunda naturaleza. Miro el presente por sobre el hombro, como a un tiempo de orden secundario, y rechazo lo desapacible que puede llegar a ser, sus malos humores, su sensatez. De tal modo, la contingencia y la amenaza que encierra toda posesión se han transformado en accesorias. En todo caso, apetezco el futuro por la restauración que promete, me enjugo los pesares en el pasado por la bonanza turbulenta y familiar que allí se estanca.

La presión leve de la derrota consumada, o de la aceptación, según cómo se mire el panorama, es dueña y señora. Uno comienza a envejecer, a mirar las cosas que se apartan. Son cuatro estadios: la juventud agónica, territorio de lucha; el comienzo del reconocimiento, a través del dolor de la privación; la identificación del aliento de la experiencia que empaña el espejo; y finalmente la aceptación final, la *anagnórisis*. Borges lo dijo en estos términos: *¿Dónde estará mi vida, la que pudo / Haber sido y no fue, la venturosa / O la de triste horror, esa otra cosa / Que pudo ser la espada o el escudo / Y que no fue?*

Es una clase de dicha que no se repite, y que se paga cara. Lo que hicimos es lo que somos, cosas que han permanecido como creíamos que eran: mariposas negras contra un surtidor de luz, epidemias liberadas finalmente del horror de ser verdad.

La utopía, lo "halagüeño pero irrealizable", exige desinteresarse de lo que es, para abocarse a lo que va a ser. Eso suena como una de las tareas de Hércules. A regañadientes se acepta que ciertas cosas sólo sirven a los efectos de poder soñar con ellas, nunca para llevarlas a cabo, pero hasta soñar requiere de determinadas fuerzas. Ser utópicos y resolver en qué momento estaba ubicada la felicidad otorgaban una energía y una cohesión tales que no se alcanzaba a distinguir el costado ilusorio de la transacción. No es fácil sentir lo mismo, aunque sigue siendo necesario lo mismo para poder sentir. Esa extraña facilidad que otorga la pasión justificada no ha dejado de ser la justificación predilecta para el desborde de las pasiones fáciles.

Conforme iba envejeciendo, Borges pasó de tratar de usted a la muerte a intimar con ella. *¿Qué errante laberinto, qué blancura / Ciega de resplandor será mi suerte, / Cuando me entregue el fin de esta aventura / La curiosa aventura de la muerte? / Quiero beber su cristalino Olvido, / Ser para siempre; pero no haber sido.* No puedo decir, porque vengo de donde vengo, que alguna vez haya sentido a la muerte como algo lejano. Pero debo reconocer que a medida que pasan los años gana en misterio. Como algo que hemos conservado próximo sólo a condición de imaginarlo mirando hacia otro lado.

Leonor se casó. En Israel conoció al padre de su primer hijo. Yo no conozco Jerusalén. *¿Quién me dirá si estás en el perdido / laberinto de ríos seculares / De mi sangre, Israel?* Vida de amor y paradojas.

Cada día que pasa soy el que nunca he sido y otro, uno más, distinto, el mismo. Me digo: *De Proteo el egipcio no te asombres, / Tú, que eres uno y eres muchos hombres.* Y siento algo efusivo, algo que remotamente se parece al amor, la extravagancia misma de haber seguido vivo.

# Celeste y blanca

*Dice Juan Gelman que no deberíamos permitir que la lucidez molestara al curso de las sensaciones y de la emotividad, y lo dice de modo tal que podríamos afirmar que —también— está diciendo que el curso de las sensaciones y de la emotividad no debería amordazar la lucidez. La curiosidad por la suerte de este país aturdido y ofuscado encuentra saciedad en la minuciosidad de las historias reales, y serán necesarios corazón y cerebro colectivos para desentumecerlo.*

Cuando a punta de pistola lo arrojaron al piso de la parte trasera del Renault 12, tuvo un sentimiento contradictorio: por un lado, la adrenalina de la agonía le latió en las sienes, pero por el otro se dijo: "¡Por fin!" Lo que tanto temió que sucediera, estaba sucediendo; un miedo menos. ¿Qué edad tendría ese muchacho? ¿veinte años, veintidós? Los que van a morir no tienen edad.

Alguien le aplastó los riñones con los pies, y comenzó a atarle las manos a la espalda con un alambre. Otro le puso una venda en los ojos, a la que apretó hasta hacerle daño en la cumbre de la nariz, y luego agregó una capucha. Otro más, sentado en el asiento de adelante, le dijo con acento correntino: "¿Tenés miedo? Miedo tenía mi vieja cuando nací yo, el mayor, y somos once hermanos". Después se rió, con una carcajada cortante como hielo seco.

Después de una hora, llegaron a un sitio donde había olor a pasto recién cortado. Era una mañana fría de mayo del '77. Entró en la casa, y lo bajaron hasta algo que parecía un sótano. Cortaron los alambres, le engrillaron una muñeca, y fijaron el otro extremo de la cadena a la baranda de la escalera. Esto lo sabría más tarde. Con los días, iría trazando la orografía de aquel sitio lóbrego estirando la punta de los dedos, rompiéndose las uñas en los desniveles del piso, hasta llegar al escalón, a los barrotes, hasta el pasamanos.

Enseguida vino la tortura, las sesiones de interrogatorios, los apaleos a cualquier hora. Él estaba obsesionado por el instante del día que estaba transcurriendo arriba, por fuera de las paredes de aquel lugar. Hasta que en un momento se dijo que ya estaba muerto, y que los muertos no se interesan por las diferencias entre el sol y la Cruz del Sur.

Entre tormento y tormento, sobrevenían períodos de calma, rotos por los gritos de otros supliciados. Durante esos momentos, él podía escuchar las conversaciones de sus secuestradores en el piso de arriba. "El penal de Ardiles que le atajó el húngaro estuvo mal pateado".

Inmediatamente recordó el partido que Argentina le había ganado a Hungría 5 a 1, en el mes de febrero, y el ingreso al final de un pibe, Maradona, que —nada más entrar— metió un pase de veinte metros que reveló al crack irrepetible que había en él. También recordó que *Clarín* había destacado que, cuando comenzó el segundo tiempo, la hinchada empezó a murmurar un nombre, que luego fue coreado en todas las tribunas, ese zumbido quedo que con los años se convertiría en himno nacional. Días antes, el mismo diario tituló "Mataron a la asesina del general Cardozo". Se refería a Ana María González, de dieciocho años, autora del atentado contra el ex Jefe de la Policía Federal, muerta en San Justo.

Pasaban los días. En una ocasión, debido a que los párpados se le pegaban por la conjuntivitis, y a que se le había infectado el puente de la nariz, pasó los dedos de ambas manos por debajo de la capucha y de la venda que le ajustaban periódicamente, para restañar las heridas. De repente, recibió un golpe como un relámpago en la cabeza, una patada inhumana que lo dejó casi sin sentido. "¿Qué querés ver?", le preguntó alguien a los gritos. "¿Querés escaparte? Olvidate. No hay muerto que cambie de tumba." Le pasó por la mente un comentario que había leído sobre un número de la publicación *Gaceta marinera*: entre otros temas de relevancia, decía la nota, el editorial aborda la cuestión de los derechos humanos, un tema que nos preocupa, al igual que al mundo civilizado.

Al tiempo de haber sido secuestrado, jugaron Argentina y Polonia. Arriba habían instalado un televisor, y resultaba extraño armonizar el olor a ácido fénico y a transpiración de animal acorralado con los trajines hogareños de acomodar las sillas para ver un partido.

Argentina ganó 3 a 1, y él escuchaba fragmentos de la transmisión, se imaginaba jugadas, agradecía al cielo la invención del rodar de la pelota, que añadía superficies de vida momentáneamente en paz a las astillas que le quedaban de ella. "Pernía", escuchaba, y podía ver a ese hermano mayor, a ese tío cómplice, hacer tiempo en su beneficio.

"Oscar Ortiz", y le parecía estar mirando esa zurda líquida desairar al más pintado. Después vendría Olguín, que era "alegre".

Esa noche bajaron al sótano, lo arrearon a golpes hasta un patio exterior, y lo hicieron arrodillar. "Matalo", escuchó que decían, "¡matalo!". A pocos pasos le pareció oír un hervor conocido. Era cal, recordó, un pozo de cal viva. Sonó el disparo, y él cayó hacia adelante. Sintió en la palma de sus manos el rocío, y supo que era de noche, supo remisamente que estaba vivo, porque los muertos no distinguen el rocío sobre la hierba. Se dio cuenta de que todos estaban riéndose de la broma, de que él se hubiera desplomado desgarbadamente cuando en realidad sólo habían arrimado la pistola a la oreja y disparado. También se dio cuenta de que no oía de ese lado, pero al fin y al cabo, ¿qué es lo que los muertos precisan oír?

Al tiempo le dijeron que iban a liberarlo, que se preparara. En el piso de arriba había una gran agitación. "Te va a llevar el capitán", le prometieron. Él notó que iban a fusilarlo. Lo subieron otra vez en la parte de atrás de un coche, lo tiraron sobre el piso y se pusieron en marcha. En un determinado momento, el auto dio un salto sobre el camino de tierra y se detuvo: "Bueno, bajate, esperá diez minutos, después sacate la capucha y la venda, y andá a hacer la denuncia de que fuiste secuestrado a una comisaría", escuchó.

Se bajó, y cuando esperaba que sonaran los disparos, oyó que el auto se iba. Se sacó furiosamente la capucha, la venda, y trató de ver el auto. De pronto, advirtió que había retenido entre sus dedos la venda.

Era como una especie de servilleta de tisú, pero cuando la desplegó se dio cuenta que en realidad era una pequeña bandera argentina, andrajosa, como la de Lavalle en su huida desesperada a Salta, sanguinolenta, celeste y blanca. "Estuve ciego por una bandera argentina", pensó, y no descartó que se tratara de un simbolismo buscado, rebuscado y perverso.

El Mundial '78, al año siguiente, fue cantado por la película de Renán y Sofovich *La fiesta de todos*. El relator, Roberto Maidana, dice: "Esto que nos emociona hasta las lágrimas es una respuesta para los escépticos del *no llegamos*." Llegaría, sí, la escalofriante foto de Videla, Massera y Agosti gritando el gol contra Holanda; la mano izquierda de Massera parece estar apretando un gañote.

Ese año se volvería a usar la bandera celeste y blanca para que millones de compatriotas no vieran más allá de sus narices, mirando la camiseta argentina. "Éramos el único centro de un país detenido", dijo Menotti, sin imaginar cuánto estaba diciendo.

Pero como toda venda, excepto la que el mismo cegado insiste en mantener, ésta tenía una caída en su futuro. Y cayó.

Todavía seguimos pagando las consecuencias.

# El Negro Ocampo

*A los quince días de la muerte de Jorge Ocampo, un señor que se identificó como Javier Escurra pidió verme "por una cuestión personal". Era un hombre mayor, de sonrisa misericordiosa, esa clase de tipo que no cesará de adquirir conocimientos hasta el día en que se muera, porque mucho tiempo antes decidió comprender en lugar de condenar. "Yo soy la persona que estuvo en el bar con Ocampo, la noche antes de su muerte", me dijo sin preámbulos. "Estoy aquí", abundó, "porque sentí que él me pedía que viniera a verlo, aunque aquella noche fue la única vez que lo vi en la vida". El Negro Ocampo había estado muy feliz. Había comido sano ("pidió una milanesa, pero como no le pareció confiable, cambió por un pollo al horno con papas"). "Estaba muy ilusionado por el hecho de trabajar con usted", me detalló Escurra, "se sentía involucrado en algo trascendente que explicaba de manera copiosa y liosa". Agregó pocas cosas más, y con hidalguía se retiró tan resumidamente como había llegado.*

*Me quedé pensando; tuve la certeza de que el Negro lo había mandado, que desde algún sitio seguía alerta, que sólo estaba dispuesto a aceptar su destino sin armar estropicios si desde aquí lo considerábamos unánimemente un peronista circunstancialmente en el Cielo.*

El jueves por la mañana le dijo a Sara, su mujer: "Mamita, buscame una aspirina que se me rompe la cabeza". Y se fue al baño. Sara escuchó las arcadas. "Será alguna porquería que comió anoche", pensó; la noche anterior había cruzado al bar de enfrente para ver jugar a la Selección. Después oyó el ruido de la ducha, un silencio, y al rato un ronquido escalofriante. Quiso abrir la puerta del baño, pero el cuerpo del Negro se lo impidió.

206

Jorge Ocampo fue un espécimen de argentino que floreció durante la década del '60, aunque como él no hubo ninguno. Peronista, compadrito, arisco, manirroto, barullero. Aprendió tarde y de repente que tenía derechos, y desde que lo supo sintió que profesarlos era una obligación de militante. Una vez me contó que, cuando era pibe y se portaba mal, el viejo —que era gendarme— lo ataba a la alambrada que fijaba los límites del terreno en el que vivían, y con un velador roto le metía descargas de 220 voltios para que aprendiera. "Me reconcilié con él cuando lo pude ver muerto, y abracé el cajón y le dije en silencio lo que no había podido decirle con palabras a lo largo de la vida". Después de los alambres y el velador, llegó Perón.

A la casa de la calle Irala, donde vivía el Negro, llegó el jueves por la mañana la ambulancia de SAME, unos minutos después de que Sara los llamara, pero ya no había nada que hacer. "Nosotros no extendemos certificados de defunción", le aclararon. No tardó en llegar la policía. "Llame a un médico que certifique las causas del deceso, señora, porque si no tenemos que llevarnos el cuerpo a la morgue y hacerle la autopsia por muerte dudosa. El forense se lo va a cortar desde el ombligo a la nuez", declaró pormenorizadamente el agente, mientras Sara, como cualquier viuda ancestral, pensaba borrosamente en los tres hijos del matrimonio, en cómo hacer para quedarse con su muerto para llorarlo a solas, en gritar pidiendo auxilio. Sonó el timbre; era un tipo alto y encorvado, con un maletín polvoriento como un lagarto, que dijo tener entendido que acababa de fallecer el señor Ocampo. "Por trescientos dólares olvídese del problema del certificado de defunción, de eso nos ocupamos nosotros. En cuanto a la tarifa por el servicio fúnebre, vamos a tener que conversar, porque la empresa tiene diversas ofertas para los deudos".

El peronismo del Negro Ocampo tenía curiosas ramificaciones, como por ejemplo hacia los nombres propios. Sus tres hijos se llamaban respectivamente Javier, el *nombre de guerra* del Negro durante la resistencia peronista, Juan Domingo y María Eva. Recelaba de cualquier otra combinación, y la combatía resueltamente. Una vez le preguntó a un abogado amigo cómo le había puesto al primer hijo. "Homero", oyó que le contestaban. "¿Homero?", coreó el Negro, "¿tan chiquitito? ¿Y la piba, cómo se llama?" "Se llama María". El Negro se quedó esperando unos instantes, y replicó: "¿María qué?" "María nada, María a secas", le dijo el abogado. Ocampo achinó los ojos. "Homero, María... y decíme una cosa, 'tordo'", le avisó; "cuando tengas la próxima 'chancleta', ¿qué nombre le vas a poner?: ¿'la Cumparsita'?".

Al sector más tanguero del barrio de la Boca, con la cancha recortada contra un cielo intachable, llegamos los primeros amigos. "Vengan, por favor", nos había dicho Sara; "el Negro siempre decía que los amigos eran su familia". Resolvimos no velarlo, rezarle un responso en la capilla de la Chacarita al día siguiente a las 11, e ir a la cochería para pagar el servicio. Nos recibieron el pollo encorvado que había hecho la visita, y el dueño de la compañía; el color aleatorio de su pelo y los afeites del rostro hacían que pareciera él mismo una publicidad del cadáver de muestra de la empresa. "¿A ustedes los llamó la 'poli'?", preguntamos. "No", contestó el del pelo pintado, "nosotros *nos enteramos*, y cumplimos una misión humanitaria, porque en momentos así los familiares no pueden tomar decisiones, y nosotros lo sabemos y los ayudamos. El certificado de defunción ya 'stá', explicó con celeridad; "la muerte se produjo por paro cardiorrespiratorio".

Pagamos y nos fuimos.

El Negro era un peronista polirrubro, peronista de Perón, de los humildes y de los compañeros. Cierta vez se fue a vivir a la Villa Sastre, en el sur de la provincia. Colaboraba con la sección "Nuestros vecinos", del periódico local *Ecos de Temperley*. "Es de suma importancia mantener viva la cultura popular y la moral de la resistencia", solía recitar. En una ocasión, la policía allanó una quinta de Villa La Perla, en las inmediaciones, y se encontró con un espectáculo poco frecuente para la época: una festichola multipuertas. Había de todo: prostitutas, whisky, travestis, enanos. El Negro, gran pecador, tituló con denuedo: "En un pueblo de virtudes espartanas, se vivieron jornadas de Sodoma". A quien lo quisiera escuchar, explicaba luego: "No me banco que se utilicen personas con defectos físicos para satisfacer los más bajos instintos". Del resto de los detenidos, y de los ingredientes líquidos, nadie pudo arrancarle jamás una palabra.

Cuando murió Cacho El Kadre, muchos años después de aquel fugaz período monacal, Hugo Anzorreguy mandó una corona, y le pidió al Negro que la cuidara, porque algunos de los asistentes, hostiles con la vinculación de Hugo con el gobierno menemista, le robaban la cinta con el nombre. El Negro se apostó a la vera de la ofrenda floral, pero al poco tiempo lo venció el sueño. Cuando cabeceó, advirtió que le habían vuelto a robar la cinta. Nadie supo cómo, pero la cuestión es que, a la media hora, tenía en un bolsillo del perramus color ámbar que había traído del exilio sueco veinte cintas idénticas. Se pasó la noche reponiéndolas, en homenaje al sueño y a los dos amigos, el muerto y el que lo conmemoraba.

El viernes a las 11, las calmas palabras del sacerdote llegaron al corazón de los presentes. Leyó un fragmento de Juan 6, 39 y 40: "...la voluntad de quien me ha enviado es que yo no pierda nada de lo que él me ha dado, sino que lo resucite en el último día. La voluntad de mi Padre es que toda persona que ve al Hijo y cree en él tenga vida eterna: y yo lo resucitaré en el último día". Una mano ruda se apoyó sobre el féretro, dos mujeres se abrazaron como sólo ellas pueden hacerlo en la desgracia, se oyó un sollozo.

Después hubo que pulsear el cajón, cargarlo en el coche fúnebre, e ir hasta la tumba. El empleado de la casa de pompas, esta vez un gordo alto y sin compromisos, explicó que se colocaría el cuerpo en la fosa, se lo taparía y que a partir de ese momento tendría una cruz de madera con su nombre y la fecha de fallecimiento. El tono filantrópico que dio a las características del servicio que estaba prestando "la casa" no hizo más que poner de manifiesto lo ínfimo de esos pobres pabellones de la muerte.

Antes de que la tierra cubriera al Negro Ocampo, habló Dante Oberlin, dirigente gráfico al que la dictadura le mató dos hermanos, uno de ellos René. Dijo tantas cosas, y tan cabales, que a todos les pareció que el propio Negro estaba entre la gente, con su sonrisa montaraz y el gesto provocador, mirando a diestra y siniestra en búsqueda de una causa que abrazar. "Chau, Negro", cerró Oberlin, "saludos al René".

Se murió el Negro Ocampo. Si no se hubiera muerto, no me habría gustado estar en el pellejo del funebrero. Con él, se fue otro pedazo de una Argentina que ya no podrá ser.

# El Muro de los Lamentos

*Años '70. Hubo un vitalismo crédulo, que pretendió ir más allá de lo posible, hubo una distancia insalvable entre los anhelos de un país esquivo e inconstante y los sueños de aquellos que arriesgaron hasta la propia muerte. El Subcomandante Marcos, del Ejército Zapatista de Liberación Nacional, dijo en el 2001: "...y miren lo que son las cosas que para que nos vieran nos tapamos el rostro; para que nos nombraran nos negamos el nombre; apostamos el presente para tener futuro; y para vivir... morimos".*

Vi la foto una vez sola, pero la recuerdo con frecuencia. Se trata de un judío ortodoxo, orando frente al Muro Occidental de Jerusalén, el Muro de los Lamentos, un resto del templo construido por Herodes el Grande, con los *peies* brillando de aceite que se columpian sobre sus hombros, mientras sostiene en la mano derecha (apoyada contra el propio muro) un teléfono celular, como si quisiera que por el aparato fluyera la exudación sagrada de las viejas piedras rumbo al aire crepitante.

No hace falta acercar el oído a la fotografía para escuchar el murmullo del otro lado de la línea, las palabras devotas de un judío ortodoxo acaso de Brooklyn, rezando a su vez como si estuviera de cuerpo presente junto al Muro de los Lamentos.

Para mí esa foto contiene la suficiente dosis de reverencia, de tradición, de quimera, de fervor y de sentido práctico como para buscar en ella muchas de las respuestas que me hicieron falta en otros momentos, que necesité con desesperación, y que llegan cuándo y cómo quieren, con ese curioso sentido de la autonomía que tiene lo trascendente, que sólo se deja ver cuando puede ser advertido.

Me he preguntado muchas veces qué fue lo que falló de la gesta de los '70, en qué nos equivocamos, por qué de tan exuberantes materiales quedó un rastro de sangre seca, indeleble en la memoria de unos cuantos, pero extraño a los monumentos, a los nombres de las calles, a la veneración colectiva.

Un antiguo partidario de Castro, Ernest Betancourt, que desertó luego que aquél tomara el poder, intentó advertir a la Casa Blanca de la locura que suponía lo que después fue Bahía de los Cochinos, en la costa meridional de Cuba. "Mi opinión era que la operación pecaba de antihistórica", dijo Betancourt. Había una absoluta falta de comprensión en Washington sobre lo que Fidel había hecho; Norteamérica hacía caso omiso de las bases de la legítima popularidad de Castro en la isla. Pero Kennedy estaba lanzado; había ganado la candidatura y las elecciones, pensaba que la suerte estaba de su parte, de modo que echó los dados.

La brigada de exiliados fue derrotada, Castro dirigió la defensa de la Nación, y la operación fracasó estrepitosamente. Kennedy tuvo ocasión de reducir sus pérdidas diplomáticas y políticas a medida que la invasión devenía en desastre, pero centenares de invasores fueron muertos o encarcelados, e incluso cuatro pilotos norteamericanos resultaron abatidos. No se recuerda el nombre de los pilotos, ni el de los cubanos brigadistas.

Pienso en el desamparo de la derrota, en el creyente ortodoxo que no desdeñó el teléfono celular, y en una anécdota de agosto del '76, cuando la patria socialista se derrumbaba electrizantemente.

La conducción de la Columna Norte de Montoneros había decidido reunirse en la casa de un compañero apodado "Nariz con pelos", y en una habitación cerrada, bajo la extenuada luz de una bombita, conversaban el gordo Cuqui Magario, Rodolfo Galimberti, Pancho Rivas, el propio Nariz con Pelos, y alguien más cuyo nombre he olvidado.

Hubo otro Nariz, el polichinela Horacio Domingo Maggio, que Miguel Bonasso describe en *Recuerdo de la muerte*. Se había escapado de la Escuela de Mecánica de la Armada y, a fines del '77, desde los más variados teléfonos públicos de Buenos Aires declaró una guerra individual, enloqueciendo a llamados a quienes habían sido sus captores. Discaba, miraba en derredor, bajaba el mentón. *Hola. Guardia*, escuchaba que le decía una voz neutra. *Aquí Maggio, hijo de puta*, le contestaba. *¿Cómo anda la ESMA desde que yo me fui? ¿A cuánta gente mataron? Va a haber un Nuremberg para todos ustedes...*

Y allí estaban los cinco tránsfugas, antes de que sucediera lo de Maggio, antes de que esa misma casa fuese reducida a escombros por el Ejército, dispuestos a que el "Nariz con Pelos", solemne y metódico a la hora de cumplir con las obligaciones, comenzara con la lectura del documento de la Conducción Nacional, cuando sonó el timbre de la puerta de calle.

Se hizo un silencio viscoso, y cinco pares de ojos se miraron mientras cada uno reaccionaba según su naturaleza. Uno se habrá encomendado a Dios, otro habrá empuñado sendos revólveres, otro se habrá confiado a su buena suerte. *Es el plomero*, dijo en voz baja la mujer del "Nariz con Pelos", luego de haber abierto la puerta chirriante de ese semisótano; *no hagan ruido*. Los cinco pares de ojos depusieron momentáneamente las armas, y el lector se dispuso a continuar con el trabajo.

—Informe de la Conducción Nacional, agosto de 1977 —susurró. A través de las paredes llegaba el vozarrón del plomero, jugando con su mujer como un mago con un conejo. *Es el barrido de la grapodina, doña, el rulemán de empuje*, voceaba, *le hace este juego, ¿ve? Hay que desarmar todo, me tengo que llevar la pieza, y después le digo cuánto le va a salir.* El "Nariz con Pelos", puntilloso y litúrgico, continuó.

—Punto uno, punto uno uno, punto uno uno uno. Estado de situación. Compañeros —entonó con una voz luminosa, aunque de 8 vatios—: la Conducción está en condiciones de afirmar que hemos logrado romper el cerco.

"Nariz con Pelos" sintió que Galimba, Cuqui, Pancho y el otro, cuyo nombre no consigo acordarme, lo miraban convulsivamente. Levantó la vista del papel, y estaban todos doblados de la risa, tapándose las bocas para no llamar la atención.

Puedo imaginarme la escena: los cinco colgados del travesaño para que un plomero suburbano no les metiera el gol que podía terminar con sus vidas, la compañera tratando de sacárselo de encima en mitad de una reunión inesperada, y la Conducción anunciando a los cuadros en desbandada que por fin habían logrado romper el cerco. Sarcasmos de la tristeza.

El plomero se fue, y detrás de él cuatro de los miembros responsables de la Columna Norte. La reunión ya no tenía sentido; pocas cosas tenían sentido ya.

Al tiempo, el Ejército capturó por fin al otro Nariz, a Maggio. Dicen que, desarmado, se defendió a pedradas. El Tigre Acosta consiguió que *los verdes* le "prestaran" su cadáver para exhibirlo en el playón de estacionamiento de la Escuela. Los cautivos fueron obligados a pasar frente a ese cuerpo de marioneta, tirado sobre el piso de una pick up. *Tenía la cabeza destrozada.*

¿Cómo comenzó todo? Había un vitalismo ingenuo, que pretendía dar pasos más largos de los que le permitía la pernera, un marxismo prendido con alfileres a la propia carne, una vaga solidaridad con los desheredados con los que no hubiésemos podido mantener una conversación de diez minutos, ni soportar un silencio de cinco.

Me viene ahora a la memoria un poema de Robert Lowell, al que el paso del tiempo y todo lo que llevo dicho no le restan ni una partícula de maravilla: "Oh, liberarse como el salmón real / que brinca y cae, / que enfila hacia la imposible / piedra, la imposible cascada que destroza el espinazo… / y allí, con las mandíbulas en carne viva, exhausto, / tras verse detenido por diez peldaños de rugiente agua, / en el último intento salva la cima, / con la vida suficiente para desovar y morir."

Pienso en lo que habría pasado si hubiésemos tenido más sentido práctico, si nos hubiésemos dado cuenta de que nuestra distancia con los anhelos de este país esquivo e inconstante era mayor de la que existe entre el Muro de los Lamentos y Brooklyn, si hubiésemos advertido que lejos de haber roto el cerco lo teníamos encima, a punto de quebrarnos el espinazo, si Maggio hubiera desistido de librar su guerra de unitario y hubiese salvado la vida. Pero sólo obtengo respuestas parciales, fragmentos de una verdad portentosa y excesiva.

Y vuelvo, entonces, a los *peies* relucientes de aceite, pendulando entre la radiación arenosa y sagrada del Muro, al teléfono celular, a lo que hay cruzando el mar.

# Ay de los vencidos

*Ricardo Mc Donno era mi amigo. Murió en agosto del año 2000. Me resulta difícil de creer, según como lo pienso: él, lleno de vida y de alegría manifiesta, está muerto; yo, que había decidido morir hace treinta años, todavía estoy con vida... Ni una cosa ni la otra me dan alegría; no me importa que se note.*

Es curioso. Uno puede convivir con la tragedia durante años, tantos que ésta se vuelve como una segunda naturaleza. Hasta que en algún momento termina, si es que antes no ha terminado con nosotros. A partir de entonces comienza a transcurrir el tiempo, y uno da por supuesto que si la tragedia se repitiese, estaríamos en mejores condiciones para soportarla que la primera vez.

El tiempo pasa, y de repente la tragedia vuelve a escena. Es ése el momento en que comprobamos que no estamos en mejores condiciones en absoluto, que en realidad es tan sobrecogedora como la primera vez. Hace treinta años, la muerte de un amigo era, ¿cómo decirlo?, un evento periódico, casi rutinario. Hoy, la inminencia de la muerte arrasa como si fuera flamante.

Porque ahora resulta que quien se muere es Ricardo, el que llegó tarde a la calamidad de los '70, no porque le faltaran años sino porque los había vivido distintos, el que siente una simpatía amilanada por la patria socialista y otros eslóganes, el que escucha nuestras historias con el talante templado de un médico de niños. Ricardo es el que se muere, el que comenzó a matarse recién a fines de los '80, por una hermética cuita de amor.

Sí, porque yo creo que el hecho de fumar cuatro atados de cigarrillos por día, las dos o tres horas que duerme, las cada vez menos gotas de sangre que corren por su torrente alcohólico, todas las cosas que hace y todas las que dejó de hacer en estos últimos diez años, se originan en el desenlace de su matrimonio y en su imposibilidad de expresar lo que le estaba pasando. Solamente —y, esto, de vez en cuando— dice, como pensando: "Tengo que hacer tal o cual cosa porque Beatriz necesita que la ayude."

Me parece propio de la historia de la naturaleza humana que todo acto ejecutado una vez y anotado en los anales de una generación siga siendo una posibilidad aun después de que su momentánea falta de repetición lo haya relegado a ser parte aparente de la historia. No importa si el individuo integró o no el sector generacional que protagonizó el acto, y no hay ultimátum o escarmiento suficientes para impedir su reiteración. Hay algo así como una especie de magnetismo fatal, una predisposición genética de ciclo, un vértigo temporal que aproxima más allá de cualquier diferencia de clase o de ideología. ¿Habrá querido referirse Aimé Cèsaire a algo de este orden cuando escribió: *No se puede detener a un hombre que lleva el suicidio en el ojal?* Quién sabe; la cuestión es que yo siento que la proximidad de su muerte consuma a través suyo un destino que esperábamos para otros. Pero consuma el destino esperado.

Siento la necesidad de decir las cosas como creo que son, más allá de toda ira y jactancia. La verdad es que queríamos escribir nuestros nombres al pie de la vida, y desde que ese excesivo propósito desapareció ya nunca dejamos de caminar en falsa escuadra. La verdad es que la derrota convierte en forajidos a quienes han decidido hacer la guerra por cuenta propia para salvación ajena. No es lo mismo una media verdad que una verdad a medias; ésta es la que se intenta pero no se alcanza, media verdad es hasta donde se ha tenido el coraje de decir o escuchar.

Ahora, resulta que el que se muere es él; sin embargo, hay algo en las diferencias que pone de manifiesto las identidades. A finales de los '80 se separó de su mujer. Yo, que lo vi, puedo decir cómo fue: como quien no quiere la cosa, sin permitir que el episodio le modificase en lo más mínimo el aplomo, nada más que una monótona contrariedad. Comenzó por dejar pasar el tiempo, hasta que descubrió que el tiempo no había dejado de pasar en ningún momento. De un día para el otro las hijas hacían su vida, la mujer salía con un chico, y él trataba de responderse qué era lo que había cambiado en realidad para que todo estuviera tan cambiado. Allí comenzó a matarse, a escribir una ley destinada a ser confirmada por él mismo a título póstumo.

¿Cómo nos veíamos cuando comenzamos a ir a la muerte sin saber por dónde íbamos? Como defensores que habían franqueado la abdicación moral de parte de su pueblo y se alzaban contra la conformidad y cualquier forma de resignación. Nuestra divisa era: *hagan saber esto o aquello, lleven el mensaje aquí o allá, súmense a nosotros*. No sé si queríamos a los que sufrían, pero sin dudas queríamos correr su misma suerte.

Sé perfectamente cómo se veía a sí mismo cuando comenzó a matarse, o más bien cómo quería que lo vieran los demás; mirarse a través de los ojos de los otros es una de las formas que tiene de verse. Emprendedor, ocurrente, propicio. Fundó su paso a la nueva vida sobre el mutismo en cuanto a la vieja, el barullo en cuanto a la actual, y el desdén en cuanto a la futura. Habrá pensado que si se apoyaba sobre la impasibilidad de los tres principios iba a lograr comunicar indiferencia a sus actos y sentimientos. Sé que ahora debe de estar pensando que no había que hacer escrupulosamente lo que en realidad no era necesario hacer. Sé que debe de estar deseando abrazar a su ex mujer, hablarle al oído, pero si tuviera lo que desea no habría comenzado a suicidarse de a poco hace diez años, y no estaría hoy por morirse. O quién sabe lo hubiera hecho de todos modos; ¿quién puede decir a ciencia cierta "es por esto o por lo otro" que hemos tomado una decisión?

No es en modo alguno común que un hombre en situación de enfrentarse con su propia muerte, la apruebe sin más trámite. En este sentido, él no es distinto de la mayoría. Habla de cosas banales, hace proyectos, desaparece por algunos días, vamos a almorzar bajo el sol tumefacto del otoño. No hay ninguna contradicción entre el deseo sostenido de ocasionarse la muerte y la negación frente a la consumación de ese deseo. Santa Teresa dijo que se derraman muchas más lágrimas por las plegarias que Dios atiende, que por las no atendidas. Y esto es mucho más evidente en aquellos que ni siquiera se dieron cuenta de que estaban rogando. Superficialidades, planes, costumbres; es notable lo aterradora que puede llegar a ser la normalidad bajo ciertas circunstancias. Una serie de actos mecánicos se desprende de su propósito mecánico, y eso les hace adquirir la apariencia de instrumentos quirúrgicos monstruosos. Una determinación tropieza con la fatalidad, y entonces la idea total de círculos concéntricos se arruina y lo corriente se vuelve inhumano.

Las preguntas que se hacen los sobrevivientes no están hechas de materiales distintos. ¿Por qué no habría podido ser yo? ¿Qué haré con aquella exasperación? ¿Pero es que no hay una segunda oportunidad? También esas preguntas son anómalas; a su modo, son las preguntas de un moribundo, porque se han desprendido de un tiempo propicio y de la amabilidad del movimiento. Horrores es lo que son, horrores de soledad.

Ahora resulta que quien se muere es Ricardo. Empezó a matarse hace diez o doce años, cuando se separó de Beatriz y parecía que todo estaba bien y hacía ver como que era cosa de nada. Nosotros no, todavía no, nos pasó el tiempo hasta para morirnos en un acto de propia voluntad.

Muchos habíamos decidido estar dispuestos a morir hace veinticinco o treinta años. Otros no pensaban así, y mueren. Ya nos vamos a encontrar. Al fin y al cabo, y de un modo u otro, los vencidos siempre mueren por amor.

# VINO RESERVA

# Agua que no has de beber

*La falta de racionalidad con la que —en oportunidades— se manifiesta el ejercicio del poder de policía estatal y su sinsentido, se enfrentan con las más significativas batallas legales de la historia y con su legado.*

Homero se despertó en alcoba ajena, se sentó, y miró por sobre su hombro a la criatura que todavía dormía a su lado. Era el viernes 24 de noviembre de 2000, el día en que fueron a la huelga cerca de 6,5 millones de trabajadores, el 70% de los asalariados del país. El fulgor mate de la piel que alentaba al otro lado de la cama no le impidió recordar —entre los telones del sueño y la cerveza nocturna— que no había avisado a sus padres que no iría a dormir, que estaba en Parque Centenario, y que su casa quedaba en pleno Barrio Norte. Se vistió en silencio, resignado a caminar.

Durante otro noviembre, éste de 1970, Charles Manson era juzgado por el crimen de Sharon Tate —la esposa del director Roman Polanski— y por el de otras personas, en uno de los procesos más memorables del siglo XX. La testigo del fiscal, Linda Kasabian, explicaría que Manson consideraba inminente el escenario denominado "Helter Skelter": se desataría una guerra racial entre negros y blancos, los negros iban a ganar, luego serían incapaces de gobernar, y a continuación él y su "familia" llegarían para liderar la Nación; el asesinato de Sharon Tate era necesario para provocar la reacción en cadena. Manson fue condenado a muerte en la cámara de gas, y luego esta pena transformada en prisión perpetua.

Silbando "Helter Skelter", el tema de Lennon & McCartney, Homero se internó por las calles de Parque Centenario, esperando el milagro improbable de un taxi, y el posible de encontrar una avenida que le permitiera orientarse, cuando la cerveza de las vísperas hizo su inesperada aparición a través de uno de sus efectos: Homero empezó a considerar más inaplazable un baño de caballeros que una avenida o un taxi. Transcurrían las cuadras, y no había bares abiertos; el que encontró estaba cruzado por andamios y en restauración, incluidos los sanitarios. A cincuenta metros vio el cerco perimetral de madera de una obra en construcción, y pensó en la película sobre Vietnam: *Regreso sin gloria*. Hacia allí enderezó sus pies afligidos por el desplazamiento, pero repentinamente revitalizados como por arte de escondite.

Homero tiene veintidós años, la misma edad que tenía en 1895 Lord Alfred Douglas, hijo del marqués de Queensberry —quien escribió las reglas del boxeo—, y amigo íntimo de Oscar Wilde, relación a la que el marqués se oponía tenazmente. Fue entonces cuando Wilde decidió demandar al aristócrata por calumnias, a raíz de una tarjeta que éste le había dejado en el Albemarle Club de Londres, donde lo llamaba sodomita. En la Inglaterra victoriana, la homosexualidad era un crimen serio, y los juicios de Wilde son considerados una de las más vigorosas denuncias respecto de la hipocresía de las clases dominantes de la época. Wilde desistió de su querella, pero a continuación el marqués de Queensberry lo demandó a él por actos de indecencia y sodomía, y obtuvo su condena. Luego de cumplirla, terminado como persona, Wilde viajó a París, donde murió de meningitis a los cuarenta y seis años. "Todo hombre mata las cosas que ama", había escrito.

Precisamente terminando estaba Homero, cuando por el rabillo del ojo vio acercarse al móvil 127 de la Policía Federal Argentina, como un tiburón de badana color cobalto que, en mitad de la soledad de las 11:40 de la mañana, se detuvo justamente a su lado. Bajó un oficial con la inflexibilidad de los convencidos en la mirada, le pidió que se identificara, y le labró un acta contravencional por "ensuciar bienes ajenos", a tenor de lo que reza el artículo 73 del Código de Convivencia Urbana. No sirvió como atenuante la apretada lección de fisiología que intentó Homero, ni el ostensible paro general, ni ninguna otra cosa: estaba en juego el honor policial, las buenas costumbres, la familia, el hogar e incluso el futuro de la Nación. Homero apoyó la papada contra su pecho apesadumbrado, y aceptó la copia del acta.

La lectura de las actas del juicio que en 1992 terminó con Mike Tyson en la cárcel permite comprobar en qué medida el hecho de que el boxeador fuese una superestrella no hizo mella ni en el jurado, ni en los fiscales ni en la jueza. Tyson había agredido sexualmente a Desirèe Washington, una belleza negra de dieciocho años que había sido elegida Miss Rhode Island. Los antecedentes de Tyson en la materia, la comprobación de que la denunciante tenía, veinticuatro horas más tarde, abrasiones y excoriaciones que indicaban violencia, y diversos testimonios llevaron a la jueza a condenarlo a diez años de prisión, con los últimos cuatro suspendidos. Debido a su buena conducta, salió en libertad bajo palabra tres años más tarde.

Después de haber sido citado por el fiscal, bajo apercibimiento de ser conducido por la fuerza pública, Homero, en los antípodas de una superestrella, concurrió a tribunales, donde se enteró de que el oficial, en un rasgo de grandeza característico de los convencidos, lo había denunciado por ensuciar bienes pero dejando en claro que el bañista había mostrado el debido recato de no ser observado por terceros. Esto es, urgido sí, pero nunca exhibicionista. Pensó en el viejo remedio de una amonestación verbal y una palmada en la espalda, en cuántas notificaciones y pasos procesales tendrían todavía las actuaciones, en el costo del trámite.

También pensó en que ese episodio no iba a dejarle absolutamente nada a él, a la sociedad, al concepto de convivencia y de justicia, y a los anales de las más significativas batallas legales de la historia.

# La hechura de las cosas

*Mi hermano es Marcelo Bielsa. A propósito del director técnico de la Selección Nacional Argentina de fútbol, bien vale la frase extraída de* Star Trek (Espacio Profundo 9): *"Buscamos constantemente, no sólo respuestas a nuestras preguntas, sino también nuevas preguntas. Somos exploradores, exploramos nuestras vidas día tras día."*

Es la noche del 28 de diciembre; suena el teléfono y respondo. Miro la hora: las 11 y media. Mi hermano Marcelo me habla desde la ruta.

—¿Te acordás del 31 del mayo del '98, cuando te dediqué el campeonato de Vélez en "Fútbol de Primera"? —me descerraja a boca de jarro. Yo recuesto el sillón, cierro los ojos, y me paso la mano libre por la frente.

Cómo no me voy a acordar. El "Cantar de los Cantares" dice: *Pone me ut signaculum super cor tuum*, "llévame como una crucecita sobre tu corazón". Así llevo aquella dedicatoria: asientos del amor fraterno.

—Bueno —continúa, inexorable—. Creo que no debí haberlo hecho.

Por una décima de segundo me estremezco. Lo imagino irrumpiendo en "Fútbol de Primera" a paso redoblado, dispuesto a enmendar la injusticia retirándome el homenaje; involuntariamente, aprieto el puño, como atrapando un talismán. Me lo figuro aferrado al volante, reverberando, con las luces verdes del tablero dándole a su rostro el aire de un contagiado progresivo de kryptonita, el ceño tenso en una expresión de concentración dolorosa.

—Tengo tres razones —se explica—. La primera es que uno no debería disponer de la totalidad de lo que sólo es parcialmente propio. Aquella noche, campeones habíamos salido todos, los jugadores y yo, de manera tal que al haber estado ausente del programa el plantel completo, yo no debí de ninguna manera apropiarme de lo que no era mío.

Por algún motivo me viene a la cabeza un pasaje de San Agustín, en *La ciudad de Dios*, donde el autor se ocupa de la división que hace Varrón de los libros que compuso sobre las antigüedades, a las que discriminó en cosas divinas y humanas. Reconozco aquel motivo: es la minuciosidad agustina, la aplicación atormentada.

—La segunda razón es que si una dedicatoria contiene un sentido eminentemente personal, ya que uno expresa un sentimiento íntimo, de dicho modo debería hacérsela llegar al destinatario, y no por televisión. —Aquí, mi hermano hace un silencio. Pienso en que una pelota envenenada, casi al rastrón, ha cruzado por delante del automóvil, y temo escuchar el chirrido de una frenada. Afortunadamente, nada de esto sucede.

—En tercer lugar —cierra—, uno no debe dar al periodismo una herramienta tan poderosa como el conocimiento de la propia emotividad desnuda. Si todos los que acceden a ella le fueran a dar el trato que merece un sentimiento noble, podría ser, pero no hay garantías. *No - hay - garantías* —repite, para que no nos queden dudas ni a mí, ni a aquel sujeto imponderable con el que anda ajustando cuentas todo el tiempo, ni a él mismo.

La conversación gana caudal, como un torrente de montaña, salpica como una canilla mal cerrada. Una parte de mi cabeza repite una maniobra que vi en algún partido de los que jugó la selección nacional, una jugada que sólo puede concebir una mente martirizadamente concienzuda.

Ortega toma la pelota, y el soplo de su irreflexión la conduce entre las piernas de varios rivales, se la pasa al Piojo López que generosamente se estira sobre la otra banda, como hacen los corredores olímpicos cuando están a punto de cruzar la meta, como hacen los pájaros, y éste la hace llegar a Batistuta, que está en el lugar justo en el momento adecuado, en ese sitio inacabablemente identificado y ocupado durante los fatigosos entrenamientos.

Batistuta, con un remate despiadado transforma las largas horas de falta de autoindulgencia, de aplicación y de tenacidad, en gol argentino. Las convierte en la pasión según San Gabriel.

El reloj ahora indica que ya es un nuevo día, el viernes 29; la conversación continúa sin respiro. Recuerdo que, unos días después del partido, le hablé de ese gol a mi hermano Marcelo. "Sí", me dijo, "pero en las prácticas Bati no disparaba con violencia, sino que tenía que tocar suave a un costado del arquero, tomándolo a contrapierna.

El tanto que te gustó no debió haber sido gol. Te voy a dar tres razones por las que no es justo que la jugada terminara como terminó".

Vuelvo a mirar el reloj, que parece tener el latido acelerado, y me dispongo a zambullirme en la madrugada.

# La Villa Ocampo

_El 23 de enero de 2000, el periodista Eduardo Van der Kooy y yo presentamos_ La Vida en Rojo y Negro, _el libro de Newell´s de nuestra autoría, en la Villa Ocampo, Ciudad de Mar del Plata. Allí compartimos con los asistentes las diversas vivencias que el club de nuestros amores motivara; el sinfín de recuerdos y anécdotas entrelazadas en el lugar suscitaron la escritura de "La Villa Ocampo"._

Daniel Rearte. Así se llama el fana leproso que nos recibió en Mar del Plata el domingo 23 de enero en que fuimos con Eduardo Van der Kooy para presentar en los jardines de la Villa Ocampo la nueva edición de _El libro de Ñuls_. Ahora mismo debe de estar en el Aconcagua, vadeando una excursión que postergó algunos días para hacer de anfitrión; cosas que tiene el fútbol.

Rearte podía ser el primer ingeniero agrónomo de la historia de la Facultad de Ciencias Agrarias de Rosario; tenía que rendir Terapéutica Vegetal, su última materia —se había anotado primero, lo que por entonces determinaba el orden de presentación a examen— el 23 de diciembre de 1971. Sólo que cuatro días antes, el 19, en el Monumental de Núñez, Ñúbel jugaba la semifinal del torneo Nacional contra los canallas.

La noche de la presentación estaba fresco. Los viejos árboles bajo los cuales habían paseado García Lorca, Rabindranath Tagore, Pablo Neruda y tantos otros, remoloneaban bajo los chasquidos de un viento benévolo. La fachada trasera de la casa nos miraba, se me hizo que con algo de misericordia, pero por fortuna por allí andaba el Tata Martino, para emparejar con algo de la belleza memorable de su empeine las limitaciones de nuestra pluma improcedente.

Rearte nació cerca de Rosario. Hijo de una familia ferroviaria de los talleres de Pérez, el Chicho —su padre—, cambista, foguista y guinchero, destinaba uno de los cuatro pasajes gratis con los que la empresa bonificaba anualmente al personal para visitar a un hermano que vivía en La Banda, y los otros tres para llevar a Daniel a Buenos Aires para ver a Ñuls. Trabajando como mozo, Daniel fue el único entre sus primos que pasó por la Universidad, pero no el único de la familia que tenía el rojinegro en la sangre; además de su padre había otros parientes, mezclados con un abuelo y un tío centralistas.

La noche del 23 de enero último aglutinaba, de este modo, parte de los trazos más enérgicos de mi propia historia familiar: la prosa literaria y la impía, los poderosos y los humildes, la tradición y la vanguardia, los salvados y los hundidos, el orden y la desobediencia, el gusto refinado y el amor por las cosas simples. Ñúbel y Central.

* * *

Antes de comenzar con la presentación, se me acerca una señora y se identifica: *Me llamo Alba Blánquez*, me dice, *y fui compañera de colegio de tu tía.* Los libros tienen estas cosas, como las tiene el fútbol: abren una puerta a lo repentino. *Me acuerdo mucho de tu padre*, prosigue rápidamente; *con tu tía, lo mirábamos trabajar en aquella biblioteca interminable.* Yo le aclaro que "mi" padre en "una biblioteca" es una contradicción en sus términos, que en realidad ella debe de estar refiriéndose a mi abuelo. *Sí*, me dice mohína, *hablaba de tu abuelo. Con tu padre, en realidad, salimos cuatro o cinco veces.* Comprendo esa fatalidad de los cuarentones que se encuentran con amigos de sus progenitores: aquéllos se saltan los años, y por olvidar los que tienen nos los agregan. *Tu padre se casó con una muchacha del interior, ¿verdad?*, me pregunta. *Calderera, se apellidaba, Calderera...* Yo reparo en el patronímico que le ha asignado a mi madre, más vecino a una actividad que a un nombre; *Caldera*, le aclaro, *Lida Caldera.* Eso, me responde, meneando la cabeza, *Lida; era profesora de física, ¿no es cierto?* No, me escucho decirle con saña, *lo que tenía era un físico bárbaro, pero, profesora, era de castellano.* Alba Blánquez encoge los hombros malogrados, permanece un segundo en silencio, y con lo que le queda de fuerzas lanza su ataque final: *Y decime una cosa, Rafael; ¿siguen juntos, o por fin se separaron?*

* * *

228

El 19 de diciembre de 1971, Daniel Rearte, Arturo y Tonito partieron en un '600 por la ruta 9, con el temblor del partido en ciernes y la premisa de arrancar una mata de pasto del piso del Monumental si ganábamos, para plantarla en el jardín de la casa de alguien, ponerle un cerquito y una plaqueta. Para eso había que entrar al campo de juego, lo que estando en la segunda bandeja del Monumental era más bien difícil, y en eso consistía el acertijo al que se aplicaron durante el viaje, junto con la búsqueda obsesiva de signos que permitieran tener una certeza adelantada del resultado. Ya se sabe cómo es esto: si te gusta el sol y amanece soleado, si la primera palabra que escuchás en el momento de despertarte empieza con una consonante...

Pero los signos no aparecían. Hasta que al entrar al estadio, bastante temprano, por el portón de Figueroa Alcorta, se cruzaron con Carlitos Fogel, cuñado de Tonito, oriundo de Pérez y canallón, quien estaba con el plantel de Central porque jugaba en la reserva, y que les ofreció tres plateas en la primera fila, junto al *field*. Me imagino los ojos de Daniel Rearte, fulgurantes enfrentados al ofrecimiento: ¡ganamos, esta tarde ganamos! Porque, de otro modo, ¿cómo entender que el destino, Dios, la suerte lo pusieran al lado del pasto que tenía que llevar de regreso para alzar el altar en honor a aquella victoria? Allí estaba el indicio, como debe ser, cabal y postrero para dejarse admirar en toda su majestad enigmática.

Luego comenzó el partido. Las corridas de Bezerra, los toques entre Montes y Manolo Silva, las diagonales en puntas de pie de Obberti, hasta que en un contragolpe, gol de Central. Pero, ¿qué importancia tenía? El veredicto ya había sido pronunciado, ¿o acaso no *estaban en la platea, a metros del césped esmeralda?* A partir de allí, todo fue Munutti, el arquero auriazul. Daniel habrá pensado que el destino les iba a regalar el gol del empate a los 80 minutos y el del triunfo a los 91, para congoja de los *panzas rayadas,* habrá estado pensando en cuánto faltaría para el final, cuando el referí dio la hora. El partido había terminado y todos decían que habíamos perdido; hasta los hinchas de Central, en el sector opuesto, festejaban como si hubiesen ganado. Y así fue, con aquel gol de Poy.

Con la muerte en el alma, Daniel, Arturo y Tonito volvieron por la misma ruta 9, ahora camino de perdición como lo había sido de consagración, sin alcanzar a entender qué había sucedido, en qué momento el destino fue tocado de costado y enviado a la banda enemiga, qué horrible pecado había desencadenado el castigo atroz. Por Ramallo, Daniel se acordó que en cuatro días rendía el último examen, de que podía ser el primer ingeniero agrónomo de la historia de la

Facultad de Ciencias Agrarias de Rosario. Pero se sintió un ñubelista traidor, y alejó la idea para volver a la pena cabal.

* * *

Habla Mario Truco, el tradicional comentarista deportivo de Radio Rivadavia, sobre nuestro libro. Una ráfaga de viento hace caer graciosamente sobre la mesa tocada con un mantel de lino blanco, el ramo de hortensias sumido dentro del florero translúcido. Sobre nuestra derecha, a unos treinta o cuarenta metros, flanqueando la casa crema, caminan una viejecita vestida de organdí, del brazo con alguien que parece su nieto, un joven granujiento de quince o dieciséis años.

—¿Qué es toda esta gente detrás de los parterres, hijo? ¿Algo que valga la pena? —pregunta la viejita, alzando la punta de la nariz como un perdiguero.

—Son Bielsa y Van der Kooy, que presentan un libro sobre deporte —le contesta el nieto mirando para otro lado.

—¿Bielsa y Van der Kooy? ¿Y son conocidos?

—Me parece que uno es el hermano de un jugador de fútbol muy famoso —precisa el muchacho.

—¡Ah, sí, ya sé! —se alivia la abuela, con aplomo—. Van der Kooy...

* * *

Daniel Rearte se pasó tres días mirando las manchas de humedad del techo de su pieza. Terapéutica Vegetal, el título: ¡qué le importaban! Graduarse era una frivolidad, no sufrir era no ser leproso.

El 23 de diciembre estuvo allí, en las aulas, porque de alguna manera el título, más que para él, era para sus viejos. Le tocaron dos bolillas fáciles, enfrentó a la mesa como un guerrero magro, expuso. Al finalizar, el titular de la cátedra, ingeniero Peralta, preguntó a los profesores si alguien tenía alguna otra pregunta. Girardi, el decano de la Facultad, presente por la trascendencia del examen, dijo que sí, que él tenía una. *Una última pregunta, una de concepto y de criterio sobre lo que es ser profesional*, que Rearte podía elegir entre contestar o no, que sólo exigía expresar *si la había entendido o si no*. Daniel no sospechaba cómo venía la cosa, pensó en los hundidos y en los salvados, en la desobediencia y el orden, en Central y en Ñuls, pero en realidad, todo le importaba un comino y dijo: *Sí, ingeniero, pregunte.* El decano escribió algo en una tarjeta, se la extendió y la irguió de modo que sólo Rearte pudiera verla. Allí decía: *Daniel, no te angusties, yo estoy tan destrozado como vos. La próxima se nos da, te lo juro, la vida siempre regala una segunda oportunidad.* Daniel Rearte lo miró. *Rearte, ¿entendió lo que quiero significar?*, le preguntó el decano. *Sí, señor decano, ¡perfectamente!* Éste se levantó, le dio la mano, y le dijo: *¡Felicitaciones, ingeniero!* Daniel Rearte, el primer ingeniero agrónomo de la Facultad de Ciencias Agrarias de Rosario, hincha de Ñuls, marplatense por adopción, investigador y alpinista.

La vida, a veces, da más que una segunda oportunidad. Así, después vendrían el '74, el '88, el comienzo de los '90, la Villa Ocampo.

# Que me lo den en vida

*Entre los argentinos, sus ídolos y el éxito existe una relación indiscreta. La Argentina desespera por el éxito y, cuando sucede o se alcanza, agobia a quienes lo obtienen con el peso irresistible de obligarlos a ser trascendentes, cuando nada hay tan efímero como aquél. Dice un proverbio chino: "El clavo que sobresale siempre recibe un martillazo".*

"El europeo y el americano del Norte juzgan que ha de ser bueno un libro que ha merecido un premio cualquiera; el argentino admite que no sea malo, a pesar del premio." (Jorge Luis Borges. *Borges Verbal*, Mario Paoletti y Pilar Bravo, Emecé, Buenos Aires, 1999, pág. 43).

"*...De las luces que a lo lejos / van marcando mi retorno*", se emocionó Maradona, con la camisa negra abierta hasta la mitad del pecho y las sobaqueras húmedas de distancia y desconcierto.

"*...Son lah mihmah que alumbraron / con suh pálidoh refleho' / hondah horah de dolor*", se le sumó Mayito, Mario Rivera, uno de los cantantes solistas de Los Van Van, el célebre conjunto cubano de salsa. "Ellos son nosotros", suelen decir en la isla de Los Van Van.

—¿Y vos, cómo conocés la letra de "Volver"? —le preguntó Diego a Mayito, sorprendido, y desafiante sin quererlo.

Mayito se sonrió, lo miró a Diego y enseguida a Semira, la espléndida "sandunguera" que lo acompañaba esa noche. *Pero qué me diceh, shico, ¿que cómo lo sé? Puéh pohque mi' padreh no hacían otra cosa loh domingoh que bailar el tango en el patio de tierra de la casa.*

Arturo se dio cuenta de inmediato de que en esa aplomada y

232

rumorosa casa de "La Pradera", el Centro donde Maradona estaba internado, entre sus muebles de mimbre y sus pisos de mármol, iba a haber magia. Conocía La Habana más que Buenos Aires, le sabía los ojos fosforescentes con que te mira desde detrás del telón marítimo cuando tiene pensado hacer de las suyas, y cómo se espesa y azucara el aire cuando algo está por suceder.

Arturo tenía un gran afecto por Mayito, al que consideraba un amigo entrañable, razón por la cual siguiendo su inveterado reflejo, sin el cual Arturo no sería Arturo, le miró las piernas a Samira con apetito amortiguado de *gourmet*.

—Pensar que yo me calenté por primera vez con la música cubana en Milán, hace una punta de años, una noche que hacía un *ofri* de aquéllos, antes de un partido con el Inter —comentó Diego. En la *zapie* del hotel me *copé* con un conjunto que se llamaba "Moncada", y lo estuve escuchando por televisión hasta que terminó el show, como a las dos de la *matina*.

—Puéh entonceh me conoceh desde hace "una punta de añoh", como tú diceh, shico —le respondió Mayito—, pohque en ese grupo tocaba yo.

Maradona abrió grandes los dos ojos, y se echó hacia atrás de la silla, con ese rostro que pone a veces para agasajar a su interlocutor, haciéndole ver que todavía existen algunas cosas capaces de sorprenderlo y de interesarle en la vida.

Arturo pensó en lo bien que le hacía a Diego esa curiosidad sin intereses encubiertos con que se le acercaban los cubanos cada vez que lo reconocían, y en lo distinta que era su vida allí respecto del infierno de Buenos Aires, al que él adicionaba el suyo propio. La Argentina destruye a sus ídolos y tiene ídolos autodestructivos. ¿No será una cuestión atmosférica lo que los vuelve autodestructivos?

Diego puso los dos codos sobre la mesa, y apoyó su mentón sobre el atril de sus manos. Había dormido hasta tarde, y acababa de bañarse y de afeitarse, pero en sus ojos había siempre un aledaño de cansancio. Como hablando consigo mismo, canturreó: "...*con la frente marchita* / *las nieves del tiempo* /*platearon mi sien*". ¿Vieron lo que dijo el otro día Charly García? Que si lo seguían jodiendo, con todo lo que quería a la Argentina, se iba a matar, y los iba a dejar a todos sin él. ¡Qué *colino* el *chabón*! Pero yo lo entiendo. Si te quieren, que te quieran y que te lo digan, pero que no te jodan todo el tiempo. En la Argentina, para que te dejen tranquilo y te digan que sos el más grande, la condición es que te mueras rápidamente.

Arturo advirtió con cuántos pecados de nuestro país cargaban

Diego, Charly, y tantos otros, y en cómo los castigaba la sociedad cuando ellos dejaban ver esos pecados colectivos, y en cómo castigaban ellos a la sociedad por renegar del peso que los obligaba a cargar. Mayito había empezado a hacer ritmo con los índices de sus manos sobre la mesa, y cantaba algo. Prestó atención, y pudo oír: *Si me lo van a dar, / que me lo den en vida, / si me lo van a dar.*

Un viento habanero, parsimonioso y curvo, hacía salsear con moderación las copas de los árboles. Afuera había una noche de hueso blanco, seca y mordiente. Mayito, sin dejar de hacer ritmos, le preguntó a Diego: *Dime una cosa, shico, no te tomeh a mal la pregunta.* Diego imaginó, revolviéndose sobre la silla, una lluvia de terrores empapando una viuda blanca. En cambio, Mayito cayó por otro lado: *¿Fue con la mano que le hiciste aquel gol a loh ingleseh?*

—Sí hermanito, claro que fue con la mano —suspiró—. Yo salté mirándolo al arquero inglés, que era un *logi*, con un costado del ojo, y por eso me tuve que ayudar. Si saltaba franco, no hubiese hecho falta. Cuando me caí, desde el piso vi al juez de línea salir corriendo hacia el centro del campo, y ahí nomás empecé a festejar.

Mayito tarareaba: *Si me lo van a dar / que me lo den en vida,* bajito, mirando a veces a Diego, y otras a Semira. *No esperen que yo me muera / dámelo ahora, mi vida.*

—Pero grande fue lo que me pasó un tiempo después jugando contra el Udinese —siguió Maradona—. Metí un gol de la misma manera, y salí a gritarlo como un desesperado. Resulta que para el Udinese jugaba Zico, que llamó al juez y juntos me vinieron a buscar.

Diego miró a derecha e izquierda, como buscando algún madero de salvación, pero —como últimamente— no encontró nada y prosiguió con el relato.

—Cuando me cruzaron, Zico me agarró del brazo, y me dijo: "Diego, *se sei uomo e onèsto,* tenés que decirle al árbitro que el gol lo hiciste con la mano". La verdad es que la caballerosidad de Zico me dejó paralizado por un segundo. Pero enseguida me rehíce: "*Senti, Zico*", le *batí, "sono finocchio e ladro,* soy marica y ladrón, pero el gol es legítimo". Y salí corriendo para seguir gritándolo. El árbitro lo convalidó.

Semira se levantó para ir a la cocina, y Arturo siguió hablándole por encima del hombro con una sonrisa que le sacaba años. Antes de pasar por debajo del marco de la puerta, sintió cómo Mayito golpeaba el borde de la mesa con sus dedos índices y cantaba: *Si me lo van a dar / que me lo den en vida.*

Diego, al principio con timidez, pero enseguida como si hubiese adoptado la canción como himno y divisa, a voz en cuello se sumó a la hermosa voz de tenor de Mario Rivera, solista de Los Van Van.

Antes de entrar en la cocina con Semira, Arturo se dio vuelta. Por un instante, irrepetible, sintió que Diego no necesitaba nada más que lo que tenía en esos momentos.

# EPÍLOGO

## Para nuestros hijos

*El nacimiento.* Recuerdo la sala de partos; tenía como una especie de franja de ladrillos de vidrio en el sitio donde una de las paredes se juntaba con el techo. Fue en lo que reparé cuando el médico me hizo entrar para que asistiera al nacimiento de mi primer hijo varón, aunque ahora —no sé por qué— me parece difícil que un recinto quirúrgico tuviera luz natural.

Cuando Laureano, mi hijo, apareció de detrás de unos arneses, de unos paños verdes asépticos y colgando de uno de los brazos del obstetra, un vaho azul llenó el espacio. Soy consciente de que todo padre tiene inclinación por asociar a sus hijos con singularidades, sean éstas virtudes, primores o mensajes del más allá. Estaría tentado de incluirme dentro de la categoría de los padres universales, si no fuera porque en esta ocasión sucedió de verdad. Mi mujer también lo vio, y creo que las enfermeras, o por lo menos una de ellas, dio vuelta la cabeza hacia la franja de ladrillos de vidrio como buscando explicación.

Del médico, en lo único que me fijé fue en su brazo *herodiano*, pero de todos modos no asignaría a su testimonio demasiado valor; se trata de gente más habituada a las órdenes, del tipo de "bájese", o "súbase", o "dése vuelta", que a la percepción de fenómenos místicos.

En cualquier caso, Laureano llegó a la vida como lo dice su nombre, victorioso. No es que la vida le haya respetado demasiado el modo como la abordó o el nombre, ni creo que lo comience a hacer de un momento para el otro, pero de algún modo él se comporta como si así fuera, y en sus gestos, en su actitud para con los demás y, particularmente en su sonrisa, yo encuentro vestigios del vaho azul que se posó sobre sus pestañas como una ventura tamizada por eternidad. Ver a través de los ojos de alguien: con nadie se alcanza eso mejor que con un hijo.

Hilario, en cambio, mi segundo hijo varón, tiene otra historia. Un viernes, por puro acaso, su madre decidió hacer una visita al médico, habida cuenta que faltaba poco más de quince días para la fecha prevista para el nacimiento. En el consultorio, el tipo dejó de auscultarla, se puso mortalmente serio, y mandó a que me llamaran con urgencia. Yo detesto la palabra "urgente"; nada que los demás consideren que es urgente para nosotros puede ser bueno, e incluso dentro de las cosas que nosotros mismos calificaríamos como urgentes hay muy pocas buenas.

Llegué corriendo a la clínica, preparando las frases de consuelo que debería obsequiar a los demás a cuenta de mi propia pena (ése es uno de los reflejos condicionados que suele quedar en quienes sobrevivimos durante los '70), y mi hijo ya había nacido. Se le había enroscado el cordón, el corazón se le aceleraba y desaceleraba (eso fue lo que demudó al médico), y si no provocaban el parto hubiese muerto. Entró en este mundo por cuestión de instantes, lo saludó sonriendo, y por eso se llama Hilario, "el que es alegre".

Su nacimiento, como el de Laureano, y desde ya su nombre, también han incidido en su vida temprana, como lo demuestra lo que nos sucedió en Guatemala. Guatemala... ahora mismo, seis años después, todavía se obstinan en mi memoria los nombres de los lugares: Municipio de Esquipulas, Puesto de Registro de Mayuelas, Aldea Salfate de Quetzaltepeque, Suchitepéquez, Caserío Xejoyup, Cárcel de Chimaltenango. Seis años... eso es otra cosa que cambia para siempre con los hijos; sin ellos, sería una etapa, con ellos es toda su vida, y con la suya, la mía.

Luego de las elecciones del '95, me fui a trabajar en la Misión de las Naciones Unidas para la Verificación de los Derechos Humanos acompañado por mi familia. Por entonces, Guatemala tenía la guerrilla más antigua de Centroamérica (la Unidad Revolucionaria Nacional Guatemalteca); el hijo del escritor Miguel Ángel Asturias peleaba con el nombre de *Comandante Gaspar Ilón*. En treinta años de combate habían muerto más de cien mil personas, y se estaba entrando desganadamente en un proceso de paz.

Guatemala es un país insondable, que tiene un hermoso himno nacional, un pájaro llamado *quetzal* cuyo pecho parece ensangrentado, veintitrés etnias y otras tantas lenguas entre doce millones de habitantes, urnas funerarias con forma de guerreros, las irascibles erupciones del volcán Pacaya, y un olor a vida y a muerte que, una vez conocido, en adelante es imposible desconocer.

Viajamos la madre de mis dos hijos varones y yo. Hilario tenía apenas tres meses; parecía saber que había nacido por milagro, porque disfrutaba con glotonería de todo lo que sus sentidos eran capaces de reconocer. Vivíamos en el centro de la ciudad, y a mí me parecía que el trabajo era bueno. Viajaba constantemente al interior del país, para verificar las denuncias sobre violación a los derechos humanos, y todo era a un tiempo flamante, inescrutable, conmovedor.

A veces, llegábamos a una población que diez años antes el ejército había arrasado. Es extraño ver a los perros escarbando entre dos piedras e imaginar que en el mismo lugar alguna vez dos manos amasaron harina de maíz. Otras veces, debíamos abrir una tumba colectiva. La atmósfera de la muerte transcurrida es a un mismo tiempo fétida y antiséptica: recuerdo un par de anteojos perfectamente conservados que se habían adherido a los restos de una mano, que los antropólogos forenses cepillaban amorosamente.

Un mediodía, después de almorzar, bajé del departamento donde vivíamos para ir a las oficinas de la Misión. El auto blanco de Naciones Unidas me estaba esperando bajo unos árboles de laurel; de pronto vi que se me acercaba un hombre de edad imprecisa, como suelen ser los mayas, vestido con un pantalón oscuro y una camisa amarillenta de mangas cortas. A tres metros de distancia el uno del otro, el hombre se detuvo, me miró, y me hizo un gesto con el brazo derecho: giró el antebrazo repetidas veces, como si se tratara de un trépano, al tiempo que movía los dedos de su mano haciendo sonar un arpa imaginaria. Me sobresaltó su mirada, una mirada córnea con reflejos nacarados, como si mirara parcialmente o bien hacia un espacio diferente de aquel en el que estábamos situados, pero como allí se quedó, repitiendo ese gesto corrosivo, me subí al auto sin más. El chofer no hizo comentarios y recorrimos el trayecto en silencio.

A partir de aquel día, comencé a cruzármelo regularmente, en los lugares menos pensados. Los sábados íbamos con Laureano e Hilario al supermercado, y un par de veces lo encontramos a la salida. En las dos ocasiones me hizo el mismo gesto rapaz de forma de hélice. Como empecé a acostumbrarme a aquellos encuentros, lo bauticé: Abularache Culúm, una mezcla de nombres de las víctimas cuyas desventuras yo tenía que oír a diario. Era un poco macabro, es verdad, pero digo en mi descargo que trataba a mi manera de que el terror que el individuo producía en la madre de mis hijos no me afectara y que ella pudiera tomárselo menos a la tremenda.

Hilario, por el contrario, lo esperaba. A pesar de que por entonces tendría cuatro o cinco meses, siempre lo descubría primero, y gorjeaba indefectiblemente anunciándonos su presencia. Mi hijo disfrutaba de Abularache Culúm como de la brisa, la lluvia, las hojas dobladas por el rocío o las canciones en k'iche que le cantaba Margarita, su niñera.

En una ocasión le pregunté a Margarita por Abularache; me miró con los mismos ojos opacos y córneos y me contestó en su lengua, que delante nuestro sólo usaba para cantar. Tuve la intuición de que no era del caso insistir, y no lo hice.

Cierto día hubo que viajar a Flores, en Petén, que es una zona ubicada en el norte del país. Por allí quedan las ruinas de Tikal, donde de noche vagabundean los jaguares soñolientos olfateando vetas de aire cargadas de anuncios. Desde 1917 unas familias habían venido asentándose, sin saber si los terrenos eran o no de propiedad privada, hasta que apareció un supuesto dueño que comenzó a venderlas a militares, que de inmediato comenzaron a desalojar a las comunidades. Acababan de matar a dos hombres en una de esas escaramuzas.

El avión, un turbohélice con veinte años de campaña, se estremeció desde el momento mismo del despegue. Dos o tres veces pareció que el piloto no podría dominarlo, y que nos estrellaríamos contra alguna de las laderas de los cerros. Yo nunca tuve miedo de los aviones ni de las sacudidas, pero por alguna razón con cada remezón pensaba en los pibes y tendía a preferir que la máquina remontara, invicta.

Cuando llegamos, nos estaba esperando una ambulancia porque un voluntario se había descompuesto. Podría jurar que a pocos pasos de allí, bajo el cielo encapotado y avieso, vi a Abularache Culúm, quien horadó la atmósfera de miedo con su antebrazo rotativo e hizo sonar las cuerdas del suplicio con sus dedos en abanico. Cuando corrí hacia él lleno de rabia (en realidad, ahora no sé si se trataba de rabia o de desahogo), ya no estaba.

Algún tiempo después, un mediodía de domingo, azul y apacible, volvíamos los cuatro de Antigua Guatemala, una de las ciudades más hermosas que conocí en mi vida, donde los rituales mayas se han fundido con las tradiciones católicas y se celebran quejumbrosas ceremonias en las partes posteriores del altar mayor de las iglesias.

De pronto, Laureano —que viajaba en el asiento trasero— dijo que su hermano se *iba* a sentir mal. La madre se dio vuelta, no vio nada raro, y se despreocupó. A los pocos instantes, el mayor repitió su advertencia: Hilario estaba morado, ahogándose, como cuando en el vientre materno se le enroscó el cordón umbilical.

Ignoro de qué modo conseguí cruzar las seis manos de la autopista que converge en la ciudad de Guatemala en instantes, buscando parar al costado del camino para tomar a mi hijo de las piernas, colgarlo cabeza abajo y golpearle la espalda hasta que expulsara el objeto que lo estaba matando. Fue lo único en lo que atiné a pensar, la ancestral receta contra el color amoratado. Cuando frené sobre el borde de la vereda, un grupo de indígenas que esperaba el ómnibus se abrió en racimo. Me bajé a la carrera y le arranqué a mi esposa el niño que agonizaba por segunda vez en su vida.

Entonces apareció Abularache, con sus pantalones oscuros y la camisa amarillenta de mangas cortas, mirando a mi hijo con los ojos córneos con reflejos nacarados. Se acercó como si caminara por sobre éter, giró su antebrazo, hizo el remolino consabido metiéndole los dedos dentro de la boca, y sacó de allí el papel de celofán que su hermano le había embutido segundos antes de hacernos la primera advertencia. El chiquito empezó a sonreírle, y ya no hubo más tiempo para nada, porque había desaparecido.

A los seis meses regresamos a la Argentina. El trabajo no había sido tan bueno como creí en un comienzo, porque me enfermé. La muerte de los otros también mata por contigüidad, aunque uno no lo sepa en el momento. Los hijos nos enfrentan a un cambio: muestran que hay muertes que pueden doler más que la propia y uno genera una red de intuiciones para prevenirlas. Ahora lo sé.

Hilario ha seguido creciendo con la misma avidez por todo lo que tiene a su alrededor. Alguna vez me digo, como una especie de conjuro: "¡Abularache Culúm!"; cuando mi hijo menor me escucha se ríe, pero la verdad es que está riéndose todo el tiempo. Laureano lo mira, con un dejo de compasión en los ojos donde sobrevive un vaho azul.

*Los hijos y los miedos.* Existe en Roma un sitio que se llama Porta Portese, una plazoleta con abundante travertino, y con columnas toscanas que encuadran un marco en los muros de Urbano VIII. Desde allí parte la vía Portuense, y los domingos por la mañana ese trayecto de más de veinte cuadras se transforma en una Babel ininteligible donde zulúes azules juegan un juego de azar con placas de madera en el que siempre pierde el ajeno, hindúes con frentes aplanadas trafican telas sin costura, *ragazzi di vita* passolinianos venden cubiertas para automóviles con poco y furtivo uso, abisinios grandilocuentes ofrecen rollos del Mar Muerto secos y quebradizos.

Desde las siete de la mañana hasta pasado el mediodía el sitio se transforma en una especie de Pireo, una Alejandría subalterna en la que centenares de parroquianos van y vienen, mucho más confiados en el espectáculo que en las mercancías que se llevarán.

Hacia allí me dirigí hace años con Johanna, la hija de mi pareja de entonces, a quien quise como si fuera mi propia hija, y con Gilles, un reciente amigo haitiano con el rostro del color de la cáscara de la castaña, que jugaba fútbol amateur como un profesional, y trabajaba en la difícil profesión de criminólogo como un principiante.

A la entrada del mercado había una romana sentada en el piso, con su hija —que tendría los mismos seis años que Johanna— que ofrecía unos patitos vacilantes, recién nacidos e indiscriminados, que apuntaban con sus narices calcáreas hacia cualquier cosa que tuvieran cerca. Johanna se acercó a uno de ellos e inmediatamente lo bautizó: *Mateo*. Yo la separé a la rastra del animalito, que se la quedó mirando como al último vagón de un tren rigurosamente vigilado, que al amanecer se alejara rumbo a algún tipo de libertad.

Nos internamos en la agria espesura de gritos destemplados, subastas y aguinaldos, con mi hija que clamaba por *Mateo*. A las siete u ocho cuadras, le pedí a Gilles, el haitiano, que la acompañara hasta la Puerta de Marcantonio de Rossi donde habían quedado los patos.

Apenas se perdieron entre la muchedumbre comprendí el tamaño de mi error. En un instante recordé que no conocía al haitiano, que no sabía dónde vivía, que hacía menos de una semana que estaba trabajando en el mismo organismo internacional que yo, pensé en la gracia de mi hija, en la manera confiada con que se encaminó hacia Gilles, vi con una nitidez microscópica el momento en el que su manecita acarició la de Gilles, me pareció reconocer en el rostro de éste una fea sonrisa perentoria, y supe lo que querían decir los latinos con aquel viejo aforismo aprendido en la Facultad de Derecho: *fiat justitia et ruat coelum*, "hágase justicia y despéñese el cielo".

El cielo se me vino encima, en nombre de todos los pecados que pudiese haber cometido hasta ese instante. Salí disparado con mi pareja, que comenzó a correr detrás de mí intuyendo alguna tragedia a la que adhería sólo por la desesperación de mi carrera; es increíble cómo vislumbrar el terror de otro puede convocar al más infame de los nuestros.

*La muerte tiene diez mil puertas distintas*, dice John Webster, *para que cada hombre encuentre su salida*, pero nada dice el autor de los momentos previos, de la agonía, el estadio de lucha.

El corazón me fibrilaba frenéticamente, lejos de la reconciliación del eterno descanso, me imaginaba el patético mecanismo de carne intrépida e inútilmente autónoma, atropellaba voces extranjeras que —ahora estoy seguro— de algún modo sobreentendido comprendían el apremio, no había nada probable que tuviese su lado bueno, andaba sobre rastrojos de difuntos con mi propio aliento talado de raíz.

Mojado en transpiración llegué hasta la puerta donde comienza la vía Portuense, y sí, habían estado allí, la niña morena y el negro zambo, y se habían llevado un patito, al que bautizaron *Mateo*, eso madre e hija lo recordaban perfectamente.

Con una desesperación que luego volví a sentir otras veces en mi vida, y que siempre me enseña un escalón aún más abrupto de la muerte, volví a salir corriendo hacia el otro extremo de la calle, hasta llegar al perímetro que forma con Viale di Trastevere, y miré el reloj: había pasado casi una hora desde el momento en que nos habíamos separado. La clase de desesperación de cuando perece la propia carne; carne de hija.

Es extraño lo que diré, pero mis pies caminaban el camino de toda carne, conocía victorias duraderas que se agotaban al instante con sólo ver una cabecita de cabello enrulado, maldije, pedí perdón, me volví invisible, me bendije con la memoria de mi hija para cobrar coraje, y la vi. La vi.

Como una visión, apareció sonriente junto con Gilles, que también sonreía, y con ellos mis brazos y piernas, el habla, la carne de mi carne que se había pulverizado con las trizas de la ausencia.

En algún sentido eso es tener un hijo; es como asumir que en el futuro una parte nuestra, un miembro, una coyuntura, se desplazará más allá de nosotros. Tanto, que podremos dejar de verlo. De verlo, esto es, de tenerlo. Sólo se tiene un miembro si se es capaz de verlo. Sucedió que mientras mi pareja y yo íbamos, ellos volvían por el margen opuesto, y viceversa, así durante más de una hora y media.

Tan banal puede ser la desgracia como sublime lo trivial. La vida se desbarata, cada cosa pierde su sentido, y súbitamente hay un silencio cósmico, y todo vuelve a ser como era en un comienzo. Y también sucede lo contrario, las cosas son como uno piensa que deben ser, la vida es como ha venido siendo y de un momento para el otro...

Algunos años después, yo estaba con mi hijo mayor Laureano, que en aquel entonces tenía cinco años, en un restaurante de la calle San Martín, que tiene sillones y sillas con respaldos como los hay en las películas de Quentin Tarantino, y un subsuelo para exposiciones siempre vacío, donde los cuadros en soledad parecen sendos velorios contiguos de fallecidos sin deudos.

Festejábamos el cumpleaños de una compañera de trabajo, y de repente busqué a Laureano y no lo vi por las inmediaciones. En ese momento pasó el disk jockey, que me dijo: *Si buscás a tu hijo, no te hagas problemas; está en el subsuelo con el mío, dándose besos.* Y siguió su camino, entre un mar de gente.

Por una fracción de segundo me tranquilicé, pero luego reparé en el final de la frase: en el subsuelo, con el hijo del disk jockey, mi hijo, *"¿dándose besos?"* Bajé a buscarlo, y allí estaban, sobre un asiento circular de cuero con un respaldo cónico, que parecía un helado de ciruela de hule, estirados y enfrentados cuan largos eran, nariz contra nariz, dándose besos en la boca.

245

*Vamos, hijo, vamos para arriba*, lo urgí, indiscreto. Me siguió dócilmente, y la noche transcurrió entre las risas de catálogo de las cenas de trabajo y mis dudas de vademécum por un beso en la boca entre hombres. De regreso a casa, en el auto, sin paciencia, le pregunté qué era eso de los besos. *Es un juego que tenemos con mi amigo Marquitos del colegio, que quise jugar con este nuevo amigo del restaurante*, me contestó con indiferencia. Lo miré a los ojos, y no sé por qué (o mejor dicho sí sé por qué: porque estaba asustado) recordé lo que alguien había dicho a propósito de Lucía, la hija de Joyce: "Si yo fuera la madre de la hija de James Joyce y la viera mirar al vacío de ese modo, estaría muy preocupado".

*¿Y juegan ese juego con chicas, hijo? No, papá, con chicas no jugamos. ¿Se puede saber por qué?; a fin de cuentas, hay tantas chicas como chicos en el colegio. Porque las chicas tienen que cumplir con una larga serie de requisitos para jugar con nosotros, papá, y todavía no hubo ninguna que pudiera llenar las exigencias.* Pensé en sus cinco años, en la respuesta que me había dado, pero no podía dejar de pensar en el beso en la boca.

Aquella noche no pude dormir. Lo miraba darse vueltas en la cama, y me parecía que tenía los labios más abultados que de costumbre, la cadera más pesada y redonda, el óvalo del rostro infantil más ambiguo.

A veces, entraba en una especie de duermevela, reclinado sobre el sillón de madera al costado de la cama de mi hijo mayor, y pensaba o soñaba en Georges, el conde que Curzio Malaparte había conocido en la casa de la duquesa Clermont-Tonnerre, crecido bajo la lunática estrella de Diaghilev, salido de la adolescencia bajo la reputación del poeta y director de cine francés Jean Cocteau, el joven deslumbrante que hubiese testimoniado el extremo esplendor de espíritu y modales que habría alcanzado Francia, sin la Tercera República.

Volvía en mí, y miraba fijamente, entre los raptos lunares que embellecían el rostro de mi hijo, sus pestañas, a las que juzgaba demasiado arqueadas, sus hombros, que imaginaba naciendo funestamente de un escote.

Y caía nuevamente, y me parecía formar parte de la *figliata*, la vieja ceremonia de la Italia griega en la que un hombre, rodeado de acólitos, da a luz a otro hombre de su misma condición. Viñedos y jardines de naranjos y limones descendían hasta el mar, muchachos pintados con un apagado rojo pompeyano, una vajilla de mayólica, cubiertos con mango de hueso, blancos bancos de mármol diseminados por el huerto.

Y otra vez recobraba la conciencia, y volvía a ver bajo la nariz de mi hijo un vello como de gamuza, un repliegue furtivo de las palmas de sus manos en el interior de los muslos.

Finalmente amaneció, pasaron los días, pero no el miedo, al menos no enseguida. No me podía sacar de la cabeza a Laureano besando en la boca al hijo del disk jockey, y recordaba el rostro de Tom Hanks en *Filadelfia*, muriéndose de sida, aferrado al soporte metálico del suero, mientras en el aire sonaba María Callas en el papel de Madeleine, cantando *¡...la casa que me acunó está ardiendo!*, recordaba las lágrimas, las lágrimas frente a todo lo que el mundo tiene de irremediable.

¿Miedo de qué? De que sufriera, tal vez, ese sufrimiento de ser diferente, la vergüenza inicial de ser diferente, la intolerancia, ese sufrimiento que conozco tan bien. Quién sabe.

Después, con el tiempo, las cosas vuelven a un sitio establecido. Todo lo que el mundo tiene de irremediable no sólo hace llorar, también hace crecer. Mi hijo mayor crece, crece conmigo, y me es dado a veces aceptar sus caricias, estarme quieto bajo esa maravillosa delicadeza.


*En un futuro.* Era un jueves por la tarde, eso lo recuerdo bien. Las agujas de la primera oscuridad retiraban los objetos, reduciéndolos a bajorrelieves. Tenía que escribir un artículo que me había pedido un diario, y entregarlo en las dos o tres horas siguientes.

Podía ver a la madre de mis hijos varones de perfil contra la luz menguante, con la hermosa cabeza ladeada: *fuera de mis límites,* anómala, como un libro encrespado dejado sobre el atril.

Yo quería escribir algo sobre la historia que añoraba, sobre los veinte años que separan los '90 de los '70. Miré hacia la cabeza inclinada y elegí un título: *Esta mujer.* Caetano Veloso cantaba en un susurro: *"...hombre, yo no sé por qué te quiero/ yo te tengo amor sincero",/ dijo la muchacha de plata.* Los colores de la pantalla de la computadora daban a la habitación una consistencia de goma arábiga. Me incliné sobre el teclado y escribí.

*"Le llevo a mi mujer la suficiente cantidad de años como para que sean muchos. Yo soy de los '70, ella es de los '90. Tenemos un hijo de tres, y otro de un año. Ella se acerca a las cuitas de un cuarentón con ese estilo desmañado y humanitario de los que tienen el propósito de aliviar una quemadura sin jamás haber jugado con fuego. Se conduele de mis aprensiones, y no se las toma del todo en serio. Es una suerte. Se ha casado con un hombre que no es un ángel, a quien repugna la teoría de los dos demonios, que vadeó tres muertes, que convivió con cuatro mujeres, que conserva pocos credos. Un*

*hombre que tiene más amigos muertos que amigos que sigan vivos, que tiene ciertos amigos vivos a los que también les tocó morir una que otra vez. 'Casi todos los amigos que te conozco', dice mi mujer, 'o estuvieron presos o van a estarlo, o se murieron o están por morirse'. En algún sentido, el tiempo le da la razón: nuestra historia nunca acaba de terminar, y de cuando en cuando derriba a alguien de un demorado coletazo. Errores, ademanes demasiado bruscos, suicidios".*

Releí lo que llevaba escrito. Miré hacia el sitio donde ella permanecía inmóvil. Pensé en que no podría definir qué era lo que ha ido pasando entre nosotros. *Jamás conseguiré que me vea como me veía,* me dije, *...que me vea como yo quisiera que me viese.*

Caetano recomenzó la única canción que estaba grabada —quince o veinte veces— en el cassette: *...muchacha de plata/ "pero en Brasil es diferente/ yo te quiero, simplemente/ pero el amor me desacata".*

Laureano salió de su habitación y corrió a abrazarse con su madre. Recuerdo que me vino a la cabeza el último verano, cosas que nos había dicho. A su madre, que se bronceaba en la playa, señalando hacia unos bañistas: "Mirá, mamá, te están usando el sol". A mí: "Yo no voy a invitar a ningún niño a mi cumpleaños, lo voy a festejar solo, porque es *mío*". Laureano que tira un papel al suelo; su madre, que lo reta. "Pero mamá", le dice, "es que vos no entendés. Yo lo tiré al cielo, no al piso, y él en vez de quedarse arriba, se cayó". Volví al teclado, a seguir el trabajo.

*"Vaya uno a saber cómo me acerco yo a los dolores de una veinteañera. Me imagino que distraído, accidental. Con todo, creo comprender su sufrimiento, y no tengo pretextos si no contribuyo a aliviarlo. Pero, ella, ¿cómo puede comprender la soledad de ese tipo de muerte de cuando ni quien ha muerto ni sus seres queridos han podido decirse adiós? ¿Cómo explicarle la soledad de estar siempre acompañado por los que ya no están? Dice Juanele Ortiz: ...'pero a todos llegas, otoño/ a todos llegas esta tarde,/ en que hay manos traslúcidas y eternas/ que hacen signos tiernos en el aire'. ¿Cómo podría entender qué era lo que estábamos mirando hace veinte años, para sentirnos tan solos ahora que no lo podemos ver? ¿Cómo, a edad tan temprana, que existen cosas que ni el deseo más poderoso alcanza para hacerlas posibles? Mi mujer piensa que no soportaré la reiteración de ciertas verdades, recortadas a golpes de tijera ancha, y por eso no me habla de ellas cuando me ve tranquilo. No sabe que es precisamente en eso en lo que estoy pensando, cuidadoso de no ir mucho más allá del perímetro dentro del cual me siento animado. No sabe que pienso de qué manera puedo encontrar el hilo e hilvanar los pedazos de ese pasado, dándoles sentido, para mostrarle entonces la obra en toda su elocuencia y en toda su lobreguez. No sabe que busco el hilo para*

*hilvanar esos años furiosos, con ella y estos años mutuos. Me ve tranquilo, y me cuenta amenidades; ¿sabe, a pesar de todo, que, como las estrellas en las noches nubladas, los golpes y las magulladuras no se ven, pero están?".*

La limpia cabeza apenas se distinguía, en la habitación contigua; parecía la efigie de una moneda. *¿Qué fue lo que le vi, además de lo evidente?*, me pregunté. Una vez le había dicho que encontraba en ella el equilibrio del pintor Joseph Turner, en el período en el que pintó *Tormenta de nieve*: las fuerzas de la naturaleza encadenadas a la tela, accesibles, con buenos modales. Suficiente, para quien ha renacido, para tener hijos con esta mujer. Caetano cantaba: "*...me desacata. Habla/ castellano en el fandango/ argentino canta tango/ ahora lento, ahora ligero...*". Yo seguí con mi artículo.

*"En el principio, fue la culpa y la vergüenza. Cada compañero que caía, motivaba la pregunta: ¿por qué otro, y yo no? Enseguida surgía, como un agua malsana, la culpa de seguir con vida. Pero todavía faltaba algo peor. Desde lo más profundo, desde el zócalo mismo de la existencia, se oían los tambores de una respiración salvaje y jubilosa: 'ahh, fue otro, no yo!'. ¿Habrá sido así? Después, con el tiempo, la ira. Allí estaba la muerte, y era preciso desafiarla para alejar el miedo. De todos los hombres que era yo en esa época, recuerdo a uno irracional, destructivo, que sentía miedo y no lo aceptaba. Más tarde, llegó la pena. Estandartes de luto entumecieron mis miembros. Cuando recobraba el aliento, intentaba pactar con lo inexorable. 'Si vuelvo a verla con vida, entonces...'. Pero la pena muy excepcionalmente respetaba la palabra empeñada".*

Leí de nuevo, esta vez desde el principio. Comenzar y volver a comenzar, ¿cuántas veces, hasta cuándo? Sentí que pertenecer a una generación también era una patria, ser un animal más del mismo Arca. En el cuarto contiguo, Hilario balbuceaba unas risitas, unos trinos de dicha. Había algo incongruente en toda aquella situación: una mujer de la que me alejaba inexorablemente, una historia inexorable de la que no conseguía alejarme, dos hijos, una isla, otra patria.

Releí lo que había escrito. También Caetano empezó de nuevo. "*... ahora ligero/ Y yo, canto y bailo siempre que puedo/ un sambinha lleno de bossa:/ soy de Río de Janeiro*". Volví al teclado.

*"Con el correr de los años, una nueva vida empezó a desplazar restos del naufragio, en los espacios dejados vacíos por el retirarse de la marea. Hay cosas que uno no puede comprender. '¿Cómo pudo haberse salvado Hernán de ese balazo que, después de rebotar en una reja, le atravesó el hombro, y matarse a los dos meses en un accidente de autos?' Uno tampoco puede comprender que esa nueva vida, vida nueva, haga prorrogable la venganza, la deuda, la justicia. Sin embargo, así sucede. Hoy estamos aquí. La madre, los pibes.*

*Busco el hilo que me permita hilvanar aquellos años incandescentes con los chicos. Me pregunto tantas cosas. Estoy dispuesto a que mis hijos piensen que su padre fue derrotado; ¿estaré dispuesto a que piensen que soy patético? Prejuiciosamente, temo que los adolescentes —aun cuando todavía falta una década para ello— no distingan demasiado una cosa de la otra. ¿Podrán hacerlo? El futuro aparece distinto cuando se tiene hijos: hay alguien que juzga, que observa. Alguien que, a diferencia de otros, nunca nos va a ser indiferente. Su madre ahora me mira con ojos atareados, ojos anegados de vida nueva. Aunque ajena, nueva. Algo hay en nosotros más grande que nosotros mismos."*

Retiré la vista de la pantalla y miré hacia la pieza de al lado, donde ya no estaban ni Laureano ni su madre. Hilario canturreaba con dos pulmones. Caetano Veloso había terminado con la vigésima reiteración de *O samba e o tango*. Iba a imprimir el artículo, para enviarlo al diario. A último momento, decidí cambiarle el título. En lugar de *Esta mujer*, puse *En un futuro*.


*El país para nuestros hijos.* Guatemala, Roma, Buenos Aires. Miguel Ángel Asturias, Urbano VIII, Caetano Veloso. La vida de quienes pertenecen a mi generación tiene decenas de ciudades matriciales, centenares de artistas esenciales, millares de personajes históricos fundacionales.

Curioso, porque la mayoría de quienes vivimos aquello, deseamos que nuestros hijos sean argentinos. Somos descendientes de inmigrantes que se resisten a ser ascendientes de emigrados. Emigramos muchos de nosotros mismos, y aprendimos por qué para los griegos la peor condena era el ostracismo, incluso más dolorosa que la muerte misma. La Argentina, mi país, nuestro país, el país de mis hijos, para nuestros hijos.

La manera como se construye una nacionalidad es un tema vasto, tanto como el modo de erigir una Nación. Cuando se debilita la consistencia de ésta, suele perderse la convicción en aquélla.

Hay unos hermosos versos de Chico Buarque: "Mi padre era paulista / mi abuelo pernambucano / mi bisabuelo minero, / mi maestro soberano / fue Antonio Brasilero". Antonio Brasilero fue Antonio Carlos Jobim, el músico ejemplar. Son palabras conmovedoras: dentro de un país puede haber muchas nacionalidades, y sin embargo una melodía puede expresarlas a todas y darles un sentido de unidad y de proyección universal.

¿Será porque hemos inundado nuestros oídos de la música de

tantos países como nos llevó nuestra vida azarosa, que querríamos que nuestros hijos escucharan desde aquí? ¿Será que hemos dejado tantas bibliotecas parciales en demasiadas casas de tránsito, que anhelamos transmitir la nuestra, con su asentamiento, sus muebles y sus marcas de lectura, a nuestros hijos? Estoy hablando, sin darme demasiada cuenta, de la pasión.

José de San Martín era en 1813, cuando combatió en San Lorenzo, un militar español; el campo de batalla también era español. Había nacido en una España de ultramar (Yapeyú lo era por entonces), se había formado en las armas en la Península, y allí había defendido a los Borbones con coraje y patriotismo. Y murió antes de que su pasión fuera una Nación.

Nuestra bandera tiene menos edad que *La Pietà*, y mucha menos que los versos de Virgilio, y sin embargo toca en nuestro corazón cuerdas vecinas. Imaginar el destino con nuestros hijos lejos de casa es insoportable, y quisiera que compartieran conmigo el sentimiento de que su casa es aquí.

La construcción de la nacionalidad es una constante en la historia argentina de los siglos XIX y XX. La convocatoria masiva a los inmigrantes, los planes educativos de Sarmiento, las campañas al desierto, los contenidos históricos de la enseñanza, los criterios distributivos de las tierras fiscales, los tendidos articuladores de las vías del tren, la exaltación de regiones como la Patagonia, las llamadas "hipótesis de conflicto" son prueba de ello. No interesa, en esta instancia, si eran buenas o malas concepciones, pero no eran olvido. Se habla tan poco de la Nación en los albores del siglo XXI, y se hacen tantas colas en las puertas de los consulados, que todo esto parece reliquia.

Sin embargo, no son viejas algunas de las cosas que todavía hace la Argentina: tiene plantas de producción de hidracina (combustible espacial), desarrolla difusión en estado sólido de materiales avanzados (titanio, hafnio, zirconio), fabrica productos alimenticios (lácteos) con propiedades antibióticas para la primera infancia, provoca corrosión de metales bajo tensión, idea satélites con sensores radar, produce benzodiazepinas naturales, planifica transformaciones de fase y diagramas de equilibrio de aleaciones, estudia daños por radiación, provoca separación isotópica de material estratégico, modifica genéticamente cereales resistentes a plagas y para mejoramientos específicos (transgénicos), realiza reactores de baja potencia (15-50 MW) intrínsecamente seguros.

Todas estas líneas han finalizado o se desarrollan con éxito y con reconocimiento internacional; algunos de los productos están patentados. Todos contienen significativo impacto social y económico potencial. Todos representan oportunidades concretas de aprovechamiento de nuestro capital humano y son mecanismos directos de agregación de valor. Imagino a los argentinos que trabajan en ellos: el país para mis hijos, para nuestros hijos.

Al mismo tiempo que el mundo se integra, se localiza. Es perfectamente posible escudriñar los extremos del planeta buscando lo que falta, pero para ello hay un quehacer precedente: saber en qué consiste ser argentino, y querer serlo.

# Índice

## VINO RESERVA

## EPÍLOGO

*Composición de originales:*
G&A Publicidad

Esta edición de 4.000 ejemplares
se terminó de imprimir en
Artes Gráficas Piscis S.R.L.,
Junín 845, Buenos Aires,
en el mes de octubre de 2001.